*SAGRADO*

*DENNIS LEHANE*

# SAGRADO

Tradução:
LUCIANO VIEIRA MACHADO

*1ª reimpressão*

COMPANHIA DAS LETRAS

Copyright © 1997 by Dennis Lehane

Título original:
*Sacred*

Projeto gráfico de capa:
*João Baptista da Costa Aguiar*

Foto de capa:
*Ricardo Hantzchel*

Preparação:
*Otacílio Nunes Jr.*

Revisão:
*Denise Pessoa*
*Olga Cafalcchio*

---

Dados Internacionais de Catalogação na Publicação (CIP)
(Câmara Brasileira do Livro, SP, Brasil)

Lehane, Dennis
    Sagrado / Dennis Lehane ; tradução Luciano Vieira Machado. — São Paulo : Companhia das Letras, 2004.

    Título original: Sacred.
    ISBN 85-359-0486-7

    1. Ficção policial e de mistério (Literatura norte-americana) I. Título.

04-1594                                          CDD-813.0872

Índice para catálogo sistemático:
1. Ficção policial e de mistério : Literatura norte-americana
    813.0872

---

2004

Todos os direitos desta edição reservados à
EDITORA SCHWARCZ LTDA.
Rua Bandeira Paulista 702 cj. 32
04532-002 — São Paulo — SP
Telefone: (11) 3707 3500
Fax (11) 3707 3501
www.companhiadasletras.com.br

*Para Sheila*

*Não deis aos cães o que é sagrado,
nem atireis as vossas pérolas aos porcos,
para que não as pisem e,
voltando-se contra vós, vos estraçalhem.*
Mateus, 7, 6

*PRIMEIRA PARTE*
*LIBERTAÇÃO DA DOR*

# 1

Um conselho: se algum dia você precisar seguir alguém em meu bairro, não use roupa cor-de-rosa. No dia em que Angie e eu notamos o sujeito gordinho que vinha na nossa cola, ele estava de camisa cor-de-rosa sob um terno cinza e um sobretudo preto. O paletó era transpassado, italiano, uma centena de dólares acima do padrão local. O sobretudo era de caxemira. Imagino que as pessoas de meu bairro possam comprar roupas de caxemira, mas em geral elas gastam tanto dinheiro em fita adesiva para manter o cano de escapamento de seus Chevys 82 no lugar que não sobra dinheiro para nada além daquela viagem a Aruba.

No segundo dia, o sujeito gordinho trocou a camisa cor-de-rosa por um branco mais discreto, deixou de lado a caxemira e o terno italiano, mas com aquele chapéu ele dava mais na vista do que Michael Jackson numa creche. As pessoas de meu bairro — e, que eu saiba, de todos os bairros da região central de Boston — só usam bonés de beisebol ou, raramente, um boné de tweed. E nosso amigo Nó-Cego, como passamos a chamá-lo, estava com um chapéu-coco. Um belo chapéu-coco, aliás, mas de qualquer forma um chapéu-coco.

"Talvez ele seja *alien*", disse Angie.

Olhei pela vidraça do Avenue Coffee Shop. Nó-Cego virou a cabeça e se curvou para mexer nos cadarços dos sapatos.

"Um estrangeiro", eu disse. "Mas de onde? Da França?"

Ela franziu o cenho e me lançou um olhar de reprovação enquanto passava requeijão cremoso num pãozinho com tanta cebola que meus olhos lacrimejaram só de olhar. "Não, seu estúpido. Do futuro. Você nunca viu aquele episódio antigo de *Jornada nas estrelas* em que Kirk e Spock desembarcam na Terra nos anos 30 e ficam totalmente deslocados?"

"Eu odeio *Jornada nas estrelas*."

"Mas você sabe do que eu estou falando."

Fiz que sim com a cabeça e bocejei. Nó-Cego ficou examinando um poste de telefone como se nunca tivesse visto um antes. Talvez Angie tivesse razão.

"Como você pode não gostar de *Jornada nas estrelas*?", disse Angie.

"É simples. Eu assisto, o troço me aborrece, eu desligo a televisão."

"Mesmo *Nova geração*?"

"O que é isso?", perguntei.

"Quando você nasceu", disse ela, "aposto que seu pai se virou para sua mãe e disse: 'Ouça, querida, você acabou de dar à luz um belo dum ranheta'."

"O que você quer dizer com isso?"


No terceiro dia, resolvemos nos divertir um pouco. Quando acordamos de manhã e saímos de minha casa, Angie tomou a direção norte, e eu, a sul.

E Nó-Cego a seguiu.

Mas Zumbi veio atrás de mim.

Eu nunca tinha visto Zumbi antes, e é possível que nunca o visse se Nó-Cego não me tivesse dado motivos para desconfiar de sua presença.

Antes de sairmos de casa, remexi numa caixa cheia de coisas para o verão e achei uns óculos escuros que uso quando o tempo está bom para andar de bicicleta. Do lado esquerdo da armação há um espelhinho regulável que me permite ver o que se passa às minhas costas. Não tão legal como os equipamentos que o agente Q fornecia a James Bond, mas dava para quebrar o galho, e eu não precisava flertar com a srta. Moneypenny para consegui-lo.

Era como ter um olho na nuca, e aposto como fui o primeiro garoto de meu quarteirão a ter um.

Vi Zumbi quando parei de repente na entrada da Patty's Pantry, onde ia tomar um café. Olhei para a porta como se nela houvesse um menu, regulei o espelho, girei a cabeça e então vi, do outro lado da avenida, na frente da farmácia de Pat Jay, o sujeito que parecia um agente funerário. Ele estava de braços cruzados sobre o peito de pardal, olhando a parte de trás de minha cabeça, sem procurar disfarçar. Sulcos profundos como rios marcavam-lhe o rosto encovado, e seu cabelo crescia em bico, no meio da testa.

Na Patty's, encostei o espelhinho na armação e pedi meu café.

"Você ficou cego de repente, Patrick?"

Fiquei olhando para Johnny Deegan enquanto ele punha creme em meu café. "O quê?"

"Esses óculos escuros", disse ele. "Acontece que estamos em meados de março e ninguém viu a cara do sol desde o Dia de Ação de Graças. Você ficou cego, ou está tentando dar uma de moderninho?"

"Estou só tentando dar uma de moderninho, Johnny."

Ele empurrou a xícara no balcão até mim e pegou meu dinheiro.

"Não funcionou", disse ele.

De volta à avenida, olhei com meus óculos escuros para Zumbi, que estava tirando uns fiapos da perna da calça, depois se abaixou para amarrar os cadarços dos sapatos — repetindo o gesto que Nó-Cego fizera no dia anterior.

Tirei meus óculos escuros, pensando em Johnny Deegan. Bond era demais, claro, mas nunca precisou entrar na Patty's Pantry. Diabo, tente pedir um vodca-martíni aqui no bairro. Batido ou mexido,* não importa: você vai ser atirado porta afora.

Atravessei a avenida quando Zumbi se concentrava em seus cadarços.

"Oi", eu disse.

Ele endireitou o corpo e olhou em volta como se alguém o tivesse chamado de um ponto mais distante.

"Oi", repeti, estendendo-lhe a mão.

Ele olhou para ela, depois novamente para a avenida.

"Uau", eu disse. "Você é uma negação para seguir uma pessoa, mas pelo menos tem muito boas maneiras."

Lenta como a Terra em seu eixo, a cabeça dele foi girando até seus olhos cinzentos encontrarem os meus. Para fazer isso teve de abaixar a cabeça, e a sombra de seu crânio esquelético se projetou sobre meu rosto, espalhando-se por meus ombros. E olhe que não sou tão baixinho assim.

"Nós nos conhecemos, senhor?" Sua voz dava a impressão de estar prestes a voltar para o fundo do túmulo.

"Claro que nos conhecemos", eu disse. "Você é Zumbi." Olhei para os dois lados da avenida. "Onde estão os outros mortos-vivos, seus companheiros?"

"Você não é tão engraçado quanto pensa."

Levantei meu copinho de café. "Espere até eu ingerir um pouco de cafeína, Zumbi. Daqui a quinze minutos você vai estar diante de um perfeito palhaço."

Quando ele sorriu, os sulcos de seu rosto se transformaram em verdadeiros *canyons*. "O senhor devia ser menos previsível, senhor Kenzie."

"Como assim, Zumbi?"

Uma grua me jogou um poste de cimento na altura

---

(*) Num filme de James Bond, para provocar o inimigo russo, o agente britânico pede uma versão do clássico coquetel dry martíni, mas preparado com vodca e não com gim, daí o nome vodca-martíni. E, contrariando a tradição, exige que seja batido, e não mexido. A expressão "batido, não mexido" se tornou clássica. (N. T.)

*14*

dos rins, um troço de dentes afiados me mordeu o lado direito do pescoço, e Zumbi saiu do meu campo de visão enquanto a calçada se erguia rapidamente em direção ao meu ouvido.

"Gostei de seus óculos, senhor Kenzie", disse Nó-Cego enquanto seu rosto de borracha flutuava na minha frente. "São de primeira classe."

"Muito *high-tech*", disse Zumbi.

Então uma pessoa riu e outra ligou o carro, e me senti um estúpido.

O agente Q ficaria horrorizado.

"Estou com dor de cabeça", disse Angie.

Ela estava sentada ao meu lado, num sofá de couro preto, e suas mãos também estavam amarradas às costas.

"E o senhor, senhor Kenzie?", perguntou uma voz. "Como está sua cabeça?"

"Batida", eu disse. "Não mexida."

Virei a cabeça na direção da voz, e meus olhos viram apenas uma incômoda luz amarela, com uma leve franja marrom. Pisquei os olhos e senti o quarto balançar um pouco.

"Desculpe pelos narcóticos", disse a voz. "Se houvesse outra maneira..."

"Não há o que desculpar, senhor", disse uma voz que reconheci como sendo a de Zumbi. "Não havia outra maneira."

"Julian, por favor, dê uma aspirina à senhorita Gennaro e ao senhor Kenzie." A voz arfava por trás da luz amarela intensa. "E, por favor, desamarre-os."

"E se eles se mexerem?", disse a voz de Nó-Cego.

"Trate de fazer com que eles não se mexam, senhor Clifton."

"Sim, senhor. Com todo o prazer."

"Meu nome é Trevor Stone", disse o homem que estava atrás da luz. "Isso significa alguma coisa para vocês?"
Passei a mão nas marcas vermelhas em meus pulsos. Angie passou a mão nas suas e sorveu um pouco do oxigênio da sala, que imaginei ser o escritório de Trevor Stone.
"Eu fiz uma pergunta a vocês."
Olhei para a luz amarela. "É, fez. Sorte sua." Virei-me para Angie: "Como é que você está?".
"Com dor nos pulsos e na cabeça."
"E no mais?"
"Estou de mau humor."
Olhei novamente para a luz. "Estamos de mau humor."
"Dá pra imaginar."
"Foda-se", eu disse.
"Muito espirituoso", disse Trevor Stone de trás da luz suave, enquanto Nó-Cego e Zumbi davam risinhos abafados.
"Muito espirituoso", repetiu Nó-Cego.
"Senhor Kenzie, senhorita Gennaro", disse Trevor Stone. "Posso garantir que não pretendo fazer mal a vocês. Certamente vou fazer, mas não é o meu desejo. Preciso de sua ajuda."
"Ah, bom." Equilibrei-me nas pernas bambas e senti que Angie, ao meu lado, se levantava.
"Se um desses seus idiotas fizer o favor de nos levar para casa...", disse Angie.
Agarrei sua mão quando minhas pernas fraquejaram, batendo no sofá, e a sala pendeu um pouco mais para a direita. Zumbi encostou o indicador no meu peito, tão de leve que mal o senti, e Angie e eu caímos de volta no sofá.
Daqui a uns cinco minutos, eu disse às minhas pernas, a gente tenta de novo.
"Senhor Kenzie", disse Trevor Stone. "O senhor pode continuar tentando se levantar desse sofá, e nós podemos continuar empurrando-o de volta com uma pena por mais uns... trinta minutos, pelos meus cálculos. Portanto, relaxe."

"Seqüestro", disse Angie. "Cárcere privado. O senhor conhece esses termos, senhor Stone?"

"Conheço."

"Ótimo. O senhor sabe que se trata de crimes federais, sujeitos a penas pesadas?"

"Hum-hum", fez Trevor Stone. "Senhorita Gennaro, senhor Kenzie, o que vocês sabem de sua condição de mortais?"

"Já sofremos alguns arranhões", disse Angie.

"Eu sei disso", disse ele.

Angie olhou para mim, erguendo as sobrancelhas. Fiz o mesmo.

"Mas não passaram de arranhões, como você disse. Coisinhas de nada, que logo saram. Ambos estão vivos, ambos são jovens, ambos esperando continuar aqui na Terra por mais uns trinta ou quarenta anos. O mundo — suas leis, seus hábitos e costumes, suas penas severas para crimes federais — tem todo esse peso para vocês. Quanto a mim, não tenho mais esse problema."

"Ele é um fantasma", sussurrei, e Angie deu uma cotovelada em minhas costelas.

"Exatamente, senhor Kenzie", disse ele. "Exatamente."

A luz amarela afastou-se de meus olhos, deixando em seu lugar um vazio negro diante do qual pisquei os olhos. O minúsculo ponto branco que enxerguei no meio da treva se pôs a piruetar em círculos cor de laranja cada vez maiores e que desapareceram feito projéteis luminosos. Então minha visão clareou, e me vi fitando Trevor Stone.

A metade superior de seu rosto parecia ter sido esculpida em carvalho claro — sobrancelhas que lembravam falésias, projetando sombras sobre olhos verdes penetrantes, nariz aquilino, maçãs do rosto pronunciadas, pele perolada.

A metade inferior, porém, parecia ter desabado sobre si mesma. O maxilar estava esfacelado dos dois lados; os ossos pareciam ter se fundido em algum ponto dentro de sua boca. O queixo, reduzido a quase nada, apontava pa-

*17*

ra o chão, envolto numa massa de carne borrachuda, e a boca era completamente disforme, parecia flutuar na mixórdia de sua cara feito uma ameba, os lábios totalmente descorados.

Ele poderia ter entre quarenta e setenta anos de idade.

Ataduras castanho-amareladas, empapadas como bolhas, cobriam sua garganta. Ele se levantou atrás de sua sólida escrivaninha, apoiando-se numa bengala com castão em forma de cabeça de dragão. Sua calça cinza xadrez boiava em volta das pernas magras, mas a camisa de algodão azul e o casaco de linho preto modelavam como uma segunda pele o tórax e os ombros fortes. A mão que segurava o castão da bengala parecia capaz de reduzir bolas de golfe a pó com um apertão.

Ele se plantou à nossa frente, apoiado precariamente na bengala e lançando-nos um olhar de desprezo.

"Dêem uma boa olhada", disse Trevor. "Depois eu vou contar a vocês algumas coisas sobre a dor da perda."

# 2

"No ano passado", disse Trevor Stone, "minha mulher estava voltando de carro de uma festa no Somerset Club, em Beacon Hill. Vocês conhecem, não?"

"Nós damos todas as nossas festas lá", disse Angie.

"Bom, o fato é que o carro dela enguiçou. Eu estava saindo de meu escritório no centro da cidade quando ela ligou pedindo que eu fosse buscá-la. Engraçado."

"O quê?", perguntei.

Ele piscou os olhos. "Eu estava só me lembrando de como era raro a gente fazer aquilo. Andar de carro juntos. Aquilo era um dos sacrifícios a que a dedicação ao trabalho me obrigava. Uma coisa tão simples como ficarmos sentados lado a lado num carro por vinte minutos, e podíamos nos dar por satisfeitos se conseguíssemos fazer isso meia dúzia de vezes por ano."

"O que aconteceu?", perguntou Angie.

Ele pigarreou para limpar a garganta. "Na saída da Tobin Bridge, um carro tentou nos jogar para fora da estrada. Acho que chamam esse tipo de gente de piratas da estrada. Eu acabara de comprar meu carro — um Jaguar XKE — e não estava disposto a dá-lo de mão beijada a um bando de criminosos que pensam ter direito a uma coisa só porque a desejam. Aí..."

Ele olhou pela janela por um instante, perdido — era o que eu imaginava — na lembrança do ranger de metais, do ronco de motores, do cheiro do ar daquela noite.

"Meu carro tombou do lado do motorista. Minha mulher, Inez, não parava de gritar. Naquele momento eu não sabia, mas ela tinha quebrado a espinha. Os bandidos estavam furiosos porque eu destruíra o carro que eles já consideravam deles. Mataram Inez a tiros, enquanto eu lutava para não perder os sentidos. Eles metralharam o carro, e três balas me atingiram. O curioso é que nenhuma atingiu pontos vitais, embora uma tenha se alojado em meu queixo. Os três homens ficaram tentando pôr fogo no carro, mas em momento algum pensaram em furar o tanque de gasolina. Depois de algum tempo eles se cansaram daquilo e foram embora. E eu fiquei lá com três balas no corpo, vários ossos quebrados e minha mulher morta ao meu lado."

Tínhamos deixado para trás o escritório e também Zumbi e Nó-Cego, e entramos tropegamente na sala de recreação, sala de estar, ou seja lá como Trevor Stone chamava aquela peça do tamanho de um hangar com uma mesa de bilhar e uma de sinuca, um jogo de dardos com suporte de cerejeira, uma mesa de pôquer e um pequeno campo de golfe em um dos cantos. Um balcão de mogno ocupava todo o lado leste da sala, e suspensos acima dele havia copos bastantes para abastecer os Kennedy durante um mês de festas.

Trevor Stone pôs dois dedos de uísque puro malte em seu copo e fez um gesto com a garrafa em minha direção, depois na de Angie, mas ambos recusamos.

"Os homens — na verdade, rapazes — que cometeram esse crime foram julgados bem depressa, pegaram prisão perpétua em Norfolk, sem direito a liberdade condicional; acho que isso é o melhor que se podia esperar em matéria de justiça. Minha filha e eu enterramos Inez, e, se desconsiderarmos a dor, a coisa podia ter parado por aí."

"Mas...", disse Angie.

"Quando os médicos estavam extraindo a bala de meu queixo, encontraram o primeiro sinal de câncer. E quando aprofundaram os exames, viram que os gânglios linfáticos já estavam comprometidos. Eles acham que logo o

câncer estará nos intestinos grosso e delgado. Depois disso, já não terão mais o que cortar."
"Quanto tempo vai levar isso?"
"Seis meses. É o que eles acham. Meu corpo diz cinco. De qualquer modo, já vi meu último outono."
Ele girou sua cadeira e novamente olhou o mar através da janela. Segui seu olhar, notei a curva de uma angra rochosa, do outro lado da baía. A angra se bifurcava, formando o que parecia ser as pinças de uma lagosta. Voltei minha atenção para a parte central até ver um farol que eu conhecia. A casa de Trevor Stone ficava num penhasco, em algum ponto de Marblehead Neck, uma língua de terra recortada próxima do litoral norte de Boston, onde o preço que se pede por uma casa é só ligeiramente menor que o valor de muitas cidades.

"A dor é carnívora", disse ele. "Ela vai devorando você, quer você se aperceba disso ou não, quer você lute contra ela ou não. É muito parecida com um câncer. E um belo dia você acorda e ela já devorou todas as outras emoções — alegria, inveja, ganância e até amor. E você está sozinho com a dor, absolutamente vulnerável a ela. E ela toma posse de você."

Os cubos de gelo tilintaram em seu copo, e Stone olhou para eles.

"Não necessariamente", disse Angie.

Ele se voltou e sorriu para ela com sua boca de ameba. Por trás das carnes destroçadas e de ossos triturados, seus lábios descorados tremeram, depois o sorriso desapareceu.

"Você mesma já experimentou a dor", disse ele brandamente. "Eu sei. Você perdeu seu marido. Há cinco meses, não foi?"

"Ex-marido", disse ela, os olhos fitos no chão. "Sim."

Tentei segurar-lhe a mão, mas ela balançou a cabeça e pousou a mão no colo.

"Eu li tudo que os jornais publicaram sobre o caso", disse ele. "Cheguei a ler até aquele lastimável livro 'verdade' explorando o episódio. Vocês lutaram contra o mal. E ganharam."

"Deu empate", eu disse, limpando a garganta. "Pode acreditar."

"Talvez", disse ele enquanto os duros olhos verdes fitavam os meus. "Talvez para vocês dois tenha sido empate. Mas pense em quantas futuras vítimas vocês salvaram daqueles monstros."

"Senhor Stone", disse Angie. "Com o devido respeito, não fale conosco sobre isso."

"Por que não?"

Ela levantou a cabeça. "Porque o senhor não sabe nada sobre isso, o que o faz parecer um tonto."

Os dedos de Stone acariciaram o castão da bengala levemente, e então ele se inclinou para a frente e tocou o joelho dela com a outra mão. "Você tem razão. Me desculpe."

Angie lhe sorriu como nunca mais sorrira desde a morte de Phil. Como se ela e Trevor Stone fossem velhos amigos, como se ambos vivessem em lugares inacessíveis à luz e à ternura.

"Estou sozinha", me dissera Angie um mês antes.

"Não, não está."

Ela estava deitada num colchão que eu colocara na minha sala. Sua cama e a maioria de seus pertences ainda se encontravam em sua casa na Howes Street, porque ela não conseguia entrar no lugar onde Gerry Glynn atirara nela e onde Evandro Arujo sangrara até a morte no chão da cozinha.

"Você não está sozinha", eu disse, sentado atrás dela, tomando-a em meus braços.

"Estou sim. E por enquanto todas as suas atenções e todo o seu carinho de nada adiantam."

"Senhor Stone...", disse Angie.
"Trevor."
"Senhor Stone", disse ela. "Eu compartilho de sua dor. Pode acreditar. Mas o senhor nos seqüestrou. O senhor..."
"Mas não se trata de minha dor", disse ele. "Não, eu não estava falando de minha dor."
"De quem, então?", perguntei.
"De minha filha. Desiree."
Desiree.
Ele disse o nome dela como se recitasse uma prece.

Seu escritório, uma vez bem iluminado, revelava-se um verdadeiro altar erigido em honra da filha.

Onde antes eu vira apenas sombras, agora via, em fotografias e pinturas, uma mulher em quase todas as fases da vida — fotos dela ainda bebê, fotos anuais do curso secundário e a do dia em que recebeu o diploma universitário. Velhas fotos polaróide estragadas enchiam molduras novas de teca. Um instantâneo em que ela estava com uma mulher — evidentemente sua mãe — parecia ter sido tirado num churrasco ao ar livre, pois as duas estavam perto de uma churrasqueira a gás, pratos de papel nas mãos, nenhuma das duas olhando para a câmera. Era um instantâneo banal, com as bordas amassadas, tirado sem levar em conta o sol que brilhava à direita das mulheres, projetando uma sombra negra sobre a objetiva. O tipo de foto que ninguém espera que se ponha num álbum. Mas no escritório de Trevor Stone, emoldurada em prata de lei e apoiada num fino suporte de marfim, parecia deificada.

Desiree Stone era uma mulher bonita. Sua mãe, como pude ver nas muitas fotos, era com certeza de origem latina, e a filha herdara a opulenta cabeleira cor de mel, a linha graciosa do queixo e do colo, a estrutura óssea bem conformada, o nariz fino e uma pele que parecia eternamente iluminada pela luz do sol poente. O pai lhe legara os olhos cor de jade e os lábios carnudos e resolutos. A perfeita simetria dessa confluência genética era especialmente evidente na única fotografia que havia na mesa de trabalho de Trevor. Desiree estava entre a mãe e o pai, usando o barrete acadêmico e a toga roxa da formatura, tendo ao fundo o campus principal da Wesley College, os braços no pescoço dos pais, apertando o rosto deles contra o seu. Os três sorriem, irradiando opulência material e saúde física, e a beleza delicada da mãe e a prodigiosa aura de poder do pai pareciam encontrar-se e fundir-se no rosto da jovem.

"Dois meses antes da tragédia...", disse Trevor Stone, pegando a foto e segurando-a por um instante. Ele a fitou, e a metade inferior do que lhe restara do rosto esboçou o que me pareceu um sorriso. Ele repôs a foto na mesa, e ficou nos olhando enquanto sentávamos à sua frente. "Algum de vocês conhece um detetive particular chamado Jay Becker?"

"Nós conhecemos Jay", respondi.

"Trabalha para a agência Hamlyn and Kohl", disse Angie.

"Exato. O que você acha dele?"

"Em termos profissionais?"

Trevor Stone deu de ombros.

"Ele é muito bom nesse tipo de trabalho", disse Angie. "A agência Hamlyn and Kohl só contrata os melhores."

Ele assentiu. "Ouvi dizer que eles tentaram contratar vocês há alguns anos."

"De onde o senhor tirou isso?", eu disse.

"É verdade, não é?"

Fiz que sim.

"E pelo que fiquei sabendo era um bom dinheiro. Por que vocês recusaram?"

"Senhor Stone", disse Angie. "O senhor pode não ter notado, mas o estilo terno e gravata e sala de reuniões não tem nada a ver com a gente."

"Mas tem a ver com Jay?"

Fiz que sim. "Ele trabalhou por uns tempos no FBI, antes de decidir que preferia o dinheiro que podia ganhar como detetive particular. Ele gosta de bons restaurantes, roupas finas, belos apartamentos, esse tipo de coisa. E fica bem de terno."

"E pelo que vocês dizem é um bom detetive."

"Um craque", disse Angie. "Foi ele quem levantou a lebre no caso do Boston Federal Bank e suas ligações com a Máfia."

"Sim, eu sei. Quem vocês acham que o contratou?"

"O senhor", eu disse.

"Eu e muitos outros homens de negócios que perderam algum dinheiro quando houve o *crash* do mercado imobiliário, em 1988, e começou a crise das instituições de poupança e empréstimo."

"Se o senhor já usou os serviços dele, por que nos pede referências sobre o seu caráter?"

"Porque, senhor Kenzie, há pouco tempo contratei o senhor Becker e a Hamlyn and Kohl para procurar minha filha."

"Procurar?", disse Angie. "Há quanto tempo ela está desaparecida?"

"Quatro semanas", disse ele. "Trinta e dois dias, para ser mais exato."

"E Jay a encontrou?", perguntei.

"Não sei", disse ele. "Porque agora o senhor Becker também está desaparecido."

Naquela manhã, fazia um frio tolerável na cidade, sem muito vento, com temperatura próxima de zero. O tipo de tempo que incomoda mas não chega a ser insuportável.

Em compensação, no gramado atrás da casa de Trevor Stone, o vento soprava do Atlântico, agitando as vagas coroadas de branco, atingindo meu rosto feito uma metralha. Levantei a gola do casaco de couro para me proteger do vento do mar, e Angie enfiou as mãos nos bolsos e encolheu os ombros, mas Trevor Stone enfrentava os ventos com galhardia. Antes de nos levar para lá, ele pusera apenas uma leve capa de chuva cujas abas, abertas, esvoaçavam em volta de suas pernas enquanto ele fitava o oceano, parecendo desafiar o vento a insinuar-se em seu corpo.

"A Hamlyn and Khol desistiu da investigação e abandonou o caso", disse ele.

"Por qual motivo?"

"Eles não dizem."

"Isso é antiético", comentei.

"Quais são minhas opções?"

"Processá-los", eu disse. "O senhor poderia arrancar todo o dinheiro deles."

Ele se voltou, tirando os olhos do mar, e ficou nos fitando até que entendemos.

Angie disse: "Qualquer recurso legal é inútil".

Ele fez que sim. "Porque eu vou estar morto antes que qualquer coisa vá a julgamento." Ele se voltou para o vento novamente e falou de costas para nós, as palavras carregadas pelo vento cortante.

"Eu era um homem poderoso, que não conhecia o desrespeito nem o medo. Agora estou impotente. Todo mundo sabe que estou morrendo. Todos sabem que não tenho tempo de lutar contra eles. Todo mundo, tenho certeza, está rindo de mim."

Atravessei o gramado e fiquei junto dele. A grama acabava logo atrás de seus pés, deixando à mostra um penhasco de pedras escarpadas, sua superfície brilhando como ébano polido contra a fúria da rebentação lá embaixo.

"Por que nós?", perguntei.

"Andei perguntando por aí", disse ele. "Todos com quem conversei falaram que vocês dois têm as duas qualidades de que preciso."

"Que qualidades?", perguntou Angie.

"Vocês são honestos."

"Até onde..."

"...até onde isso é possível num mundo corrupto. Sim, senhor Kenzie. Mas vocês são honestos com as pessoas que fazem por merecer sua confiança. E eu pretendo fazer isso."

"Seqüestrar-nos certamente não foi a melhor maneira de conseguir isso."

Ele deu de ombros. "Sou um homem desesperado, com um relógio em acelerada contagem regressiva. Vocês fecharam seu escritório e se recusam a aceitar casos e até a encontrar-se com possíveis clientes."

"É verdade", eu disse.

"Liguei para o escritório e para a casa de vocês várias vezes na semana passada. Vocês não atendem o telefone nem têm secretária eletrônica."

"Eu tenho uma", eu disse. "No momento ela está desligada."

"Mandei cartas."

"Ele só abre a correspondência se se tratar de contas", explicou Angie.

Trevor Stone balançou a cabeça, como a reconhecer que isso era muito comum em determinados círculos. "Então, tive de tomar medidas extremas para garantir que vocês me ouviriam. Se vocês recusarem meu caso, estou disposto a pagar vinte mil dólares só pelo dia que passaram aqui e pelo incômodo que lhes causei."

"Vinte mil", disse Angie. "Dólares."

"Sim. Dinheiro já não significa nada para mim, e não tenho nenhum herdeiro, a menos que encontre Desiree. Além disso, se vocês procurarem se informar sobre mim, vão ver que vinte mil dólares não representam praticamente nada considerando-se a minha fortuna. Então, se vocês quiserem, vão ao meu escritório, peguem o dinheiro da primeira gaveta da direita da escrivaninha e voltem para as suas vidas."

"E se ficarmos", disse Angie, "o que o senhor quer que a gente faça?"

"Encontrem minha filha. Já considerei a possibilidade de ela estar morta. Na verdade, é bem provável que esteja.

Mas não quero morrer nessa dúvida. Preciso saber o que aconteceu com ela."

"O senhor procurou a polícia", eu disse.

"E eles foram muito gentis." Ele balançou a cabeça. "Mas a única coisa que eles vêem nesse caso é uma jovem abatida pela dor que resolveu se afastar de tudo por um tempo, para se recompor."

"E o senhor tem certeza de que não é por aí."

"Eu conheço minha filha, senhor Kenzie."

Ele girou o corpo apoiando-se na bengala e começou a atravessar o gramado em direção à casa. Fomos andando atrás dele e vimos nossas imagens refletidas nas vidraças de seu escritório — o homem em plena decadência que empertigava o corpo e oferecia as costas perfeitamente eretas ao vento, enquanto a capa lhe batia nas pernas e a bengala procurava um apoio no gramado congelado; à sua esquerda, uma mulher baixa, bonita, de cabelos negros que, soprados pelo vento, batiam-lhe nas faces marcadas pela dor de sua perda recente; e à sua direita, um homem na casa dos trinta anos, com um boné de beisebol, casaco de couro, jeans, olhando com uma expressão um tanto perplexa as duas pessoas orgulhosas mas feridas que andavam ao seu lado.

Quando chegamos ao pátio, Angie manteve a porta aberta para Trevor e disse: "Senhor Stone, o senhor disse que nós tínhamos as duas qualidades que são mais importantes para o senhor".

"Sim."

"Uma é a honestidade. Qual é a outra?"

"Ouvi falar que vocês são implacáveis", ele respondeu enquanto entrava no escritório. "Incrivelmente implacáveis."

# 3

"Cinqüenta", disse Angie quando estávamos indo de metrô da Wonderland Station para o centro da cidade.
"Eu sei", respondi.
"Cinqüenta mil dólares", disse ela. "Vinte eu já achava uma insanidade, e agora estamos levando cinqüenta mil dólares, Patrick."
Circulei o olhar pelo vagão do metrô, atentei para os dois bêbados sujos a uns três metros de nós, para o bando de trombadinhas absorvidos na contemplação do sinal de alarme a um canto, para o maluco de cabelos loiros cortados à escovinha, olhar estranhamente fixo, que segurava a alça vizinha à minha.
"Diga um pouco mais alto, Ange. Tenho a impressão de que os delinqüentes lá do fundo não ouviram."
"Ops." Ela inclinou o corpo em direção ao meu. "Cinqüenta mil dólares", sussurrou.
"Sim", cochichei de volta, no momento em que o trem entrava numa curva com grande ranger de metais e as luzes acima de nossas cabeças se apagaram, se acenderam, tornaram a se apagar e se acenderam de novo.
Zumbi, ou Julian Archerson, como viemos a descobrir depois, estava pronto para nos levar para casa, mas quando chegamos ao engarrafamento da rodovia 1A, depois de termos passado quarenta e cinco minutos em outra selva de automóveis na rodovia 129, pedimos que ele nos deixasse o mais perto possível de uma estação de metrô, e andamos até a Wonderland Station.

Assim, lá estávamos nós apinhados com as outras sardinhas, enquanto o velho vagão avançava no labirinto de túneis, as luzes acendendo e apagando, carregando conosco os cinqüenta mil dólares de Trevor Stone. Angie estava com o cheque de trinta mil dólares enfiado no bolso interno de seu blusão universitário, e eu trazia os vinte mil em *cash* enfiados entre a barriga e a fivela do cinto.

"Vocês vão precisar de dinheiro se forem começar imediatamente", dissera Trevor Stone. "Não se preocupem com os gastos. Esse dinheiro é só para as despesas operacionais. Liguem para mim se precisarem de mais."

Dinheiro para "despesas operacionais". Eu não sabia se Desiree estava viva ou não, mas se estivesse, ela precisaria estar enfiada em um recanto bem remoto de Bornéu ou de Tânger para que eu conseguisse gastar essa dinheirama a fim de encontrá-la.

"Jay Becker", disse Angie, dando em seguida um pequeno assobio.

"Pois é", eu disse. "A coisa não é brincadeira."

"Quando foi a última vez que você o viu?"

"Há umas seis semanas", eu disse, sacudindo os ombros. "A gente não costuma se informar sobre o que o outro anda fazendo."

"Não o vejo desde a entrega do prêmio Caralhão."

O maluco que estava à minha direita ergueu as sobrancelhas e olhou para mim.

Dei de ombros. "Eu sei: mesmo muito bem-vestida, essa gente não é muito de sair."

Ele balançou a cabeça e voltou a contemplar a própria imagem refletida na escura janela do metrô.

O prêmio de que falávamos era dado pela Associação Bostoniana de Investigação aos detetives que se destacavam pela qualidade de seu trabalho. Mas todo mundo só o chamava de Caralhão.*

---

(*) No original, *Big Dick*: *dick* pode ser "detetive" e também "pênis". *Big Dick*, portanto, pode ser um bom detetive ou um pênis grande. (N. T.)

Jay Becker ganhou o Caralhão naquele ano, assim como no ano anterior e em 1989, e por algum tempo correu o boato entre os detetives particulares de que ele iria sair da Hamlyn and Kohl e abrir seu próprio escritório. Mas eu conhecia bem Jay e não fiquei surpreso quando os boatos se revelaram falsos.

Não que ele fosse morrer de fome se trabalhasse por conta própria. Ao contrário, ele era sem dúvida o mais famoso detetive particular de Boston. Bem-apessoado, espertíssimo, poderia, se quisesse, conseguir clientes cobrando honorários da ordem de cinco dígitos. Muitos dos clientes mais ricos da Hamlyn and Kohl teriam satisfação em passar para o outro lado da rua, caso Jay abrisse um escritório fronteiro ao da agência. Mas mesmo que esses clientes lhe oferecessem todo o dinheiro da Nova Inglaterra, ele não poderia pegar seus casos. Todo investigador que assinava contrato com a Hamlyn and Kohl assinava também um termo de compromisso obrigando-se, no caso de abandonar a agência, a esperar três anos antes de aceitar qualquer caso de clientes para os quais tivesse trabalhado enquanto estava na Hamlyn and Kohl. E três anos nesse tipo de negócio é como se fosse uma década.

Assim sendo, ele estava de mãos atadas. Mas se existia algum detetive bom e respeitado o bastante para se afastar de Everett Hamlyn e Adam Kohl e se dar bem, esse cara era Jay Becker. Mas Jay era uma negação para lidar com dinheiro, a pessoa mais sem jeito de que tenho notícia. O dinheiro não parava em suas mãos. Tão logo o ganhava, gastava em roupas, carros, mulheres, sofás de couro modulados, o diabo. A Hamlyn and Kohl pagava todas as suas despesas, o aluguel do escritório, cuidava de suas ações, de seu plano de previdência privada, de sua carteira de títulos municipais. Eles o tratavam como um filho, e Jay Becker precisava de um papai.

Em Massachusetts, os que pretendem ser detetives particulares são obrigados a fazer duas mil e quinhentas horas de trabalhos de investigação junto com um detetive particular autorizado para poderem conseguir suas licenças. Por causa de seu tempo de FBI, Jay só teve de fazer mil horas, e as fez na Hamlyn and Kohl. Angie cumpriu as suas horas comigo. E eu cumpri as minhas com Jay Becker.

A técnica de recrutamento da Hamlyn and Kohl consistia em pegar uma pessoa que desejasse ser detetive particular — e que eles achassem que tinha as aptidões necessárias —, pô-la para trabalhar com um detetive experimentado que lhe ensinaria as manhas do ofício, proporcionando-lhe sua cota de horas e, naturalmente, abrindo seus olhos para o mundo dourado da Hamlyn and Kohl. Todos aqueles que, pelo que sei, obtiveram sua licença por esse meio, foram trabalhar na Hamlyn and Kohl. Bem, todos menos eu.

E isso não agradou nem um pouco Everett Hamlyn, Adam Kohl e seus advogados. Durante algum tempo recebi cartas com recriminações que normalmente me chegavam em papel de carta de fibras de algodão e com o timbre dos advogados da Hamlyn and Kohl, e às vezes com o timbre da própria empresa. Mas eu nunca assinei nada nem dei a eles nenhuma indicação de que pretendia entrar em sua firma, e quando meu advogado, Cheswick Hartman, chamou-lhes a atenção para isso, em carta lavrada em seu refinado papel de carta (de fibras de linho com um belo tom de malva), as recriminações pararam de chegar a minha caixa de correspondência. E o fato é que abri uma agência cujo sucesso superou minhas expectativas, trabalhando para uma clientela que não podia se dar ao luxo de contratar a Hamlyn and Kohl.

Mas pouco tempo antes, traumatizados pela violência psicótica dirigida contra nós por Evandro Arujo, Gerry Glynn e Alec Hardiman — violência que custou a Angie a vida de seu ex-marido, Phil —, fechamos a agência. Desde então, não tínhamos feito nada digno de nota, a menos que se dê alguma importância a jogar conversa fora, assistir a filmes antigos e encher a cara.

Eu não sei quanto tempo isso podia ter durado — talvez mais um mês, talvez até o dia em que nossos fígados nos pedissem o divórcio alegando maus-tratos e requintes de crueldade. Mas quando vi Angie olhando para Trevor Stone com uma simpatia que não tivera com ninguém nos últimos três meses, dando-lhe um sorriso franco, sem afetação, entendi que terminaríamos por aceitar o caso, ainda que ele nos tivesse seqüestrado e drogado. E a bolada que íamos receber, devo admitir, nos ajudou muito a superar a má impressão que os maus modos de Trevor nos causaram no primeiro momento.

Encontrar Desiree Stone.

O objetivo não podia ser mais simples. Mas o quanto a execução da tarefa seria simples ainda estava por conferir. Para encontrá-la, eu tinha certeza de que era preciso encontrar Jay Becker ou pelo menos reconstituir seus passos. Jay, meu mentor, o homem que me ditara meu lema profissional:

"Ninguém", dissera ele nos últimos dias do meu período de aprendizagem, "ninguém mesmo, consegue manter-se escondido se um bom detetive estiver à sua procura."

"E o que você diz dos nazistas que fugiram para a América do Sul depois da guerra? Ninguém encontrou Joseph Mengele até o dia em que ele morreu livre e sossegado."

Jay me lançou um olhar a que eu me acostumara durante os três meses que passáramos juntos. Era o que eu chamava de "olhar federal", o olhar de um homem que já passara uma temporada nos mais sombrios corredores do governo, um homem que sabia onde os corpos estavam enterrados, que documentos tinham sido queimados e por que motivo, que entendia, mais que qualquer um de nós, as maquinações do verdadeiro poder.

"Você acha que não se sabia onde Mengele estava? Você está brincando comigo?" Ele se inclinou sobre a nossa mesa no Bay Tower Room — não sem antes ter o cuidado de prender a gravata na cintura, apesar de não haver mais nenhum sinal de pratos ou de farelos na mesa. "Patrick, deixe eu lhe dizer uma coisa: Mengele tinha três enormes vantagens sobre muita gente que tenta se esconder."

"Que vantagens?"

"Primeiro", disse ele, erguendo o indicador, "Mengele tinha dinheiro. Milhões, no princípio. Mas milionários podem ser localizados. Segundo", o dedo médio juntou-se ao indicador, "ele tinha informações sobre outros nazistas, sobre fortunas enterradas em Berlim, sobre todo tipo de descobertas médicas, que ele adquirira usando judeus como cobaias — informações que ele podia negociar com muitos governos, inclusive o nosso, que presumivelmente estavam a sua procura."

Ele ergueu as sobrancelhas e recostou-se na cadeira sorrindo.

"E a terceira vantagem?"

"Ah, sim. Vantagem número três, a mais importante: eu nunca estive no encalço de Joseph Mengele. Porque ninguém consegue se esconder de Jay Becker. E agora que o treinei, D'Artagnan, meu jovem gascão, tampouco ninguém pode se esconder de Patrick Kenzie."

"Muito obrigado, Athos."

Ele fez um meneio com a mão, depois tocou a cabeça.

Jay Becker. Ninguém no mundo tinha mais classe que ele.

Jay, pensava eu enquanto o vagão do metrô emergia do túnel mergulhando na luz esverdeada de Dowtown Crossing, torço para que você esteja certo. Lá vou eu, pronto ou não. O jogo de esconde-esconde começou.

De volta ao meu apartamento, escondi os vinte mil no espaço atrás do rodapé da parede da cozinha, o mesmo lugar onde guardo minhas armas de reserva. Angie e eu limpamos a mesa da sala e nela espalhamos tudo que tínhamos juntado desde a manhã. Quatro fotografias de Desiree Stone foram dispostas em leque no centro, mais os relatórios diários que Trevor recebera de Jay até ele desaparecer, trinta dias antes.

"Por que o senhor esperou tanto tempo para procurar outro detetive?", eu havia perguntado a Trevor.

"Adam Kohl me garantiu que pusera outro homem no caso, mas acho que estava tentando ganhar tempo. Uma semana depois, a agência abandonou meu caso. Passei cinco dias procurando me informar sobre os detetives particulares considerados honestos, e acabei chegando em vocês dois."

Na sala, considerei a possibilidade de ligar para a Hamlyn and Kohl para ouvir a versão deles dos fatos, mas tinha a impressão de que não iriam colaborar. Se você abandona um cliente do calibre de Trevor Stone, não vai ficar dando conselhos ou falando sobre ele com um concorrente.

Angie espalhou os relatórios de Jay à sua frente, e eu examinei as anotações que tínhamos feito no escritório de Trevor.

"No mês seguinte ao da morte da mãe dela", dissera-nos Trevor depois de voltarmos do gramado, "Desiree sofreu dois golpes, cada um deles capaz, por si só, de destruir uma jovem. Primeiro, a descoberta de que eu estava com um câncer fatal; depois, a morte de um antigo namorado dos tempos da universidade."

"Como?", perguntou Angie.

"Afogado. Acidentalmente. Mas o que acontece é que eu e minha mulher procuramos isolar Desiree, durante boa parte de sua vida. Toda a sua existência, até a morte da mãe, fora uma maravilha, e ela fora poupada dos reveses mais insignificantes. Ela sempre se considerou uma pessoa forte. Provavelmente porque era teimosa e obstinada como eu e confundia isso com a força que a gente desenvolve quando enfrenta uma forte oposição. Por isso ela nunca foi posta à prova. Então, com a mãe morta e o pai sob cuidados médicos intensivos, percebi que ela estava decidida a resistir bravamente. E acho que seria capaz disso. Mas aí a descoberta do meu câncer foi seguida da morte de um ex-namorado. Bum. Bum. Bum."

Segundo Trevor, Desiree começou a desmoronar sob o peso de três tragédias. Passou a não dormir direito, sofreu uma drástica redução de peso e raramente falava mais de uma frase inteira num dia.

Seu pai insistiu para que procurasse ajuda psicológica, mas ela desmarcou, uma por uma, as quatro consultas que ele marcara para ela. Em vez disso — como lhe informaram Zumbi, Nó-Cego e mais alguns amigos —, ela passava quase todos os dias no centro da cidade. Saía no Saab Turbo que lhe fora dado pelos pais de presente de formatura, deixava-o num estacionamento na Boylston Street e ficava o dia inteiro andando pelas ruas ou pelos gramados do Emerald Necklace, a rede de parques de Back Bay que rodeia a cidade por dezenas de quilômetros. Certa vez ela andou até o Fens, atrás do Museu de Belas-Artes, mas em geral, pelo que Zumbi dissera a Trevor, preferia a frondosa alameda que se estende pelo meio da Commonwealth Avenue e desemboca no Public Garden, próximo dali.

Foi no Garden — contou ela a Trevor — que conheceu um homem que, em suas palavras, finalmente lhe deu um pouco do conforto e do carinho que ela vinha procurando entre o fim do verão e o começo do outono. O homem, sete ou oito anos mais velho que ela, chamava-se Sean Price, e também fora abalado por uma tragédia. Sua mulher e sua filha de cinco anos, contara ele a Desiree, tinham morrido fazia um ano, quando o aparelho de ar condicionado, com defeito, liberou monóxido de carbono em sua casa, em Concord.

Sean as encontrou na noite seguinte, quando voltou de uma viagem de negócios, pelo que Desiree contou ao pai.

"É muito tempo", eu disse, levantando os olhos das minhas anotações.

Angie levantou os olhos dos relatórios de Jay Becker. "O que você quer dizer com isso?"

"Pelas minhas notas, Desiree disse ao pai que Sean

Price encontrou a mulher e a filha vinte e quatro horas depois que elas morreram."

Ela se inclinou sobre a mesa, pegou suas notas, que estavam perto do meu cotovelo, e as folheou. "Isso mesmo. Foi isso que Trevor disse."

"Parece tempo demais", eu disse. "Uma jovem mulher — esposa de um homem de negócios e provavelmente de classe alta, pois moravam em Concord —, ela e a filha não dão sinal de vida durante vinte e quatro horas e ninguém nota?"

"Os vizinhos hoje em dia têm cada vez menos relações de amizade e cada vez menos interesse pelo que se passa com os outros."

Franzi o cenho. "Tudo bem, talvez nos bairros do centro ou nos bairros de classe média baixa. Mas isso aconteceu em Concord. Terra de vitorianos, terra de carruagens e da Old North Bridge. A América chiquérrima, branquíssima, da mais alta classe. A filha de Sean Price tem cinco anos. Ela não freqüenta um jardim-de-infância, aulas de dança ou alguma coisa do tipo? Sua mãe não faz aeróbica, não trabalha ou não tem um almoço com outra jovem mulher também de classe alta?"

"Isso incomoda você."

"Um pouco. Parece haver algo errado aí."

Ela se recostou na cadeira. "Em nosso ramo chamamos isso de 'intuição'."

Caneta na mão, debrucei-me sobre minhas anotações. "Como se escreve isso? Com um 'i' inicial, certo?"

"Não, com um 't' de tonto." Ela ficou batendo com a caneta em seus papéis e sorriu para mim. "Investigar Sean Price", disse ela enquanto escrevia essas mesmas palavras na margem superior de suas anotações. "E morte por envenenamento por monóxido de carbono em Concord entre 1995 e 96."

"E o namorado morto. Como era o nome dele?"

Ela virou a página. "Anthony Lisardo."

"Certo."

Angie fez uma careta olhando as fotos de Desiree. "Um monte de gente morrendo em volta dessa moça."

"É mesmo."

Ela pegou uma das fotos, e a expressão de seu rosto se abrandou. "Meu Deus, ela é deslumbrante. Mas faz sentido ela buscar apoio em uma pessoa que também sofreu grandes perdas." Ela levantou os olhos para mim. "Entende o que quero dizer?"

Sustentei o seu olhar, procurei nele um claro sinal de sofrimento e dor que havia em algum lugar por trás de seus olhos, o medo de se preocupar demais e se expor à mágoa novamente. Mas eu só consegui enxergar os sinais da empatia e compaixão que ela sentiu quando olhou a fotografia de Desiree, semelhantes aos que ela deixou entrever depois de fitar o olhar do pai da jovem.

"Sim", respondi. "Eu entendo."

"Mas alguém poderia se aproveitar disso", disse ela, voltando a fitar o rosto de Desiree.

"Como assim?"

"Se você quisesse se aproximar de uma pessoa devastada pela dor, e não necessariamente com boas intenções, o que faria?"

"Se eu fosse um sujeito cínico e manipulador?"

"Sim."

"Procuraria criar um laço com base numa perda comum."

"Fingindo também ter sofrido perdas irreparáveis, talvez?"

Fiz que sim. "Essa seria a melhor tática de aproximação."

"Acho, definitivamente, que precisamos conseguir mais informações sobre Sean Price", disse ela, com os olhos brilhando, cada vez mais excitados.

"O que os relatórios de Jay dizem sobre ele?"

"Bom... vamos ver. Nada que já não saibamos." Ela se pôs a passar as páginas, depois parou de repente e olhou para mim, com um sorriso radiante.

"O que foi?", perguntei, sentindo um sorriso espalhando-se em meu rosto, pois sua excitação era contagiante.

"É o máximo", disse ela.

"O quê?"

Ela levantou uma folha de papel e apontou para a confusão de papéis em cima da mesa. "Isto. Tudo isto. Estamos de volta à caçada, Patrick."

"Sim, é mesmo." E até aquele momento eu não me dera conta de quanto sentia falta daquilo — destrinçar enigmas, seguir pistas, dando o primeiro passo para desvendar o que à primeira vista parecia indecifrável e inacessível.

Mas deixei meu entusiasmo arrefecer por um instante, porque fora essa mesma excitação, essa gana de descobrir coisas que às vezes é melhor que fiquem encobertas, que me pusera cara a cara com a insuportável pestilência e podridão moral da psique de Gerry Glynn.

Essa mesma gana valera uma bala no corpo de Angie, marcas em meu rosto, lesão no nervo de uma mão, e deixara em meus braços Phil, o ex-marido de Angie, agonizante, ofegante e apavorado.

"Você vai ficar bom", eu lhe dissera.

"Eu sei", respondera ele. E morreu.

E eu sabia muito bem aonde podiam nos levar todas essas investigações, todas essas descobertas, todas essas revelações: à fria consciência de que não estávamos bem, nem um nem outro. Nossos corações e nossas mentes estavam guardados porque eram frágeis, mas também porque sempre supuravam algo sinistro e depravado demais para os olhos dos outros.

"Ei!", disse Angie, ainda sorrindo, mas um pouco menos segura. "Qual é o problema?"

Eu sempre adorei o sorriso dela.

"Nada", eu disse. "Você tem razão. Isso é o máximo."

"Certíssimo", disse ela, e batemos nossas mãos por cima da mesa. "Estamos de volta à ativa. Os criminosos que se cuidem."

"Eles já estão no maior cagaço", garanti a ela.

# 4

HAMLYN AND KOHL INVESTIGAÇÕES INTERNACIONAIS
JOHN HANCOCK TOWER, 33º ANDAR
CLARENDON STREET, 150
02116 BOSTON, MASSACHUSETTS

Relatório de investigações
PARA: sr. Trevor Stone
DE: sr. Jay Becker, detetive
ASSUNTO: O desaparecimento da srta. Desiree Stone

16 de fevereiro de 1997

Primeiro dia de investigação do desaparecimento de Desiree Stone, que foi vista pela última vez saindo de sua casa em Oak Bluff Drive, 1468, Marblehead, às onze da manhã (horário de inverno de Nova York) do dia 12 de fevereiro.

O supracitado detetive interrogou o sr. Pietro Leone, caixa do estacionamento da Boylston Street, 500, Boston, e então localizou o Saab Turbo branco da srta. Stone no piso 2 do dito estacionamento. O tíquete encontrado no porta-luvas indica que ele entrou no estacionamento exatamente às 11h51 do dia 12 de fevereiro. A inspeção feita no carro e nas cercanias não revelou nenhum indício de que tenha havido agressão criminosa. As portas estavam fechadas, o alarme ligado.

Entrei em contato com Julian Archerson (mordomo do sr. Stone), que concordou em vir pegar o carro da srta. Stone, usando as chaves de reserva, e levá-lo para a supracitada residência, para ser mais bem vistoriado. O detetive supramencionado pagou ao sr. Leone cinco dias e meio de estacionamento, num total de 124 dólares, depois foi embora do estacionamento. [Ver recibo anexo às notas relativas às despesas diárias.]

O supracitado detetive explorou os parques de Emerald Necklace, começando pelo Boston Common, passando pelo Public Garden, alameda da Commonwealth Avenue e, por fim, Fens, na altura da Avenue Louis Pasteur. Mostrando a freqüentadores do parque várias fotografias da srta. Stone, o supracitado detetive encontrou três indivíduos que afirmaram tê-la visto nos últimos seis meses:

*1. Daniel Mahew, 23, estudante de música em Berklee.* Viu a srta. Stone, pelo menos em quatro ocasiões, sentada num banco da alameda da Commonwealth Avenue entre a Massachusetts Avenue e Charlesgate East. As datas são aproximadas, mas essas ocorrências situam-se na terceira semana de agosto, segunda semana de setembro, segunda semana de outubro e primeira semana de novembro. O sr. Mahew manifestou um interesse romântico pela srta. Stone, mas ela se mostrou absolutamente desinteressada. O sr. Mahew tentou entabular uma conversa com a srta. Stone, mas por duas vezes ela se afastou; numa terceira vez ela o ignorou e, segundo Mahew, encerrou um quarto encontro jogando nele gás lacrimogêneo ou pimenta em spray.

O sr. Mahew afirmou que, em todas essas ocasiões, não havia dúvida de que a srta. Stone estava sozinha.

*2. Agnes Pascher, 44, moradora de rua.* O testemunho da sra. Pascher deve ser visto com reserva, pois o supracitado detetive percebeu evidentes sinais de uso de álcool e de droga (heroína). Pascher afirma ter visto a srta. Stone em duas ocasiões — ambas em setembro (aproximadamente) — em Boston Common. A srta. Stone, segundo Pascher, estava sentada na grama, junto à entrada, na esquina das ruas Beacon e Charles, alimentando os esquilos com alguns punhados de sementes de girassol. Pascher, que não teve nenhum contato com a srta. Stone, chamou-a de "a moça dos esquilos".

*3. Herbert Constanza, 34, engenheiro sanitarista do Departamento de Parques e Recreação.* Em várias ocasiões, desde meados de agosto até o começo de novembro, o sr. Constanza observou a srta. Stone, que ele apelidou de "a moça

*41*

bonita e triste", sentada embaixo de uma árvore num canto da área noroeste do Public Garden. Seu contato com ela limitou-se a "discretos bons-dias" a que ela raramente respondia. O sr. Constanza imaginou que a srta. Stone era poetisa, embora nunca a tivesse visto escrevendo alguma coisa.

Observe-se que as últimas vezes em que a viram foi no começo de novembro. A srta. Stone afirmou ter conhecido o homem que ela identificava como Sean Price também nesse período.

Buscas nos catálogos telefônicos eletrônicos dos nomes Sean ou S. Price apresentaram 124 entradas. As buscas de Sean Price no Departamento de Trânsito reduziram esse número para dezenove, na faixa etária entre 25 e 35 anos. Como a única descrição física de Sean Price feita pela srta. Stone informava apenas sua idade e sua raça (branca), o número se reduziu a seis, quando se fez a seleção pelo critério étnico.

O supracitado detetive começará amanhã a procurar e interrogar aquelas seis pessoas de nome Sean Price.

Atenciosamente,

Jay Becker<br>Detetive

Cc: sr. Hamlyn, sr. Kohl, sr. Keegan, sra. Tarnover.

Angie desviou o olhar dos relatórios e esfregou os olhos. Estávamos sentados lado a lado, lendo as páginas juntos.
"Porra", disse ela. "Que sujeito meticuloso."
"Esse é o Jay", eu disse. "Um exemplo para todos nós."
Ela me cutucou. "Fale a verdade... ele é seu herói, não é?"
"Herói?", eu disse. "Ele é meu Deus. Jay Becker poderia encontrar Hoffa* em dois tempos."
Ela deu uns tapinhas no maço de folhas. "Mas pare-

---

(*) Jimmy Hoffa: dirigente sindical americano desaparecido misteriosamente em 1975. (N. T.)

ce que ele estava tendo dificuldade para encontrar Desiree Stone e Sean Price."

"Tenha fé", eu disse, virando uma página.

Jay levou três dias investigando os seis Sean Price, sem nenhum resultado. Um deles tinha estado na prisão até o fim de dezembro de 1995 e estava em liberdade condicional. Outro era paraplégico, não saía de casa. Um terceiro era químico da Genzyme Corporation e estava dando consultoria para um projeto da UCLA durante todo o outono. Sean Edward Price, de Charlestown, atuava como telhador em regime de meio período e como racista em tempo integral. Quando Jay lhe perguntou se ele estivera recentemente no Public Garden ou no Boston Common, ele respondeu: "Com todas aquelas bichas, aqueles radicais e aquela gentalha pedindo esmolas para comprar *crack*? Eles deviam fazer um fosso em volta do centro da cidade e jogar uma bomba em cima, cara."

Sean Robert Price, de Baintree, era um sujeito gordinho e careca que trabalhava como vendedor para uma empresa de produtos têxteis. Quando Jay lhe mostrou a foto de Desiree Stone, ele disse: "Se uma mulher deslumbrante como essa olhasse para mim, eu tinha um ataque cardíaco na hora". Visto que em seu trabalho ele cobria o litoral sul e a parte norte do cabo, seria impossível ele ir a Boston sem chamar a atenção. Sua freqüência ao trabalho, garantiu o patrão, era irrepreensível.

Sean Armstrong Price, de Dover, era consultor de investimentos e trabalhava para Shearson Lehman. Ele se esquivou de Jay por três dias, e os relatórios diários do detetive começaram a mostrar uma leve excitação, até que finalmente ele o encontrou no Grill 23, quando este recepcionava alguns clientes. Jay puxou uma cadeira para junto da mesa e perguntou a Price por que o estava evitando. Price, achando que Jay era um inspetor da Comissão de Valores Mobiliários, confessou de cara um esquema fraudulento no qual recomendava aos clientes que comprassem ações de empresas prestes a falir, empresas nas quais o próprio Price investira, por intermédio de uma empresa fantasma. Esse esquema — Jay descobriu depois — já vinha funcionando havia anos, e durante o mês de outubro e o começo de novembro Sean Armstrong Price fez várias viagens às ilhas Cayman, às Pequenas Antilhas e a Zurique para esconder o dinheiro que não lhe cabia por direito.

Dois dias depois, observou Jay, um dos clientes que tinham sido recepcionados por Price denunciou-o aos verdadeiros inspetores da Comissão de Valores Mobiliários, e ele foi preso em seu escritório na Federal Street. Lendo nas entrelinhas das demais informações sobre Price coletadas por Jay, podia-se deduzir que Price era estúpido demais, bandeiroso demais e preocupado demais com finanças para enganar Desiree ou estabelecer relações com ela.

Afora essa pequena vitória, contudo, Jay não estava conseguindo ir a lugar nenhum, e ao cabo de cinco dias sua frustração começou a se manifestar nos relatórios. Os amigos íntimos de Desiree tinham perdido contato com ela depois da morte de sua mãe. Pai e filha raramente se falavam, e ela não fazia confidências nem a Zumbi nem a Nó-Cego. Com exceção da ocasião em que lançou gás lacrimogêneo nos olhos de Daniel Mahew, ela fora extremamente discreta em suas incursões ao centro da cidade. Se não fosse tão bonita, observou Jay a certa altura, certamente teria passado despercebida.

Desde que desapareceu, ela não usou nenhum de seus cartões de crédito e não emitiu nenhum cheque; suas aplicações, suas muitas ações, seus certificados de depósitos se mantiveram intactos. Uma checagem do registro das ligações de sua linha telefônica particular revelou que ela não telefonara para ninguém entre julho e a data de seu desaparecimento.

"Não houve nenhum telefonema", observara Jay, sublinhando as palavras em vermelho, em seu relatório de 20 de fevereiro.

Jay não era de ficar sublinhando à toa, e eu poderia

jurar que ele ultrapassara os limites da frustração e do orgulho profissional ferido, descambando para a obsessão. "É como se essa bela mulher nunca tivesse existido", escreveu em 22 de fevereiro.

Observando o caráter não profissional desse comentário, Trevor Stone entrou em contato com Everett Hamlyn, e na manhã do dia 23 Jay Becker foi convocado para uma reunião urgente com Hamlyn, Adam Kohl e Trevor Stone, na casa deste último. Trevor anexou uma transcrição da conversa deles ao dossiê organizado por Jay:

> HAMLYN: Precisamos discutir a natureza desse relatório.
> BECKER: Eu estava cansado.
> KOHL: Qualificativos como "bela"? Num documento que vai circular por toda a empresa? Onde o senhor está com a cabeça, senhor Becker?
> BECKER: Repito que estava cansado. Senhor Stone, peço desculpas.
> STONE: Estou preocupado porque o senhor está perdendo sua neutralidade profissional, senhor Becker.
> HAMLYN: Com o devido respeito, senhor Stone, em minha opinião ele já perdeu essa neutralidade.
> KOHL: Não há a menor dúvida.
> BECKER: Os senhores estão me afastando do caso?
> HAMLYN: Se o senhor Stone aceitar a nossa recomendação.
> BECKER: Senhor Stone?
> STONE: Me dê alguma razão pela qual eu não deva fazê-lo, senhor Becker. Nós estamos falando da vida de minha filha.
> BECKER: Senhor Stone, reconheço que fiquei frustrado com a falta de qualquer prova material do desaparecimento de sua filha e da existência desse Sean Price que ela disse ter conhecido. E essa frustração me deixou um pouco desorientado. E, claro, o que o senhor me falou de sua filha, o que ouvi de testemunhas e sem dúvida sua beleza física despertaram em mim uma simpatia que em

nada contribui para uma investigação desapaixonada, com o devido distanciamento profissional. Tudo isso é verdade. Mas já estou chegando ao fim. Eu vou encontrá-la.

STONE: Quando?

BECKER: Em breve. Muito em breve.

HAMLYN: Senhor Stone, insisto em que o senhor nos permita usar outro detetive nesse caso, para chefiar as investigações.

STONE: Senhor Becker, vou lhe dar três dias.

KOHL: Senhor Stone!

STONE: Três dias para conseguir algum indício concreto do paradeiro de minha filha.

BECKER: Obrigado, senhor. Obrigado. Muito obrigado.

"Isso é grave", eu disse.

"O quê?", perguntou Angie, acendendo um cigarro.

"Desconsidere toda a transcrição e preste atenção apenas na última fala de Jay. Ele se mostra subserviente, por pouco não cai na bajulação."

"Ele agradece a Stone por salvar seu emprego."

Balancei a cabeça. "Jay não é disso. Jay é muito orgulhoso. Se você o tirar de um carro em chamas, ele vai agradecer com um simples 'obrigado'. Ele não é de ficar agradecendo. Ele é arrogante demais. E o Jay que conheço ficaria furioso se sonhassem em tirá-lo do caso."

"Mas nesse caso ele estava começando a divagar. Você viu o que ele escreveu antes da tal reunião?"

Levantei-me, fiquei andando de um lado para outro, junto à mesa da sala. "Jay consegue encontrar qualquer pessoa."

"Foi isso que você disse."

"Mas em uma semana trabalhando nesse caso, ele não achou nada. Nem Desiree nem Price."

"Talvez ele estivesse procurando nos lugares errados."

Inclinei-me por sobre a mesa e, esforçando-me para relaxar minha nuca, olhei para Desiree Stone. Numa das fotos, ela estava sentada num balanço em Marblehead, sorrindo, os olhos verdes brilhantes olhando diretamente para a lente da máquina. A opulenta cabeleira cor de mel revolta, suéter amarrotado, jeans rasgado, pés descalços, maravilhosos dentes brancos à mostra.

Seus olhos convidavam o olhar, não havia dúvida, mas não era só isso que nos fazia manter os olhos pregados nela. Ela tinha aquilo que certamente um diretor de cinema de Hollywood chamaria de "presença". Congelada no tempo, ainda assim ela irradiava saúde, vigor, uma sensualidade natural, uma mistura de fragilidade e equilíbrio, de desejo e inocência.

"Tem razão", eu disse.

"Como assim?", disse Angie.

"Ela é deslumbrante."

"Eu seria capaz de matar para ficar tão bem assim num suéter velho e numa calça jeans rasgada. Meu Deus, o cabelo dela dá a impressão de não ter sido penteado por uma semana, e ainda assim ela está absolutamente perfeita."

Fiz uma careta para ela. "Em matéria de beleza, Angie, você não fica muito atrás."

"Ora, faça-me o favor." Ela apagou o cigarro, aproximou a cabeça da minha para observar a foto. "Eu sou bonita. Tudo bem. Alguns homens diriam que sou linda."

"Ou deslumbrante. Ou sublime, de arrasar, volup..."

"Tudo bem", disse ela. "Ótimo. Alguns homens. Admito isso. Alguns homens. Mas não todos. Muitos diriam que não sou seu tipo, sou italiana demais, baixa demais, isto demais ou aquilo de menos."

"Para continuarmos a discussão, digamos que sim", falei.

"Mas esta aqui", disse ela, batendo o indicador na testa de Desiree, "não há um homem no mundo que não a ache atraente."

"Ela é demais", eu disse.

"Demais?", disse Angie. "Patrick, ela é perfeita."

*47*

Dois dias depois da reunião de emergência na casa de Trevor Stone, Jay Becker fez uma coisa que poderia indicar que ele tinha pirado de vez, mas em vez disso demonstrou ser uma tirada de gênio.

Ele se transformou em Desiree Stone.

Ele parou de se barbear, de se pentear e de comer. Vestido num terno caro mas amarrotado, tentou reconstituir os passos de Desiree no Emerald Necklace. Dessa vez, porém, ele não se apresentou como detetive; fez o que ela teria feito.

Ele se sentou no mesmo banco da alameda da Commonwealth Avenue, na mesma nesga de terra gramada no Common, sob a mesma árvore do Public Garden. Como observou nos relatórios, a princípio teve a esperança de que alguém — talvez Sean Price — entrasse em contato com ele, se manifestasse de uma forma ou de outra, acreditando-o desgraçado, devastado pela dor. Mas quando isso não aconteceu, ele tentou se colocar no mesmo estado de espírito que imaginou ser o de Desiree nas semanas que antecederam o seu desaparecimento. Ele se imbuiu das coisas que ela tinha contemplado, dos sons que tinha ouvido, esperou, como ela certamente esperara, por um contato, pelo fim do sofrimento, por uma relação humana baseada na dor comum.

"A dor", escreveu Jay em seu relatório daquele dia. "Eu sempre me reportava à sua dor. O que a poderia aliviar? O que a poderia manipular? O que a poderia tocar?"

Perambulando sozinho, na maior parte do tempo, pelos parques gelados, com os flocos de neve anuviando seu campo de visão, Jay por pouco não deixou de ver o que estava diante de seu rosto e batucando em seu inconsciente desde que assumira o caso, nove dias antes.

Dor, ele ficou pensando. Dor.

E ele a viu de seu banco na Commonwealth Avenue. Ele a viu de sua nesga de gramado no Common. Ele a viu de sob a árvore no Public Garden.

Dor.
Não a emoção, mas a pequena placa dourada.
LIBERTAÇÃO DA DOR, INC., era o que estava escrito na placa.
Havia uma placa dourada na fachada da sede da empresa bem de frente para seu banco na Commonwealth Avenue, outra na porta do Centro Terapêutico Libertação da Dor, na Beacon Street. E os escritórios da Libertação da Dor, Inc. localizavam-se um quarteirão adiante, numa mansão de tijolos vermelhos na Arlington Street.
Libertação da Dor, Inc. Quando caiu a ficha, ele deve ter morrido de rir.

Dois dias mais tarde, depois de informar a Trevor Stone, Hamlyn e Kohl que reunira indícios de que Desiree Stone visitara a Libertação da Dor, Inc. e que a organização lhe parecia suspeita, Jay procurou infiltrar-se.
Ele entrou na sede da Libertação da Dor e pediu para falar com um terapeuta. Disse ao terapeuta que, depois de uma missão humanitária para as Nações Unidas em Ruanda e na Bósnia (uma história que um amigo de Adam Kohl, das Nações Unidas, poderia confirmar, se necessário), ele se encontrava num estado de completo esgotamento moral, psicológico e emocional.
Naquela noite ele participou de um "seminário intensivo" para pessoas que sofriam de dor extrema. Jay contou a Everett Hamlyn numa conversa gravada nas primeiras horas do dia 27 de fevereiro que a Libertação da Dor classificava seus clientes de acordo com seis níveis de sofrimento: Nível Um (mal-estar); Nível Dois (desamparo); Nível Três (estado sério, com manifestações de hostilidade ou alienação moral); Nível Quatro (grave); Nível Cinco (agudo); Nível Seis (linha divisória).
Jay explicou que "linha divisória" significava que o cliente chegara a um ponto em que implodia ou atingia o estado de graça e aceitação. Para averiguar se um Nível Cin-

co estava em risco de chegar ao Nível Seis, a Libertação da Dor aconselhava participar de um retiro. Por sorte, disse Jay, um grupo iria partir de Boston no dia seguinte, 28 de fevereiro, para fazer um retiro em Nantucket.

Depois de ligar para Trevor Stone, a Hamlyn and Kohl autorizou um gasto de dois mil dólares, e Jay partiu para o retiro.

"Ela esteve aqui", disse Jay a Everett Hamlyn quando falaram pelo telefone. "Desiree. Ela esteve na sede da Libertação da Dor na Commonwealth Avenue."

"Como você sabe?"

"Há um quadro de avisos na sala de recepção. Com todo tipo de fotos polaróide — sabe como é, festa de Ação de Graças, festinhas de pessoas absolutamente satisfeitas por terem voltado a ser normais, bobagens do tipo. Ela é uma dessas pessoas, eu a vi na última fileira de um desses grupos. Eu a encontrei, Everett. Sinto isso."

"Tome cuidado, Jay", disse Everett Hamlyn.

E Jay tomou. No primeiro dia de março, ele voltou de Nantucket são e salvo. Ligou para Trevor Stone e disse a ele que acabara de voltar para Boston e que iria passar em sua casa em Marblehead dentro de uma hora para comunicar o que descobrira.

"Você a encontrou?", perguntou Trevor.

"Ela está viva."

"Tem certeza?"

"Eu lhe disse, senhor Stone", falou Jay com um pouco de sua velha arrogância. "Ninguém consegue se esconder de Jay Becker. Ninguém."

"Onde você está? Vou mandar um carro buscá-lo."

Jay caiu na gargalhada. "Não se preocupe com isso. Estou a apenas trinta quilômetros daí. Logo estou chegando."

E em algum ponto desses trinta quilômetros Jay também desapareceu.

# 5

"*Fin de siècle*", disse Ginny Regan.
"*Fin de siècle*", eu disse. "Sim."
"Isso o incomoda?", perguntou ela.
"Claro", respondi. "A você não?"
Ginny Regan era a recepcionista do escritório da Libertação da Dor, e parecia um pouco desconcertada. Não a censuro por isso. Acho que ela não sabia a diferença entre *fin de siècle* e um picolé, e se eu não tivesse consultado um dicionário antes de ir para lá, também não saberia. Naquela circunstância eu estava tentando me virar da melhor forma, e começava a me confundir. Chico Marx, eu ficava pensando o tempo todo. Chico Marx. Como Chico Marx conduziria uma conversa como aquela?
"Bom", disse Ginny. "Não sei bem."
"Como assim?", eu disse, batendo a mão no tampo de sua mesa. "Como não sabe? Quando se fala de *fin de siècle*, trata-se de uma coisa muitíssimo séria. O fim do milênio, o caos total, o Armagedon nuclear, baratas do tamanho de Range Rovers."
Ginny me lançou um olhar nervoso, enquanto um homem de terno azul-claro vestia um sobretudo na sala atrás dela, aproximando-se do portãozinho que, junto com a escrivaninha de Ginny, separava o saguão do escritório principal.
"Sim", disse Ginny. "Claro que é muito sério. Mas eu estava..."
"As inscrições na parede, Ginny. Nossa sociedade es-

tá desmoronando. Há sinais disso em toda parte: Oklahoma City, o atentado contra o World Trade Center, David Hasselhoff. Está na nossa cara."

"Boa noite, Ginny", disse o homem de sobretudo, enquanto abria o portãozinho ao lado da escrivaninha de Ginny.

"Oh, boa noite, Fred", disse Ginny.

Fred olhou para mim.

Eu sorri. "Boa noite, Fred."

"Ahn, sim", fez Fred. "Tudo bem." E foi embora.

Olhei para o relógio na parede, acima dos ombros de Ginny: 17h22. Àquela hora todo o pessoal do escritório já tinha ido embora. Todos exceto Ginny, coitada.

Cocei a nuca várias vezes, o sinal combinado com Angie de que o caminho estava livre, e lancei a Ginny meu olhar benigno, beatífico, benevolente e lunático.

"Está ficando cada vez mais difícil levantar da cama", eu disse. "Muito difícil."

"Você está com depressão!", disse Ginny, visivelmente aliviada, como se finalmente tivesse entendido o que até então lhe escapara.

"Arrasado, Ginny. Arrasado."

Quando eu disse seu nome, ela estremeceu, depois sorriu. "Arrasado por causa dessa história de fin-de-cerque?"

"*Fin de siècle*", corrigi. "Sim. Bastante. Quer dizer, eu não concordo com os métodos dele, sabe, mas Ted Kaczynski tinha razão."

"Ted", disse ela.

"Kaczynski", eu disse.

"Kaczynski", ela repetiu.

"O Unabomber", eu disse.

Sorri para ela.

"Oh!", fez ela de repente. "O Unabomber!" Seus olhos se desanuviaram, e ela de repente pareceu excitada e aliviada de um grande peso. "Entendo."

"Entende?", eu disse, inclinando-me para a frente.

Seu olhar novamente se encheu de perplexidade. "Não, não entendo."

"Oh", fiz eu, recostando-me novamente na cadeira. Atrás dela, no fundo da sala, na altura do ombro direito de Ginny, vi uma janela se abrir. O frio, pensei de repente. Ela vai sentir frio nas costas.

Debrucei-me sobre sua mesa. "Essa resposta crítica ao melhor da cultura popular me enche de perplexidade, Ginny."

Ela estremeceu, depois sorriu. Parecia ser um tique seu. "Ah", fez ela.

"Isso mesmo", continuei. "E essa perplexidade leva à raiva, essa raiva leva à depressão, e essa depressão...", meu tom de voz aumentava, eu quase berrava, enquanto Angie pulava a janela e os olhos de Ginny se arregalavam, ficavam do tamanho de frisbees, e a mão dela deslizava para dentro da gaveta da escrivaninha, "...leva à dor! A verdadeira dor, a dor provocada pelo declínio da arte e do espírito crítico, pelo fim do milênio e por toda essa atmosfera de *fin de siècle.*"

A mão enluvada de Angie fechou a janela atrás de si. "Senhor...", disse Ginny.

"Doohan", eu disse. "Deforest Doohan."

"Senhor Doohan", disse ela. "Bem, senhor Doohan, não sei se dor é a palavra certa para seus problemas."

"E Björk", eu disse. "Você consegue explicar Björk?"

"Bem, eu não", disse ela. "Mas com certeza Manny consegue."

"Manny?", eu disse, enquanto a porta atrás de mim se abria.

"Sim, Manny", disse Ginny, esboçando um sorriso confiante. "Manny é um dos nossos terapeutas."

"Você tem um terapeuta chamado Manny?", perguntei.

"Olá, senhor Doohan", disse Manny, postando-se à minha frente com a mão estendida.

Manny era imenso — foi o que constatei quando tive de flexionar o pescoço para encará-lo. Manny era descomunal. Manny, vou lhe dizer uma coisa, não era um ser humano. Era um complexo industrial sobre patas.

"Olá, Manny", eu disse, enquanto minha mão desaparecia em uma das luvas de apanhador de beisebol que lhe serviam de mão.

"Olá, senhor Doohan. Qual é o seu problema?"

"Dor", eu disse.

"É uma verdadeira epidemia", disse Manny. E sorriu.

Manny e eu fomos andando com cuidado pelas calçadas cobertas de gelo em volta do Public Garden, em direção ao Centro Terapêutico Libertação da Dor, na Beacon Street. Manny me explicou delicadamente que eu cometera o engano bastante comum e compreensível de me dirigir aos escritórios da Libertação da Dor, quando obviamente eu estava procurando uma ajuda terapêutica.

"Obviamente", concordei.

"Então, o que o incomoda, senhor Doohan?", disse Manny, que tinha uma voz extraordinariamente suave para um homem do seu tamanho. Era calma, séria, a voz de uma espécie de tio.

"Bem, não sei, Manny", respondi enquanto esperávamos para atravessar a rua no trânsito pesado da hora do *rush*, na esquina da Beacon com a Arlington. "Ultimamente tenho estado muito desolado com essa situação toda. O mundo, sabe? A América."

Manny me segurou pelo cotovelo e me conduziu por uma brecha aberta no oceano do trânsito. Sua mão era firme, forte, e seu andar era o de um homem que nunca conheceu o medo ou a hesitação. Quando chegamos ao outro lado da Beacon, ele soltou meu cotovelo e tomamos a direção leste, enfrentando o vento gelado.

"Em que o senhor trabalha, senhor Doohan?"

"Publicidade", respondi.

"Ah", fez ele. "Ah, sim. Um membro dos *mass media.*"

"Se você quer chamar assim, Manny."

Quando nos aproximávamos do Centro Terapêutico, vi um grupo de adolescentes, todos de camisas brancas iguais e calças verde-oliva de vinco impecável. Eram todos homens, de cabelos curtos, e todos usavam casacos de couro.

"Vocês receberam a Mensagem?", perguntou um deles a um casal de velhos que ia na nossa frente. Ele estendeu uma folha de papel à mulher, mas ela desviou o corpo e passou por ele num passo acelerado que o deixou segurando o papel no ar.

"Mensageiros", eu disse a Manny.

"Sim", disse Manny com um suspiro. "Esta é uma de suas esquinas preferidas, não sei por quê."

Os "Mensageiros" — era como os bostonianos chamavam aqueles jovens sérios que surgiam de repente da multidão e enfiavam algum folheto no nariz dos passantes. Em geral homens, às vezes mulheres, usavam uniforme branco e verde-oliva, cabelo curto, e seu olhar em geral era manso e inocente, com um leve indício de exaltação nas íris.

Membros da Igreja da Verdade e da Revelação, eles sempre se mostravam atenciosos. A única coisa que queriam era que você lhes desse alguns minutos de atenção e ouvisse a sua "mensagem" — que imagino ter algo a ver com o Apocalipse ou com a revelação iminente, com o que vai acontecer quando os quatro cavaleiros descerem do céu e entrarem a galope na Tremont Street, e o chão se abrir para tragar os pecadores ou aqueles que não deram ouvidos à Mensagem, o que imagino ser a mesma coisa.

Aqueles jovens davam duro naquela esquina, dançando em volta das pessoas e insinuando-se por entre a multidão de pedestres que se dirigiam para casa depois do dia de trabalho.

"Não quer receber a Mensagem, enquanto ainda há tempo?", perguntava um deles, em tom desesperado, a um homem que pegou o folheto, continuou andando e amassou o papel, reduzindo-o a um bolinho.

Mas Manny e eu, pelo que parecia, éramos invisíveis. Nenhum deles se aproximou de nós quando nos dirigimos à porta do Centro Terapêutico. Na verdade, eles se afastaram de nós, num súbito movimento de recuo.

Olhei para Manny. "Você conhece esses garotos?"

Ele balançou a cabeçorra. "Não, senhor Doohan."

"Eles parecem conhecê-lo, Manny."

"Com certeza me reconhecem porque estou sempre por aqui."

"Deve ser isso mesmo", respondi.

Quando ele abriu a porta e se afastou um pouco para que eu entrasse na frente, um dos jovens olhou para ele. O rapaz tinha uns dezessete anos, o rosto cheio de espinhas. Tinha as pernas arqueadas e era tão magro que tive certeza de que um pé-de-vento poderia atirá-lo no meio da rua. O olhar que lançou a Manny durou apenas uma fração de segundo, mas era bastante revelador.

O rapaz conhecia Manny, não havia dúvida, e tinha medo dele.

# 6

"Olá!"
"Olá!"
"Olá!"
"Que bom ver você!"
Quatro pessoas estavam saindo no momento em que Manny e eu entrávamos. E, meu Deus, que gente mais feliz! Três mulheres e um homem, os rostos radiantes, os olhos brilhantes e claros, os corpos quase estourando de tanta saúde e vigor.
"Funcionários?", perguntei.
"Ahn?", fez Manny.
"Esses quatro são funcionários daqui?", eu disse.
"E clientes", disse Manny.
"Quer dizer que uns são funcionários e outros são clientes?"
"Sim", disse Manny. Um puta dum imbecil, o nosso Manny.
"Eles não parecem assim tão abatidos..."
"Nosso objetivo é a cura, senhor Doohan. Sendo assim, eu diria que seu comentário é uma avaliação positiva de nosso desempenho, não acha?"
Atravessamos o vestíbulo e subimos pelo lado direito de uma escada com dois lances simétricos que parecia ocupar todo o térreo. Os degraus eram acarpetados, e um lustre do tamanho de um Cadillac pendia entre os dois lances da escada.
Devia haver muita dor espalhada por aí para pagar

por aquele lugar. Não era de estranhar que todo mundo estivesse tão contente. Pelo visto, a dor era uma indústria em expansão.

No alto da escada, Manny abriu duas grandes portas de carvalho e avançou num piso de madeira que parecia ter um quilômetro e meio. Com certeza aquela sala um dia fora um salão de baile. O pé-direito, que tinha a altura de uns dois andares, era pintado de azul-claro, ornado com pinturas douradas representando anjos e figuras mitológicas flutuando lado a lado. Muitos outros lustres-Cadillac dividiam o espaço com os anjos. As paredes eram decoradas com pesados brocados cor de vinho e tapeçarias antigas. Canapés e sofás, uma ou duas escrivaninhas ocupavam a área do assoalho onde, com certeza, os pilares da sociedade vitoriana outrora dançaram e tagarelaram.

"Belo edifício", eu disse.

"Sem dúvida", disse Manny, enquanto várias pessoas abatidas olhavam para nós dos sofás onde se encontravam.

Uns deviam ser clientes, outros, terapeutas, mas não dava para distinguir, e eu tinha a impressão de que o velho Manny não podia fazer grande coisa para me ajudar a reconhecer uns e outros.

"Pessoal", disse Manny enquanto desfilávamos por entre o labirinto de sofás. "Este é Deforest."

"Olá, Deforest!", responderam vinte vozes em coro.

"Oi", respondi, depois olhei em volta procurando os casulos.*

"Deforest está sofrendo um pouco do mal-estar do século XX", disse Manny, levando-me para o fundo da sala. "Uma coisa que todos conhecemos bem."

Várias vozes se elevaram: "Sim. Oh, sim", como se estivéssemos num culto pentecostal e os cantores de gospel estivessem prestes a entrar.

---

(*) Casulo: alusão ao filme *Invasores de corpos*, em que alienígenas digerem seres humanos em uma espécie de casulo e assumem sua aparência física. (N. T.)

Manny me levou até uma escrivaninha num canto do fundo da sala e fez sinal para que eu me sentasse numa poltrona à sua frente. A poltrona era tão fofa que temi me afogar em suas profundezas, mas de qualquer forma me sentei, e Manny cresceu uns trinta centímetros quando afundei na poltrona e ele se instalou numa cadeira de espaldar reto atrás da escrivaninha.

"Então, Deforest", disse Manny, tirando da gaveta um bloco de anotações ainda em branco e colocando-o sobre a escrivaninha. "Em que podemos ajudá-lo?"

"Não estou bem certo de que consigam me ajudar."

Ele se recostou na cadeira, abriu bem os braços e sorriu. "Que tal tentar?"

Dei de ombros. "Talvez tenha sido uma má idéia. Eu só estava passando perto do edifício, vi a placa..." Dei de ombros novamente.

"E você sentiu um puxão."

"Um o quê?"

"Um puxão." Ele se inclinou outra vez para a frente. "Você se sentiu meio esquisito, não foi?"

"Um pouco", eu disse, fitando meus sapatos.

"Talvez um pouco, talvez muito. Isso veremos. Mas esquisito. Ainda há pouco você estava andando lá fora carregando no peito um peso que o oprime há tanto tempo que quase virou uma segunda natureza. Aí você vê a placa. Libertação da Dor. E tem a impressão de que sofreu um puxão. Porque era por isso que você ansiava. Libertação. Da perplexidade. Da solidão. Da sensação de estar deslocado." Ele ergueu uma sobrancelha. "Não foi isso que aconteceu?"

Pigarreei e relanceei os olhos em seu olhar firme, como se estivesse confuso demais para encará-lo. "Talvez."

"'Talvez' não", disse ele. "Sim. Você está sofrendo, Deforest. E nós podemos ajudá-lo."

"Será que podem?", eu disse, procurando imprimir a minha voz um levíssimo tremor. "Será que podem?", repeti.

"Nós podemos. Se", acrescentou ele, levantando um dedo, "você confiar em nós."

"Isso não é fácil", respondi.

"Concordo. Mas a confiança deve ser a base de nossas relações, do contrário de nada adiantará. Você tem que confiar em mim." Ele bateu no próprio peito. "E eu tenho que confiar em você. Assim, nós podemos desenvolver um vínculo."

"Que tipo de vínculo?"

"Um vínculo entre seres humanos." Sua voz suave ficou ainda mais branda. "O único vínculo que importa. É daí que advém a dor, Deforest — da falta de um vínculo com outros seres humanos. No passado você depositou sua confiança em pessoas que não a mereciam, que o espezinharam. Você foi traído. Mentiram para você. Então você resolveu nunca mais confiar. E essa decisão o protege até certo ponto. Tenho certeza. Mas ela o isola do resto da humanidade. Você está desligado de tudo. Você se sente desgarrado. E a única maneira de você encontrar de novo o seu caminho é um vínculo, é confiar novamente."

"E você quer que eu confie em você."

Ele fez que sim. "Às vezes é preciso arriscar."

"E por que eu deveria confiar em você, Manny?"

"Bem, eu vou conquistar a sua confiança. Pode acreditar. Mas é uma via de mão dupla, Deforest."

Apertei os olhos.

"Eu preciso confiar em você", disse ele.

"E como posso provar que sou digno de sua confiança, Manny?"

Ele cruzou as mãos sobre o abdome. "Você pode começar me contando por que anda armado."

Ele era bom. Meu revólver estava no coldre, preso à cintura, nas costas, na altura dos rins. Eu vestia um terno bem largo, de corte europeu, sob um sobretudo preto — o que eu imaginava ser a roupa típica de um publicitário —, e nenhuma das peças tocava na arma. Manny era muito bom.

"Medo", eu disse, tentando parecer embaraçado.

"Ah!, entendo." Ele se inclinou para a frente e escreveu "medo" numa folha de papel pautado que estava sobre a mesa. Na margem superior ele escreveu "Deforest Doohan".

"Entende?"

A expressão de seu rosto parecia sempre neutra, reservada. "Medo de alguma coisa em especial?"

"Não", eu disse. "É só a sensação difusa de que o mundo é um lugar muito perigoso, onde às vezes me sinto perdido."

Ele balançou a cabeça. "Claro. Esse é um sentimento comum hoje em dia. As pessoas muitas vezes sentem que mesmo as coisas mais insignificantes neste mundo vasto e moderno estão fora de seu controle. Elas se sentem isoladas, pequenas, com medo de se perder nas entranhas da tecnocracia, um mundo industrializado que se desenvolveu muito além de sua capacidade de controlar seus piores impulsos."

"É por aí", falei.

"Como você disse, é uma sensação de *fin de siècle*, comum no final de cada século."

"Sim."

Eu não usara a expressão *fin de siècle* na presença de Manny.

Isso queria dizer que os escritórios estavam cheios de aparelhos de escuta.

Tentei evitar que essa descoberta transparecesse em meu olhar, mas devo ter falhado, porque seu semblante de repente se anuviou e ergueu-se entre nós o calor de uma brusca revelação.

O plano era conseguir fazer que Angie entrasse antes de ligarem o alarme. Ela certamente dispararia o alarme na saída, é claro, mas então teria tempo dar o fora antes que algum guarda chegasse ao local. Isso na teoria, porque nenhum de nós considerou a possibilidade de um sistema de escuta interno.

Manny olhou para mim, as sobrancelhas negras arqueadas, os lábios crispados por sobre a pirâmide que formara com as mãos. Agora ele não parecia mais um homem alto e delicado, nem um terapeuta da dor. Parecia um bom filho da puta de quem se devia manter distância.

"Quem é você, Doohan? De verdade."

"Sou um publicitário que se sente profundamente atemorizado pela cultura moderna."

Ele tirou as mãos do rosto, olhou para elas. "O engraçado é que suas mãos não são macias", disse. "E algumas articulações de seus dedos parecem ter sofrido fraturas mais de uma vez. E o seu rosto..."

"Meu rosto?" Percebi que a sala ia ficando cada vez mais silenciosa atrás de mim.

Manny olhou para alguma coisa ou para alguém atrás de mim. "Sim, seu rosto. Com uma boa iluminação, vejo cicatrizes em seu rosto, sob os pêlos da barba. Parecem cicatrizes de faca, senhor Doohan. Ou seriam de navalha?"

"Quem é você, Manny?", perguntei. "Você não me parece um terapeuta da dor."

"Ah, mas quem está em questão aqui não sou eu." Ele olhou novamente por sobre o meu ombro, e então o telefone de sua mesa tocou. Ele sorriu e pegou o fone. "Sim?" Sua sobrancelha esquerda se ergueu enquanto ouvia, e seus olhos procuraram os meus. "Isso faz sentido", disse ele ao telefone. "Com certeza ele não está trabalhando sozinho. Dê duro em quem estiver no escritório", disse, rindo para mim. "Bata pra valer. Cuide para que não os deixem sair."

Manny pôs o fone no gancho e enfiou a mão na gaveta, e eu meti o pé na escrivaninha com tanta força que minha poltrona deslizou de sob mim e a escrivaninha caiu no peito de Manny.

O sujeito que estava atrás de mim comunicando-se com Manny com o olhar se aproximou pela minha direita, e eu senti sua presença antes de vê-lo. Girei para a direita e dei-lhe uma cotovelada no meio da cara, com tanta força que minha mão ficou dormente.

Manny livrou-se da mesa e se levantou enquanto eu dava uma volta e colocava meu revólver em seu ouvido. De sua parte, Manny se mostrou um sujeito muito equilibrado, considerando-se que tinha um revólver encostado na cabeça. Ele não pareceu assustado. Parecia já ter vivido aquilo antes. Parecia chateado.

"Você está pensando em me usar como refém, não é?" Ele deu um risinho. "Sou grande demais para ser rebocado por aí, meu velho. Já pensou nisso?"

"Pensei sim."

E dei-lhe uma coronhada na têmpora.

Para muitos caras, aquilo bastava. É igual ao que a gente vê no cinema: eles caem feito um saco de lixo e ficam no chão ofegantes. Mas com Manny era outra história, e eu não esperava que fosse diferente.

Quando sua cabeça se inclinou, sob o impacto do primeiro golpe, dei outra pancada na junção do pescoço com a clavícula e mais uma na têmpora. Esse último golpe foi providencial, porque ele já estava levantando os braços gigantescos, sem dúvida para me atirar do outro lado da sala como uma almofada. Em vez disso, ele revirou os olhos, dasabou sobre a cadeira que já estava tombada e se esborrachou no chão fazendo só um pouquinho mais de barulho do que faria um piano jogado do telhado.

Girei o corpo e apontei meu revólver para o sujeito que se chocara contra meu cotovelo. Ele tinha o corpo musculoso de um atleta, e os cabelos pretos e curtos das têmporas contrastavam com a pele nua no alto da cabeça. Ele se levantou do chão, cobrindo o rosto ensangüentado com as mãos em concha.

"Ei, você", eu disse. "Seu babaca."

Ele olhou para mim.

"Ponha as mãos na cabeça e vá andando na minha frente."

Ele piscou os olhos.

Estendi o braço e encostei o revólver nele. "Agora."

Ele entrecruzou os dedos no alto da cabeça e começou a andar, enquanto eu mantinha o revólver entre as suas omoplatas. A multidão de imbecis felizes ia se abrindo à medida que avançávamos, e agora eles não estavam parecendo tão felizes ou radiantes como antes. Pareciam virulentos feito víboras cujo ninho tivesse sido destruído.

A meio caminho do antigo salão de baile, vi um sujeito de pé atrás de uma escrivaninha, falando ao telefone. Engatilhei o revólver e apontei para ele. Ele largou o fone.

"Desligue", ordenei.

Ele desligou, as mãos trêmulas.

"Afaste-se da escrivaninha."

Ele se afastou.

O sujeito de cara quebrada que ia na minha frente gritou para as pessoas que estavam no salão: "Ninguém deve chamar a polícia". Depois se voltou para mim: "Você está numa enrascada".

"Como é seu nome?", eu disse, apertando o revólver nas suas costas.

"Vá se foder", disse ele.

"Bonito nome. É sueco?", perguntei.

"Você é um homem morto."

"Humm", fiz eu. Com minha mão livre, dei um tapinha em seu nariz quebrado.

Uma mulher que estava paralisada à nossa esquerda exclamou: "Meu Deus", e o sr. Vá-se-Foder cambaleou, ofegante, depois recuperou o equilíbrio.

Chegamos à porta dupla, e eu coloquei minha mão livre no ombro do sr. Vá-se-Foder e enfiei o revólver sob seu queixo, fazendo-o parar. Tirei sua carteira do bolso de trás, abri-a e li o nome em sua carta de motorista: John Byrne. Coloquei a carteira no bolso de meu sobretudo.

"John Byrne", sussurrei ao seu ouvido. "Se tiver alguém do outro lado dessa porta, você vai ganhar mais um buraco na cara, entendeu?"

Sangue e suor escorriam-lhe do rosto e empapavam o colarinho de sua camisa branca. "Entendi", ele respondeu.

"Ótimo. Agora vamos sair, John."

Voltei a cabeça e dei uma olhada naquela gente feliz. Ninguém se mexia. Manny devia ser o único a ter uma arma na gaveta da escrivaninha.

"Quem passar por essa porta depois que eu sair", eu disse com a voz um pouco rouca, "vai morrer, certo?"

À guisa de resposta, muitos balançaram a cabeça nervosamente, e John Byrne abriu a porta.

Empurrei-o para a frente, segurando-o com firmeza, e paramos no alto da escada.

Estava vazia.

Girei o corpo de John Byrne de frente para a porta do salão de baile. "Feche a porta."

Ele fechou, girei seu corpo novamente em direção à escada, e começamos a descer. Há poucos lugares com menos espaço para manobras do que uma escada daquele tipo. Eu engolia em seco, enquanto meus olhos se deslocavam rapidamente para a esquerda, para a direita, para cima, para baixo, e recomeçavam tudo de novo. A meia altura da escada, notei que o corpo de John ficou tenso. Puxei-o com força em minha direção, pressionei o cano do revólver em suas costas.

"Está pensando em me jogar escada abaixo, John?"

"Não", disse ele entre os dentes cerrados. "Não."

"Ótimo", eu disse. "Porque seria uma estupidez."

Senti que seus músculos relaxaram. Empurrei-o novamente para a frente, e descemos o resto da escada. A mistura de suor e sangue sujou a manga de meu sobretudo, deixando uma mancha úmida, cor de ferrugem.

"Você estragou o meu sobretudo, John."

Ele olhou para meu braço. "Essa mancha sai."

"É *sangue*. Sobre a mais fina lã, John."

"Mas uma boa lavadora a seco sabe..."

"Espero que sim", eu disse. "Porque se não sair... eu estou com sua carteira. O que significa que sei onde você mora. Pense nisso, John."

Paramos na porta que dava para o saguão.

"Está pensando no que lhe falei, John?"

"Sim."
"Vai ter alguém esperando por nós lá fora?"
"Não sei. Talvez a polícia."
"Eu não tenho problemas com a polícia", eu disse. "Eu gostaria muito de ser preso agora mesmo, John. Está entendendo?"
"Imagino."
"O que me preocupa, John, é um bando de gigantes desesperados como Manny esperando na Beacon Street com mais revólveres do que eu tenho."
"O que você quer que eu diga?", disse ele. "Eu não sei o que nos espera lá fora. E de qualquer forma, eu é que vou receber a primeira bala."
Bati em seu queixo com o revólver. "E a segunda também, John. Lembre-se disso."
"Quem diabo é você, cara?"
"Um cara no maior cagaço, com quinze balas no carregador. E que diabo funciona aqui? É uma seita?"
"Sem chance", disse ele. "Pode atirar em mim, que eu não vou abrir o bico."
"Desiree Stone", eu disse. "Você a conhece, John?"
"Puxe o gatilho, cara. Eu não vou falar."
Inclinei-me para ele e examinei o seu perfil, o olho esquerdo mexendo-se nervosamente na órbita.
"Onde ela está?"
"Não sei do que você está falando."
Eu não tinha tempo para interrogá-lo ou para arrancar as informações na base da porrada. Tudo que eu tinha era sua carteira, mas aquilo bastava para me propiciar um segundo *round* com John num futuro próximo.
"Vamos torcer para que este não seja o último minuto de nossas vidas, John", eu disse, empurrando-o para o saguão.

# 7

A porta de entrada da Libertação da Dor, Inc. era de bétula negra e não comportava nem mesmo um olho mágico em seu centro. À direita da porta, havia a parede de tijolo; à esquerda, dois pequenos retângulos de vidro verde, grossos e embaçados pela combinação do vento gelado de fora com o ar quente de dentro.

Obriguei John Byrne a se ajoelhar junto do vidro e limpei o vidro com a manga do sobretudo. Não adiantou muito; era como olhar de dentro de uma sauna através de dez cortinas de plástico. A Beacon Street estendia-se diante de mim como uma pintura impressionista, eu enxergava formas indistintas do que supunha ser pessoas que deslizavam na névoa líquida; as luzes brancas e amarelas da rua de certa forma pioravam ainda mais as coisas, dando a impressão de que estávamos olhando para uma fotografia que sofrera superexposição. Do outro lado da rua, as árvores do Public Garden, que não se podiam distinguir umas das outras, formavam aglomerados sombrios. Eu não sabia ao certo se estava vendo as coisas, mas me parecia que várias luzinhas menores piscavam por entre as árvores. Não dava para saber o que havia lá fora. Mas eu não podia continuar ali. Eu ouvia as vozes cada vez mais exaltadas no salão de baile, e a qualquer instante alguém se arriscaria a abrir a porta que dava para a escada.

Na Beacon Street, no comecinho da noite, pouco antes da hora do *rush*, devia haver uma pequena multidão. Ainda que houvesse clones de Manny lá fora, armados até os dentes, era pouco provável que atirassem em mim diante de testemunhas. Mas também quanto a isso eu não podia ter certeza. Talvez eles fossem muçulmanos xiitas, e me matar a tiros fosse o caminho mais curto para Alá.

"Dane-se", eu disse, obrigando John a se levantar. "Vamos."

"Merda", disse ele.

Respirei fundo pela boca algumas vezes. "Abra a porta, John."

Sua mão se imobilizou sobre a maçaneta. Então ele a abaixou e a limpou na perna da calça.

"Tire a outra mão da cabeça, John. Mas não tente fazer nenhuma besteira."

Ele obedeceu e olhou para a maçaneta novamente.

Lá em cima, uma coisa pesada caiu no chão.

"Estou esperando que você abra, John."

"Sim."

"Esta noite, por exemplo", eu disse.

"Sim." Ele limpou a mão na perna da calça novamente.

Soltei um suspiro, avancei, abri a porta eu mesmo e pressionei o cano da arma nas costas dele no momento em que chegávamos à escada externa.

E dei de cara com um policial.

Ele ia passando pelo edifício em marcha acelerada, quando viu um movimento pelo canto do olho. Parou, girou o corpo e olhou para nós.

Ele levou a mão direita à cintura, parando na altura de sua arma, e olhou para o rosto ensangüentado de John Byrne.

Mais adiante, na esquina da Arlington, vários carros da polícia estavam parados na frente da sede da Libertação da Dor, as luzes brancas e azuis projetando-se por entre as árvores do Garden e incidindo sobre os edifícios de tijolos vermelhos, ao lado do bar Cheers.

O policial olhou rapidamente para a esquina, depois de novo para nós. Era um rapaz musculoso, de cabelo avermelhado, nariz chato e arrebitado, com aquele olhar estudado de intimidação bem típico de um policial ou de um vagabundo daquelas redondezas. O tipo do garoto que algumas pessoas pensariam ser meio devagar, só porque tem um andar descansado, sem imaginar o quanto estão enganadas até o momento em que ele mostra do que é capaz. Usando um método bastante doloroso.

"Humm... os senhores estão com algum problema?"

Aproveitando o fato de John estar na minha frente, impedindo que o policial me visse, enfiei meu revólver no cinto e o cobri com a aba do casaco. "Não, nenhum problema. Só estou tentando levar meu amigo ao hospital."

"Ora, ora", disse o rapaz, dando mais um passo em direção à escada. "O que aconteceu com o seu rosto?"

"Caí na escada", disse John.

Curiosa iniciativa, John. Tudo que você precisava fazer para se livrar de mim era dizer a verdade. Mas você não disse.

"E o senhor bateu com a cara no chão?"

John deu um risinho, enquanto eu abotoava o sobretudo sobre o paletó. "Infelizmente", disse ele.

"O senhor pode sair de trás de seu amigo?"

"Eu?", perguntei.

O rapaz fez que sim.

Avancei um pouco e fiquei à direita de John.

"E os senhores poderiam vir até a calçada?"

"Sim, claro", dissemos em coro.

Quando nos aproximamos o bastante do policial, pude ler seu nome inscrito no uniforme: agente Largeant. Um dia ele chegaria a sargento. Sargento Largeant. Eu tinha a impressão de que ninguém iria criar problemas para ele por causa disso. Aposto como ninguém se animaria a torrar a paciência dele por nada.

Ele tirou uma lanterna da cintura, iluminou a porta da Libertação da Dor e leu a placa dourada.

"Os senhores trabalham aqui?"

"Eu trabalho", disse John.

"E o senhor?" Voltou-se para mim, e a luz da lanterna brilhou em meus olhos por tempo bastante para eles doerem.

"Sou amigo de John", eu disse.

"O seu nome é John?" A luz da lanterna atingiu os olhos de John.

"Sim, senhor policial."

"John...?"

"Byrne."

Largeant balançou a cabeça.

"Senhor policial, não estou me sentindo muito bem. Estávamos a caminho do Hospital Geral para ver a situação do meu rosto." Largeant balançou a cabeça mais uma vez e olhou para os próprios sapatos. Aproveitei a ocasião para tirar a carteira de John Byrne do bolso de meu sobretudo.

"Posso ver os documentos dos senhores?", disse Largeant.

"Documentos?", perguntou John.

"Senhor policial", eu disse, colocando a mão nas costas de John como para ampará-lo. "Meu amigo pode ter sofrido uma concussão."

"Gostaria de ver algum documento", disse Largeant, sorrindo para atenuar a secura do tom de voz. "E peço que se afaste um pouco de seu amigo. Agora, senhor."

Enfiei a carteira na cintura da calça de John, tirei a mão e comecei a vasculhar meus bolsos. Ao meu lado, John deu um risinho.

Ele entregou a carteira a Largeant e deu um risinho de troça, que eu sabia dirigido contra mim. "Aqui está, senhor policial."

Largeant abriu a carteira, e uma pequena multidão começou a se formar junto de nós. Aquelas pessoas estavam ali por perto o tempo todo, mas agora as coisas estavam ficando mais interessantes e elas nos cercaram pelos dois lados. Alguns eram os Mensageiros que tínhamos visto antes, todos de olhos arregalados e bestificados com aquele sinal do ocaso do século XX acontecendo bem diante de seus olhos. Dois homens sendo investigados em plena Beacon Street, mais um sinal inequívoco do Apocalipse.

Outros eram empregados de escritórios, gente que tinha levado o cachorro para passear ou que estava tomando café no Starbucks, a uns cinqüenta metros dali. Alguns tinham se disposto a abandonar seu lugar na eterna fila na entrada do Cheers, quem sabe contando poder fazer uma segunda hipoteca para tomar uma cerveja quando sentissem vontade, mas esses eram casos especiais.

E havia também alguns que não gostei nem um pouco de ver. Homens bem-vestidos, paletó abotoado na altura da cintura, olhos que pareciam pontas de agulhas espetadas em mim. Saídos dos mesmos casulos que Manny. Eles se mantinham na periferia da multidão, espalhados de forma a poder me interceptar quer eu tomasse a direção da Arlington, quer me dirigisse para Charles, quer atravessasse a rua rumo ao Garden. Homens perversos, de aspecto sombrio.

Largeant devolveu a carteira a John, e este me deu outro risinho enquanto a recolocava no bolso da frente da calça.

"Agora o senhor."

Passei-lhe minha carteira, ele a abriu e a iluminou com a lanterna. O mais discretamente possível, John tentou esticar o pescoço para dar uma olhada, mas Largeant logo a fechou.

Meu olhar buscou o de John, e foi a minha vez de sorrir. Sem chance, seu paspalho.

"Aqui está, senhor Kenzie", disse Largeant, e senti um frio na barriga. Ele me devolveu a carteira, enquanto John Byrne abria um sorriso do tamanho de Rhode Island, depois articulou em silêncio "Kenzie", balançando a cabeça satisfeito.

Tive vontade de chorar.

Em seguida, quando voltei a olhar para a Beacon Street, avistei a única coisa que não me deprimira nos últimos cinco minutos — Angie passando devagar ao lado do Garden, ao volante de nossa Crown Victoria marrom. Dentro do carro estava tudo escuro, mas dava para ver a brasa do cigarro toda vez que ela o levava aos lábios.

"Senhor Kenzie?", disse uma voz delicadamente.

Era Largeant, que me olhava como um cachorrinho, e de repente fiquei apavorado, porque imaginava o que estava por vir.

"Eu só queria apertar a sua mão, senhor."

"Não, não", eu disse, com um sorriso sem graça.

"Vamos", disse John radiante. "Aperte a mão deste homem!"

"Por favor, senhor. Seria uma honra apertar a mão do homem que eliminou os rebotalhos humanos Arujo e Glynn."

John Byrne olhou para mim erguendo uma sobrancelha.

Apertei a mão de Largeant, ainda que minha vontade fosse estrangular aquele imbecil. "O prazer é meu", murmurei.

Largeant, alvoroçado, sorria e balançava a cabeça o tempo todo. "Sabem quem é ele?", disse à multidão.

"Não, quem é?"

Virei a cabeça e vi Manny num degrau da escada, abrindo um sorriso ainda mais largo que o de John.

"Ele é Patrick Kenzie, o detetive particular que ajudou a encurralar o *serial killer* Gerry Glynn e seu comparsa. O herói que em novembro passado salvou uma mulher e seu bebê em Dorchester. Vocês se lembram?"

Algumas pessoas bateram palmas.

Mas ninguém com mais entusiasmo que Manny e John Byrne.

Tive de fazer um esforço para não enfiar a cabeça nas mãos e chorar.

"Aqui está o meu cartão", disse Largeant, enfiando-o em minha mão. "Qualquer hora, quando o senhor quiser relaxar um pouco ou, quem sabe, precisar de ajuda em algum caso, basta pegar o telefone, senhor Kenzie."

Quando eu precisar de ajuda em algum caso. Muito bem. Obrigado.

A multidão se dispersava, agora que tinham certeza de que ninguém ia levar um tiro. Todos menos os homens com ternos abotoados e rostos duros — eles se afastavam para deixar os outros curiosos irem embora, mantendo os olhos fixos em mim.

Manny desceu a escada e veio para a calçada, aproximou-se de mim e sussurrou ao meu ouvido.

"Olá".

Largeant falou: "Bem, o senhor tem que levar seu amigo ao hospital, e eu tenho que ir ali adiante". Ele fez um gesto em direção à esquina da Arlington Street e me deu um tapinha no ombro. "Foi um grande prazer conhecê-lo, senhor Kenzie."

"Ora", eu disse, enquanto Manny se aproximava ainda mais de mim.

"Boa noite." Largeant deu meia-volta e começou a atravessar a Beacon Street. Manny agarrou meu ombro. "Foi um grande prazer conhecê-lo, senhor Kenzie."

"Agente Largeant", gritei, e Manny tirou a mão de meu ombro.

Largeant se voltou e olhou para mim.

"Espere um pouco." Fui avançando pela calçada, e dois galalaus me bloquearam a passagem por um instante. Depois, um deles olhou por sobre meu ombro, fez uma careta, e então os dois se afastaram, a contragosto. Passei entre eles, avançando pela Beacon.

"Sim, senhor Kenzie?", disse Largeant, parecendo desconcertado.

"Pensei em ir com você para ver se algum de meus colegas está lá." Fiz um gesto em direção à Arlington.

"E o seu amigo, senhor Kenzie?"

Olhei para Manny e para John, que estavam de orelha em pé, esperando minha resposta.

"Manny", eu disse. "Você pode levá-lo ao hospital, não é?"

Manny disse: "Eu..."

"No seu carro é mais rápido do que a pé. Você tem razão."

"Oh", fez Largeant. "Ele está de carro."

"Um belo carro, aliás. Não é verdade, Manny?"

"Uma beleza", disse Manny com um sorriso crispado.

"Bem", eu disse. "Manny, é melhor se apressar. Boa sorte, John", acrescentei com um aceno.

Largeant disse: "Sabe, senhor Kenzie, eu estava pensando em lhe perguntar sobre Gerry Glynn. Como o senhor..."

A Crown Victoria aproximou-se de nós.

"É minha carona!", exclamei.

Largeant se voltou e olhou para o carro.

"Ei, agente Largeant", eu disse. "Ligue pra mim qualquer dias desses. Foi ótimo conhecê-lo. Boa sorte." Abri a porta do passageiro. "Continue assim. Boa sorte para você. Até logo."

Entrei no carro e fechei a porta.

"Vamos embora", eu disse.

"Calma, calma", disse Angie.

Deixamos para trás Largeant, Manny, John e os Casulos, dobramos à esquerda na Arlington e passamos por três carros de polícia estacionados na frente da sede da Libertação da Dor, cujas vidraças, iluminadas pela luz feérica das viaturas, pareciam estar em chamas.

Quando nos certificamos de que ninguém estava nos seguindo, Angie estacionou o carro atrás de um bar no Southie.

"E então, querido", disse, girando no banco do carro. "Como foi o seu dia?"

"Bem..."

"Pergunte como foi o meu", disse ela. "Vamos, pergunte."

"Certo", eu disse. "Como foi o seu dia, *queridinha*?"

"Cara... eles chegaram em cinco minutos."

"Quem? A polícia?"
"A polícia...", disse ela com um muxoxo. "Não. Aqueles grandalhões com disfunção hormonal. Aqueles que estavam em volta de você, do policial e do sujeito com a cara quebrada."
"Ah", fiz eu. "Eles."
"Sem sacanagem, Patrick, eu já me vi morta. Eu estava pegando uns disquetes na sala de trás, e aí, bang: todas as portas se abriram, os alarmes dispararam em meus ouvidos e... bem, te garanto que não foi nada legal, parceiro."
"Disquetes?", perguntei.
Ela me mostrou um punhado de disquetes, presos por um elástico vermelho.
"E aí", disse ela, "além de arrebentar a cara de um sujeito e quase ir em cana, conseguiu fazer alguma coisa?"

Angie conseguira entrar na sala de trás pouco antes de Manny me levar para o Centro Terapêutico. Ela esperou lá dentro enquanto Ginny apagava as luzes, desligava a cafeteira, punha as cadeiras nos lugares, o tempo todo cantando "Foxy Lady".
"De Hendrix?", perguntei.
"A plenos pulmões", disse Angie. "Até a melodia da guitarra."
Estremeci só de imaginar a cena.
"Você devia receber um adicional de insalubridade."
"Pois é."
Depois que Ginny foi embora, Angie quis sair de seu esconderijo, mas notou os finos raios de luz no escritório principal. Eles se entrecruzavam como fios elétricos, saindo de vários pontos da parede, alguns a vinte centímetros do chão, outros a dois metros.
"Um puta dum sistema de segurança", eu disse.
"Dos mais modernos. De repente me vi encurralada no gabinete do fundo."

Ela começou por abrir com chave falsa as fechaduras dos arquivos, mas encontrou apenas formulários fiscais, fichas de descrição de funções e formulários de notificação de acidentes de trabalho. Ligou o computador da mesa de trabalho, mas não conseguiu ir além da senha. Angie estava vasculhando a escrivaninha quando ouviu um tumulto na porta de entrada. Pressentindo que a brincadeira tinha terminado, usou o pé-de-cabra com que abrira a janela para quebrar a fechadura da gaveta que ficava na parte inferior da escrivaninha, do lado direito. Ela tirou uma lasca da madeira, arrancou a gaveta da escrivaninha e achou os disquetes esperando por ela.

"Tudo na maior delicadeza", eu disse.

"Ei", disse ela. "Eles vinham entrando pelo hall feito carros de assalto. Peguei o que pude e saí pela janela."

Havia um sujeito esperando por ela lá fora, mas depois de receber umas pancadas com o pé-de-cabra ele resolveu dar uma cochilada.

Ela saiu para a Beacon por um pequeno pátio fronteiro a um edifício qualquer de arenito pardo, depois se viu no meio de um grupo de alunos da Emerson College a caminho de um curso noturno. Então foi andando com eles até a Berkeley Street, e em seguida pegou o carro da nossa empresa, que estava estacionado irregularmente na Marlborough Street.

"Pois é", disse ela. "Levamos uma multa."

"Ora se não", eu disse. "Ora se não."

Richie Colgan ficou tão feliz em nos ver que por pouco não quebrou meu pé batendo a porta nele.

"Fora daqui", disse ele.

"Belo roupão", eu disse. "Podemos entrar?"

"Não."

"Por favor...", disse Angie.

Atrás dele, vi velas em sua sala de estar e uma taça de champanhe pela metade.

"Isso que estou ouvindo é Barry White?", perguntei.
"Patrick." Seus dentes estavam cerrados, e sua garganta emitia um som parecido com um rosnado.
"É sim", eu disse. "É 'Can't Get Enough of Your Love' que vem aí de dentro, Rich."
"Saiam de minha porta", disse Richie.
"Não precisa disfarçar, Rich", disse Angie. "Se quiser que a gente volte mais tarde..."
"Abra a porta, Richard", disse sua mulher, Sherilynn.
"Oi, Sheri", Angie acenou para ela pela abertura da porta.
"Richard", insistiu Sherilynn.
Richie recuou um pouco, e nós entramos na casa dele.
"Richard", eu disse.
"Aqui pra você", ele rosnou.
"Que modos são esses, Rich?"
Ele abaixou a vista e percebeu que o roupão estava aberto. Ele o fechou e quando passei me deu um soco na altura dos rins.
"Seu escroto", sussurrei, esquivando-me.
Angie e Sherilynn estavam na maior intimidade junto ao balcão da cozinha.
"Desculpe", disse Angie.
"Tudo bem", disse Sherilynn. "Ei, Patrick como vai você?"
"Não dê trela para eles, Sheri", disse Richie.
"Eu estou bem. Você parece estar ótima."
Trajando apenas um quimono vermelho, ela fez uma pequena reverência, e eu, como sempre, fiquei um pouco intimidado, encabulado feito um garoto de escola. Richie Colgan, sem sombra de dúvida o melhor colunista da cidade, era troncudo, o rosto eternamente ensombreado por uma barba nascente, a pele negra manchada pelas muitas noites maldormidas, pelo excesso de cafeína e pelo ar viciado das redações. Mas Sherilynn — com sua pele cor de caramelo, os olhos cinza-claros, os traços elegantes dos delicados membros, a entonação melodiosa de sua voz, ves-

tígios dos crepúsculos nas arenosas praias jamaicanas a que ela assistira todos os dias até a idade de dez anos — era uma das mulheres mais bonitas que conheci.

Ela beijou meu rosto, e senti um cheiro de lilases em sua pele.

"Então", disse ela, "é melhor você ser breve."

"Caramba", eu disse. "Estou com uma fome... Vocês têm alguma coisa na geladeira?"

Quando me aproximei da geladeira, Richie me agarrou e me arrastou pelo corredor até a sala.

"O que é?", perguntei.

"Pelo menos me diga que é importante." Sua mão estava a alguns centímetros de minha cara. "Vamos, Patrick, sou todo ouvidos."

"Bem..."

Eu lhe contei sobre minha noite, sobre a Libertação da Dor, sobre Manny e seus Casulos, sobre o encontro com o agente Largeant, sobre a invasão da sede da empresa feita por Angie.

"E você diz que viu Mensageiros na frente do edifício?", ele perguntou.

"Sim, pelo menos seis."

"Humm."

"Rich?", falei.

"Me passe os disquetes."

"O quê?"

"Vocês vieram aqui por isso, não foi?"

"Eu..."

"Você é analfabeto em matéria de computador. E Angie também."

"Me desculpe. Isso é muito grave?"

Ele estendeu a mão. "Os disquetes."

"Se você puder..."

"Tá, tá, tá." Ele tomou os discos da minha mão, bateu com eles na perna por um instante. "Quer dizer que estou lhe fazendo mais um favor?"

"Bem, mais ou menos", eu disse. Eu mudei os pés de posição e olhei para o teto.

"Oh, por favor, Patrick, guarde seus discursos confusos para quem gosta de conversa mole." Ele bateu em meu peito com os disquetes. "Eu ajudo você, mas quero o que tem neles."

"Como assim?"

Ele balançou a cabeça e sorriu. "Escute aqui. Você pensa que estou brincando, não é?"

"Não, Richie. Eu..."

"Só porque fomos colegas de faculdade e toda essa porcaria, você acha que eu vou dizer: 'Patrick está com um problema. Vou fazer tudo que puder'."

"Rich, eu..."

Ele chegou bem perto de mim e disse entre dentes: "Sabe qual foi a última vez que tive uma daquelas antigas noitadas românticas do tipo 'Vou transar com minha mulher sem me preocupar com o tempo'?".

"Não", respondi, recuando um pouco.

"Bem, nem eu", disse ele em voz alta. Fechou os olhos, apertou o cinto do roupão. "Nem eu", repetiu entre dentes.

"Bom, então vou andando", eu disse.

Ele bloqueou minha passagem. "Não antes de resolvermos isso."

"Tudo bem."

"Se eu encontrar alguma coisa interessante nestes disquetes, posso usar, certo?"

"Certo", eu disse. "Como sempre. Desde que..."

"Não", disse ele. "Nada de 'desde que'. Já estou cheio dessa merda de 'desde que'. *Desde que seja interessante para mim*, Patrick. Essa é a nova regra. Se eu encontrar alguma coisa aqui, vou usar logo que puder, certo?"

"Certo", eu disse.

"Desculpe", disse ele, levando a mão à orelha. "Não ouvi o que você disse."

"Certo, Richie."

Ele balançou a cabeça. "Ótimo. Para quando você precisa disso?"

"Para amanhã de manhã, no mais tardar."

Ele balançou a cabeça. "Perfeito."

Trocamos um aperto de mão. "Você é o máximo, Richie."

"Tudo bem, tudo bem. Vá embora de minha casa para que eu possa transar com minha mulher."

"Sem problema."

"Agora", disse ele.

# 8

"Então eles sabem quem você é", disse Angie quando entramos em meu apartamento.
"Pois é."
"O que significa que em questão de horas eles saberão quem eu sou."
"É capaz."
"Mas eles não querem que você seja preso."
"Isso dá o que pensar, não?"
Ela deixou cair sua bolsa na sala, junto do colchão que estava no chão. "E o que Richie acha disso?"
"No começo ele estava cheio de frescura, mas quando falei dos Mensageiros ele se animou."
Ela jogou o casaco no sofá da sala, que naquele período também lhe servia de guarda-roupa. O casaco caiu numa pilha de camisetas e suéteres recém-lavados e dobrados.
"Você acha que a Libertação da Dor tem alguma coisa a ver com a Igreja da Verdade e da Revelação?"
"Não seria de estranhar."
Ela balançou a cabeça. "Não seria o primeiro caso de uma seita — ou seja lá como se chame isso — se escondendo por trás de uma organização de fachada."
"E essa seita é das mais poderosas", eu disse.
"E nós com certeza irritamos essa gente."
"Parece que somos bons nisso — irritar pessoas que não deviam ser irritadas por gente indefesa como nós."
Com um cigarro na boca, ela abriu um sorriso enquan-

to o acendia. "Todo mundo precisa se especializar em alguma coisa."

Passei por cima de sua cama e apertei o botão da secretária eletrônica:

"Ei", disse Bubba na gravação. "Não se esqueça de vir hoje à noite no Declan's. Nove da noite." Ele desligou.

Angie revirou os olhos. "A festa de despedida do Bubba. Eu quase esqueci."

"Eu também. Imagine em que enrascada a gente iria se meter."

Ela deu de ombros e abraçou o próprio corpo.

Bubba Rogowski era nosso amigo, o que às vezes era de lamentar. Outras vezes era muito bom, porque ele nos salvou a vida em mais de uma ocasião. Bubba era tão alto e corpulento que fazia sombra em Manny, e era cem vezes mais aterrorizante. Todos crescemos juntos — Angie, Bubba, Phil e eu —, mas Bubba nunca foi o que a gente costuma chamar de... digamos, normal. E se algum dia ele teve alguma chance de se tornar normal, ela acabou no fim de sua adolescência, quando ele ingressou nos Marines, para evitar ir em cana, e o mandaram trabalhar na embaixada americana em Beirute, no dia em que um homem-bomba invadiu o edifício e liqüidou metade de sua companhia.

Foi no Líbano que Bubba travou contatos que lhe permitiram organizar um negócio ilegal de armas nos Estados Unidos. Nos últimos dez anos ele começara a entrar em negócios ainda mais lucrativos, como por exemplo carteiras de identidade e passaportes falsos, falsificação de dinheiro e de produtos de marca, clonagem de cartões de crédito, falsificação de cartas de motorista e de diplomas. Bubba podia lhe arranjar um diploma de Harvard que a própria universidade levaria quatro anos para lhe conceder; o próprio Bubba exibia orgulhosamente na parede do depósito onde montara sua casa seu diploma de doutor pela Universidade de Cornell. Em Física, nada menos que isso. Nada mau para um sujeito que abandonou os estudos no terceiro ano primário da escola paroquial de São Bartolomeu.

Fazia anos que ele vinha reduzindo o tráfico de armas, mas era a essa atividade (e também ao sumiço que dera em alguns mafiosos ao longo dos anos) que devia sua reputação. No final do ano anterior ele fora preso numa batida policial, e os policiais acharam uma Tokarev nove milímetros não registrada presa com fita adesiva dentro do pára-lama de seu carro. Há poucas coisas certas neste mundo, mas em Massachusetts, se você for apanhado com uma arma de fogo não registrada, pode ter certeza de que vai passar doze meses no xadrez.

O advogado de Bubba o manteve fora da cadeia o mais que pôde, mas àquela altura não dava para protelar mais a execução da sentença. No dia seguinte à noite, às nove horas, Bubba teria de se apresentar na penitenciária de Plymouth para cumprir sua pena.

Isso não o incomodava muito: a maioria dos seus amigos estava lá. Os poucos que ainda estavam do lado de fora iam reunir-se com ele no Declan's.

O Declan's, em Upham's Corner, fica bem em frente a um cemitério na Soughton Street, ao lado de lojas com portas fechadas com tábuas e de casas condenadas. Fica a cinco minutos de minha casa, quando se vai a pé, mas a caminhada se faz através do que o meio urbano pode oferecer de mais refinado em matéria de miséria e de lenta mas inexorável decadência e degradação. As ruas em volta do Declan's sobem em forte aclive em direção a Meeting House Hill, ao passo que as casas parecem prestes a deslizar na direção contrária, cair aos pedaços e desabar até o cemitério lá embaixo, como se a morte fosse a única perspectiva ainda válida por aquelas bandas.

Encontramos Bubba no salão dos fundos, jogando bilhar com Nelson Ferrare e com os irmãos Twoomey, Danny e Iggy. Não era o que se podia chamar de uma reunião de intelectuais, e eles pareciam estar dispostos a acabar com o que lhes restava de células cinzentas com talagadas de álcool.

Nelson era parceiro eventual de Bubba em ações que envolviam pancadaria. Ele era baixinho, moreno e rijo, com um rosto eternamente congelado num raivoso ponto de interrogação. Raramente falava, e quando o fazia era muito baixinho, como se tivesse receio de que suas palavras fossem parar em ouvidos errados, e havia algo de enternecedor na sua timidez em relação às mulheres. Mas nem sempre é fácil enternecer-se com um sujeito que certa vez arrancou o nariz de um cara com uma dentada, numa briga de bar. E o levou para casa como suvenir.

Os irmãos Twoomey eram paus-mandados do bando de Winter Hill, em Somerville, considerados bons de tiro e bons motoristas de carros em fuga, mas se um pensamento entrasse algum dia na cabeça de qualquer um dos dois, morreria de inanição. Bubba levantou os olhos da mesa de bilhar quando nos aproximamos e veio correndo em nossa direção.

"Maravilha!", disse ele. "Eu sabia que vocês não iam me dar o cano."

Angie o beijou e lhe pôs na mão uma garrafinha de vodca. "Nem pensar, seu bobão."

Bubba, muito mais efusivo que de costume, me deu um abraço tão forte que tive a sensação de que uma de minhas costelas afundara.

"Vamos", disse ele. "Jogue uma partida comigo. Porra, jogue duas."

Bom, por aí se pode ver como ia ser a noite.

Minha lembrança daquela noite é um tanto nebulosa. O álcool etílico, a vodca e a cerveja costumam ter esse efeito. Mas eu me lembro de ter apostado em Angie contra todos os caras estúpidos o bastante para arriscar seus trocados numa partida. E me lembro também de ter ficado por alguns instantes sentado ao lado de Nelson, pedindo mil desculpas por ter quebrado suas costelas quatro meses antes, no auge da histeria do caso Gerry Glynn.

"Tudo bem", disse ele. "Pode crer. Conheci uma enfermeira no hospital. Acho que estou gostando dela."

"E ela gosta de você?"

"Não tenho bem certeza. Há algo errado com o telefone dela, e acho que ela se mudou e se esqueceu de me avisar."

Mais tarde, quando Nelson e os irmãos Twoomey estavam comendo uma pizza de aspecto mais que duvidoso, Angie e eu ficamos sentados com Bubba, os três pares de sapatos apoiados na mesa de bilhar, costas apoiadas na parede.

"Vou perder todos os meus programas", disse Bubba, tristonho.

"Tem televisão na cadeia", lembrei a ele.

"É, mas ela é monopolizada pelos manos ou pelos *skins*. Aí eles ficam vendo as *sitcoms* da Fox ou filmes de Chuck Norris. De qualquer jeito, enche o saco."

"A gente pode gravar os programas pra você", eu disse.

"É mesmo?"

"Claro", respondeu Angie.

"Não é muito trabalho? Não quero incomodar vocês."

"Não tem problema."

"Ótimo", disse ele, enfiando a mão no bolso. "Aqui está a lista."

Angie deu uma olhada.

"*Tiny Toons*?", eu disse. "*Dr. Quinn, Medicine Woman*?"

Ele se inclinou em minha direção, a cara enorme a poucos centímetros da minha. "Qual é o problema?"

"Nenhum", eu disse. "Nenhum problema."

"*Entertainment Tonight*", disse Angie. "Você quer mesmo um ano inteiro de *Entertainment Tonight*?"

"Eu gosto de acompanhar o que está acontecendo com os artistas", disse Bubba, soltando um sonoro arroto.

"A gente nunca sabe quando vai dar de cara com Michelle Pfeiffer", eu disse. "Se a gente costuma ver *Entertainment Tonight*, sabe muito bem o que dizer numa hora dessa."

Bubba cutucou Angie, apontou para mim. "Está vendo? Patrick sabe. Patrick sabe das coisas."

"Ah, os homens...", disse ela, balançando a cabeça. "Não, espere, essa palavra não se aplica a vocês dois."

Bubba arrotou mais uma vez e olhou para mim. "O que ela quer dizer com isso?"

Quando a conta chegou, tomei-a da mão de Bubba. "É por nossa conta", eu disse.

"Não", disse ele. "Já tem quatro meses que vocês não trabalham."

"Até hoje", disse Angie. "Hoje a gente pegou um trabalho grande. Uma nota preta. Então deixe a gente pagar, garotão."

Dei à garçonete meu cartão de crédito (depois de me certificar de que naquele lugar se sabia o que era isso), e ela voltou minutos depois para dizer que ele não fora aceito.

Bubba adorou aquilo. "Um trabalho grande", disse ele, exultante. "Uma nota preta."

"Tem certeza?", perguntei à garçonete.

Ela era velha e imponente, a pele dura e castigada feito um casaco de couro dos Hell's Angels. Ela disse: "Tem razão. Talvez eu tenha digitado um número errado nas seis primeiras vezes que tentei. Deixe eu tentar novamente."

Peguei o cartão dela, e Nelson e os irmãos Twoomey juntaram-se a Bubba para tirar sarro de mim.

"Esses milionários...", disse um dos imbecis dos Twoomey. "Deve ter estourado o limite do cartão quando comprou o jatinho na semana passada."

"Engraçado. Ahá", eu disse.

Angie pagou a conta com um pouco do dinheiro que Trevor Stone nos dera, e saímos todos cambaleantes do bar.

Na Stoughton Street, Bubba e Nelson discutiram sobre que clube de *strip-tease* convinha melhor ao seu refinado gosto estético, e os irmãos Twoomey, depois de se engalfinharem num monte de neve congelada, começaram a trocar socos.

"Qual foi o credor que você sacaneou desta vez?", disse Angie.

"Aí é que está", eu disse. "Tenho certeza de que paguei tudo."

"Patrick...", disse ela, num tom que minha mãe costumava usar. Até o franzir do cenho era o mesmo.

"Você não vai sacudir o dedo em minha direção e me chamar pelo primeiro, pelo segundo e pelo último nome, vai, Angie?"

"Com certeza você deu algum cheque sem fundo."

"Humm", eu fiz, porque não consegui pensar em nada para dizer.

"Quer dizer que vocês vêm com a gente?", perguntou Bubba.

"Para onde?", perguntei, só para ser gentil.

"Mons Honey. No Saugus."

"Sim", disse Angie. "Claro, Bubba. Me deixe só trocar uma nota de cinqüenta para ter alguma coisa para enfiar nas tanguinhas das *stripers*.

"Tudo bem", disse Bubba, parando.

"Bubba", eu disse.

Ele olhou para mim, depois para Angie, depois de novo para mim. "Ah", fez ele de repente, jogando a cabeça para trás. "Você estava brincando."

"Eu?", disse Angie, pondo a mão no próprio peito.

Bubba pegou-a pelo pulso e a levantou do chão, puxando-a para perto de si. Os saltos dos sapatos dela ficaram na altura dos joelhos dele. "Vou sentir saudade de você."

"Amanhã vamos visitar você", disse Angie. "Agora me ponha no chão."

"Amanhã?"

"Nós combinamos de levar você à prisão", lembrei a ele.

87

"Ah, sim. Legal."

Ele pôs Angie no chão, e ela disse: "Talvez você *precise* ficar uns tempos fora de circulação".

"Preciso", disse Bubba com um suspiro. "É duro ser o cara que tem de pensar por todo mundo."

Segui o seu olhar, vi Nelson pular em cima dos irmãos Twoomey, que estavam embolados na neve congelada, esmurrando-se, dando risadinhas.

Olhei para Bubba. "Todos temos nossas cruzes para carregar", falei.

Nelson jogou Iggy Twoomey do monte de neve em cima de um carro estacionado, e o alarme disparou. Seu gemido elevou-se no ar da noite, e Nelson fez: "Uh oh", e os três caíram na gargalhada.

"Entende o que quero dizer?", disse Bubba.

Só descobri o que aconteceu com meu cartão de crédito na manhã seguinte. A operadora automática só me informou que meu cartão estava bloqueado. Quando pedi mais explicações, ela me ignorou e falou em seu tom cibernético que eu poderia digitar "um" para outras opções.

"Não consigo ver muitas opções para um cartão bloqueado", eu disse a ela. Então me lembrei de que "ela" era um computador. Então me lembrei de que estava bêbado.

Quando voltei à sala, Angie já estava dormindo. Em decúbito dorsal. Um exemplar de *A história da criada* escorregara por seu tórax, aninhando-se no arco do braço. Inclinei-me sobre ela, tirei o livro. Ela resmungou e se virou de lado, agarrou um travesseiro e nele enfiou o queixo. Essa era a posição em que eu a encontrava quando entrava na sala toda manhã. Ela não adormecia. Caía pesadamente no sono, o corpo encolhido em posição fetal, enovelado numa bola tão compacta que ocupava apenas um quarto da cama. Inclinei-me novamente e afastei uma mecha de cabelo de sob seu nariz, e ela sorriu por um instante, depois se afundou ainda mais no travesseiro.

Quando tínhamos dezesseis anos, fizemos amor. Uma vez. Foi a primeira vez para ambos. Na época, nenhum de nós imaginava que nos dezesseis anos seguintes não iríamos fazer amor um com o outro novamente, mas foi o que aconteceu. Ela seguiu seu caminho, como se diz, e eu segui o meu.

Seu caminho foram os doze anos de um casamento com Phil Dimassi, marcado pela violência e condenado ao fracasso. O meu foi um casamento de cinco minutos com a irmã dela, Renee, e uma sucessão de parceiras por uma noite e casos rápidos reveladores de uma patologia tão previsível, tão tipicamente masculina que me faria rir, se eu não estivesse tão ocupado em dar vazão a ela.

Quatro meses atrás, começáramos a ensaiar uma reaproximação em seu quarto em Howes Street, e fora sublime, dolorosamente sublime, como se o único objetivo de minha vida fosse viver aquele momento naquela cama, com aquela mulher. E então Evandro Arujo e Gerry Glynn assassinaram um policial de 24 anos na entrada da casa de Angie e meteram uma bala no abdome dela. Mas ela conseguiu atingir Evandro, meteu-lhe três balaços que o deixaram de joelhos no chão da cozinha, tentando apalpar uma parte de sua cabeça que não estava mais lá.

Phil, eu e um policial chamado Oscar acabamos com Gerry Glynn, enquanto Angie estava na UTI. Oscar e eu nos safamos. Mas Phil não. Gerry Glynn também não, mas não estou certo de que Angie visse isso como um prêmio de consolação.

A psique humana, eu refletia enquanto contemplava sua fronte enrugar-se e seus lábios se entreabrirem contra o travesseiro, é muito mais difícil de curar que a carne humana. E milhares de anos de estudos e experiências tornaram mais fácil cuidar do corpo, mas ninguém avançou muito no que se refere à mente humana.

Quando Phil morreu, sua morte calou fundo na mente de Angie, repetindo-se sem cessar, sem lhe dar trégua.

A perda, a dor e tudo que afligia Desiree Stone também afligiam Angie.

E da mesma forma que Trevor Stone em relação à filha, eu contemplava Angie sabendo que pouco podia fazer para ajudá-la até se consumar o ciclo da dor, dissolvendo-se como a neve.

# 9

Richie Colgan afirma que seus antepassados eram da Nigéria, mas não acredito muito nele. Dado o seu instinto de vingança, sou levado a acreditar que ele é meio siciliano.

Ele me acordou às sete da manhã jogando bolas de neve na minha janela até o barulho chegar aos meus sonhos, e fui arrancado de um passeio no interior da França com Emmanuelle Beart e jogado numa trincheira enlameada, sob uma saraivada de laranjas atiradas pelo inimigo — vá lá saber por quê.

Sentei-me na cama e olhei um punhado de neve úmida espatifar-se contra a janela. A princípio, fiquei contente porque não era uma laranja; depois minha mente se desanuviou, eu fui até a janela e vi Richie lá embaixo.

O filho da puta acenou para mim.

"A Libertação da Dor, Inc.", disse Richie sentando-se à mesa de minha cozinha, "é uma organização interessante."

"Interessante em que medida?"

"Tão interessante que quando acordei meu editor, há duas horas, ele concordou em me liberar de minha coluna por duas semanas para publicar, em cinco dias seguidos, uma série de reportagens no canto inferior direito da primeira página, se eu descobrir o que pretendo."

"E o que você acha que vai descobrir?", disse Angie. Ela olhava para ele por cima da xícara de café, o rosto inchado e os cabelos cobrindo-lhe os olhos, nem um pouco feliz de começar o dia daquela forma.

"Bem..." Ele abriu o bloco de anotações na mesa. "Limitei-me a examinar o que está nos disquetes que você me deu, mas, puxa vida, essa gente é suja. A 'terapia' e os 'níveis' deles, pelo que pude perceber, implicam uma destruição sistemática da psique, seguida de uma reconstrução rápida. É muito semelhante à teoria militar americana de como lidar com os recrutas: 'acabem-com-eles-para-tornar-a-moldá-los'. Mas os militares, justiça seja feita, não fazem mistério de sua técnica." Ele bateu com a mão no bloco de anotações à sua frente. "Já com esses mutantes é outra história."

"Por exemplo", disse Angie.

"Bem, vocês sabem daquela coisa de níveis — Nível Um, Dois e assim por diante?"

Fiz que sim.

"Bem, em cada nível há uma série de etapas. Os nomes dessas etapas variam de acordo com o nível em que se está, mas no fundo são as mesmas. Todas essas etapas levam ao estágio chamado de 'linha divisória'."

"Linha divisória é o Nível Seis."

"Exato", disse ele. "A linha divisória é o pretenso objetivo de todo o processo. Assim, para atingir plenamente a linha divisória, a pessoa tem que passar por uma série de pequenas etapas. Digamos que você esteja no Nível Dois, por exemplo — desamparado —, você passa por uma série de processos terapêuticos ou 'etapas' até chegar à 'linha divisória', deixando de ser um desamparado. Essas etapas são: honestidade, nudez..."

"Nudez?", perguntou Angie.

"Emocional, não física, embora esta também seja aceita. Honestidade, nudez, exibição e revelação."

"Revelação", repeti.

"Sim. A 'linha divisória' do Nível Dois."

"E que nome se dá no Nível Três?", perguntou Angie.

Ele consultou as anotações. "Epifania. Estão vendo? É

a mesma coisa. No Nível Quatro, chama-se Desvendamento. No Cinco, Apocalipse. No Seis, chama-se Verdade."

"Que coisa mais bíblica", eu disse.

"Exatamente. A Libertação da Dor vende religião sob a capa da psicologia."

"Psicologia", disse Angie. "Que em si mesma já é uma religião."

"É verdade. Mas não é uma religião organizada."

"Os sumos sacerdotes da psicologia e da psicanálise não compartilham o faturamento. É isso que você quer dizer?"

Ele bateu sua caneca de café na minha. "Exatamente."

"Então, qual é o objetivo deles?", perguntei.

"Da Libertação da Dor?"

"Não, Rich", eu disse. "Do McDonald's. De que diabo estamos falando?"

Ele cheirou o café. "Este é do tipo extraforte?"

"Richie", disse Angie. "Por favor."

"O objetivo da Libertação da Dor, pelo que entendi, é recrutar gente para a Igreja da Verdade e da Revelação."

"Você tem provas de que há uma ligação entre as duas?", perguntou Angie.

"Nada que se possa publicar, por enquanto. Mas sim, elas são coligadas. A Igreja da Verdade e da Revelação, pelo que sabemos, é uma igreja de Boston, certo?"

Confirmamos com a cabeça.

"Por que então sua gerência administrativa se encontra em Chicago? E o corretor imobiliário também? E a firma de advocacia que vive pleiteando isenção de impostos em função do caráter religioso de sua instituição?"

"Será porque eles gostam de Chicago?", disse Angie.

"E a Libertação da Dor também", disse Richie. "Porque as mesmas firmas de Chicago cuidam dos interesses das duas organizações."

"Então", eu disse, "dentro de quanto tempo se poderá denunciar publicamente essa ligação?"

Ele se recostou na cadeira, espreguiçou-se e bocejou.

"Como eu disse, pelo menos duas semanas. Tudo está dissimulado por trás de empresas de fachada. Por enquanto posso *inferir* uma ligação entre a Libertação da Dor e a Igreja da Verdade e da Revelação, mas não posso prová-la preto no branco. De qualquer modo, a igreja não corre riscos."

"E a Libertação da Dor?", disse Angie.

Ele sorriu. "Vou acabar com ela."

"Como?", perguntei.

"Lembra-se do que lhe falei sobre as etapas em cada um dos níveis serem fundamentalmente as mesmas? Bem, se você considera esse processo com boa-fé, vai concluir que eles descobriram uma técnica que funciona e apenas a utilizam com diferentes graus de sutileza, dependendo do grau de sofrimento de cada pessoa."

"Mas se você não olha com tanta boa-fé..."

"Que é a obrigação de todo jornalista..."

"Nem precisa dizer..."

"Então", disse Richie, "esses caras são trapaceiros de marca maior. Vamos considerar novamente as etapas do Nível Dois, levando em conta que todas as outras etapas dos outros níveis são a mesma coisa, com nomes diferentes. A Etapa Um", disse ele, "é Honestidade. Em resumo, a proposta é a seguinte: você fala francamente com seu terapeuta sobre quem você é, por que o procurou, e sobre o que, *de fato*, o está perturbando. Aí você passa para a Nudez, na qual revela o seu eu interior."

"Diante de quem?", disse Angie.

"A essa altura, só para seu terapeuta. Basicamente, você revela aquelas coisinhas embaraçosas que escondeu na Etapa Um — você matou um gato quando era criança, enganou sua mulher, desviou fundos, e outros troços do mesmo calibre. Tudo isso deve aflorar na Etapa Dois."

"E espera-se que você abra o bico sem mais nem menos", eu disse. "Assim?", acrescentei, estalando os dedos.

Ele balançou a cabeça, levantou-se e encheu novamente a xícara de café. "Os terapeutas usam um estratagema que leva o cliente a ir se despindo aos poucos. Você

começa por revelar uma coisa simples — seu salário líquido, por exemplo. Depois, a última vez que você mentiu. Depois alguma coisa que você fez na semana passada e da qual você não se orgulha nem um pouco. E assim por diante. Durante doze horas."
Angie foi ao seu encontro, perto da cafeteira. *"Doze horas?"*
Ele pegou um pouco de chantili da geladeira. "Até mais, se for preciso. Nesses disquetes encontrei registros de 'sessões intensivas' que duraram dezenove horas."
"Isso é ilegal?", perguntei.
"Quando é um policial que o faz, sim. Pense um pouco", disse ele, sentando-se outra vez à minha frente. "Se um policial deste estado interrogar um suspeito por um segundo mais que doze horas, estará violando seus direitos civis, e nada do que o suspeito disser — antes ou depois do limite das doze horas — poderá ser usado no tribunal. E há uma boa razão para isso."
"Ah!", exclamou Angie.
"Bom, isso por um motivo que não agrada nem um pouco ao pessoal da lei e da ordem, como é o caso de vocês dois, mas temos de admitir o seguinte: se você é interrogado por uma pessoa em posição de autoridade por mais de doze horas — pessoalmente acho que o limite teria de ser dez horas —, você começa a se confundir. Você será capaz de admitir qualquer coisa, só para acabar com as perguntas. Caramba, só para poder dormir um pouco."
"Quer dizer então", disse Angie, "que a Libertação da Dor está fazendo lavagem cerebral em seus clientes?"
"Em alguns casos, sim. Em outros, eles estão acumulando um bom volume de informações confidenciais sobre seus clientes. Digamos que você é um cara que tem mulher e dois filhos, uma bela casa, mas acaba de confessar que freqüenta bares gays duas vezes por mês, por exemplo, e serve-se do que se oferece nesse tipo de lugar. E então o terapeuta diz: 'Ótimo. Excelente demonstração de desnudamento. Agora vamos tentar uma coisa mais fácil.

Tenho que confiar em você, portanto você tem de confiar em mim. Qual é a senha de seu cartão de banco?'"

"Espere um pouco, Rich", eu disse. "Você está me dizendo que tudo que eles querem é informação financeira, de forma a poder espoliar os clientes?"

"Não", disse ele. "A coisa não é tão simples. Eles estão organizando dossiês sobre seus clientes que contêm informações completas de caráter físico, emocional, psicológico e financeiro. Eles procuram se informar de *tudo* sobre uma pessoa."

"E então..."

Ele sorriu. "E então essa pessoa está nas mãos deles. Para sempre."

"E que proveito eles tiram disso?"

"Dá para imaginar, não? Vamos voltar ao nosso cliente hipotético com mulher e filhos, que esconde a própria homossexualidade. Ele passa da nudez à exibição, o que significa, basicamente, confessar verdades horríveis diante de um grupo de outros clientes e funcionários. Depois disso, eles normalmente vão fazer um retiro numa propriedade da empresa em Nantucket. Ele ficou reduzido à completa nudez, é uma casquinha vazia, e fica cinco dias fora, com muitas outras casquinhas, e eles falam, falam, falam — sempre 'com toda a honestidade', expondo-se cada vez mais num ambiente controlado e protegido pelos funcionários da Libertação da Dor. Em geral são pessoas muito frágeis, perdidas, e de repente se vêem integradas numa comunidade de outras pessoas frágeis, perdidas, que têm tantos esqueletos no armário quanto elas próprias. Nosso cliente hipotético se sente aliviado de um grande peso. Sente-se purificado. Ele não é uma pessoa má; é uma boa pessoa. Ele encontrou uma família. Ele alcançou a Revelação. Ele procurou aquele lugar porque se sentia abatido. Agora já não se sente abatido. Caso encerrado. Ele pode voltar à sua vida, certo?"

"Errado", eu disse.

Ele fez que sim. "Isso mesmo. Agora ele precisa de sua

nova família. Dizem a ele que ele fez progressos, mas que a qualquer hora pode ter uma recaída. Há outros cursos a fazer, outras etapas a cumprir, outros níveis a atingir. E, ah, como quem não quer nada, alguém lhe pergunta se ele já leu *Ouvindo a mensagem*."

"A bíblia da Igreja da Verdade e da Revelação", disse Angie.

"Ponto pra você. Quando o nosso cara hipotético se dá conta de que agora faz parte de uma seita e de que, com dízimos, cotizações, seminários e taxas para retiros, corre o risco de se endividar até o pescoço, é tarde demais. Ele tenta abandonar a Libertação da Dor ou a Igreja, mas vê que é impossível. Eles têm seus extratos bancários, suas senhas, todos os seus segredos."

"Agora você está no terreno da especulação", eu disse. "Você não tem provas cabais."

"Bem, no que se refere à Libertação da Dor, tenho sim. Tenho um manual de formação de terapeutas que recomenda, especificamente, a obtenção de informações financeiras sobre os clientes. Posso acabar com eles, só com esse manual. No caso da Igreja? Não. A menos que consiga estabelecer uma relação entre os membros das duas."

"De que maneira?"

Ele pegou uma sacola de ginástica que estava aos seus pés, tirou de lá um maço de papel de impressora. "Aqui estão os nomes de todos os que fizeram tratamento na Libertação da Dor. Se eu conseguir uma lista dos membros da Igreja para comparar, serei um forte candidato ao Pulitzer."

"Quem dera, hein?", disse Angie. Ela pegou a lista, ficou folheando até achar a página que queria. E sorriu.

"Está aí, não está?", eu disse.

Ela fez que sim. "Preto no branco, menino." Ela dobrou o papel de forma que eu pudesse ver o nome a meia altura da página:

Desiree Stone.

Richie tirou um calhamaço de papel impresso de sua sacola e colocou na mesa para a gente examinar. Tudo que ele encontrara nos disquetes até o momento estava ali. Ele devolveu os disquetes também, pois copiara os arquivos durante a noite.

Angie e eu olhamos para a pilha de papel que estava entre nós, tentando ver por onde começar, e meu telefone tocou.

"Alô", eu disse.

"Queremos nossos disquetes", disse uma voz.

"Achei que iam querer mesmo", eu disse. Coloquei o fone na altura do queixo por um instante e disse a Angie: "Eles querem os disquetes de volta".

"Ei, quem acha é o dono", disse ela.

"Quem acha é o dono", eu disse ao fone.

"O senhor tem tido algum problema para pagar as coisas ultimamente, senhor Kenzie?"

"Como?"

"Dê uma ligada para seu banco", disse a voz. "Vou lhe dar dez minutos. Trate de deixar a linha desocupada quando eu ligar."

Desliguei e imediatamente corri para o quarto para pegar minha carteira.

"Qual o problema?", perguntou Angie.

Balancei a cabeça e liguei para o Visa, passei por vários atendimentos automáticos até conseguir falar com uma pessoa. Dei-lhe o número do meu cartão, o código e a data de validade.

"Senhor Kenzie?", disse ela.

"Sim."

"Descobriu-se que seu cartão é clonado."

"Como?"

"É clonado, senhor."

"Não, não é. Vocês o emitiram para mim."

Ela deu um suspiro de enfado. "Não, não emitimos. Uma busca internacional no sistema revelou que seu cartão e seu número faziam parte de um grande lote de cartões clonados e registrados ilegalmente em nossa base de dados três anos atrás."

"Não é possível", eu disse. "*Vocês o emitiram para mim.*"

"Tenho certeza de que não", disse ela, num tom cantante, condescendente.

"Que diabo significa isso?", perguntei.

"Nossos advogados entrarão em contato com o senhor. E também o Departamento de Repressão a Fraudes de Computação. Bom dia."

Ela desligou o telefone na minha cara.

"Patrick", disse Angie.

Balancei a cabeça novamente, disquei o número do meu banco.

Eu cresci na miséria. Sempre receoso, na verdade aterrorizado, temendo burocratas sem rosto e coletores de impostos que me tratavam com desprezo e avaliavam meu valor pessoal por meu saldo bancário, que julgavam meu direito de ganhar dinheiro em função da soma com que eu começara a vida. Dei duro nos últimos dez anos para ganhar a vida, economizar e multiplicar meus ganhos. Nunca vou ser pobre, disse para mim mesmo. Não mais.

"Suas contas bancárias foram bloqueadas", disse-me no banco o senhor Pearl.

"Bloqueadas", eu disse. "Me explique essa história de bloqueio."

"Os fundos foram confiscados, senhor Kenzie. Pela Receita Federal."

"Por ordens de um tribunal?", perguntei.

"O processo está em curso."

Dava para perceber o profundo desprezo em seu tom de voz. É isso o que os pobres ouvem o tempo todo — de banqueiros, de credores, de comerciantes. Desprezo, porque os pobres são de segunda classe, estúpidos, preguiçosos e moral e espiritualmente frouxos demais para conservar seu dinheiro por meios legais e dar sua contribuição à sociedade. Eu não ouvia esse tom de desprezo havia pelo menos sete anos, talvez dez, e não estava preparado para isso. Senti-me prontamente diminuído.

"Em curso", repeti.

"É o que eu lhe disse." Ele falava com secura, com a tranqüilidade e a segurança que sua posição social lhe conferia. Era como se estivesse falando com um de seus filhos.

Não vai me emprestar o carro, pai?

Foi o que eu disse.

"Senhor Pearl", eu disse.

"Sim, senhor Kenzie."

"O senhor conhece o escritório de advocacia Hartman and Hale?"

"Claro que conheço, senhor Kenzie."

"Ótimo. Eles vão entrar em contato com o senhor. Em breve. E é melhor que esse mandado judicial seja..."

"Tenha um bom dia", disse ele. E desligou.

Angie aproximou-se da mesa, pôs uma mão nas minhas costas, a outra na minha mão direita. "Patrick", disse ela. "Você está branco feito um fantasma."

"Puta que pariu", eu disse. "Puta que pariu."

"Tudo vai se ajeitar", disse ela. "Eles não têm o direito de fazer isso."

"Mas já estão fazendo, Ange."


Quando o telefone tocou, três minutos depois, atendi logo no primeiro toque.

"O dinheiro anda meio difícil hoje em dia, não é, senhor Kenzie?"

"Onde e quando, Manny?"

Ele deu uma risadinha. "Ooh, como estamos... como direi... murchinhos, senhor Kenzie."

"Onde e quando?", repeti.

"Na Prado. Conhece?"

"Conheço. Quando?"

"Meio-dia", disse Manny. "Em ponto. He-he."

Ele desligou.

Todo mundo estava batendo o telefone na minha cara naquele dia. E ainda não eram nem nove horas.

# 10

Dez anos atrás, depois de um caso bastante lucrativo em que investigamos fraudes contra uma companhia de seguros e crimes de colarinho branco, fui passar duas semanas na Europa. E o que mais me impressionou naquela ocasião foi como as pequenas aldeias que visitei — na Irlanda, na Itália e na Espanha — se pareciam com o North End de Boston.

Foi no North End que as sucessivas vagas de imigrantes aportaram e se instalaram. Assim, os judeus, os irlandeses e finalmente os italianos fizeram dessa terra a sua terra e lhe deram o caráter marcadamente europeu que conserva até hoje. As ruas, pavimentadas com pedras, estreitas e sinuosas, imbricam-se umas nas outras no seio daquele bairro, tão limitado geograficamente que em sua área, se se tratasse de outras cidades, mal caberia um quarteirão. Mas nele se apinham inúmeras casas geminadas de tijolos vermelhos e amarelos, edifícios antigos restaurados e divididos em apartamentos, um ou outro depósito com estrutura de ferro fundido ou de granito, todos numa eterna disputa por espaço e apresentando um aspecto bastante estranho nos pavimentos superiores, depois que "para cima" se tornou a única opção de aumento de espaço. Resultado: ripas e tijolos erguendo-se de águas-furtadas, roupas penduradas entre as escadas de incêndio e os gradis de ferro batido. Num lugar como esse, a idéia de "jardim" é ainda mais estranha que a de "lugar para estacionar".

Sabe-se lá por quê, naquele bairro, que é o mais populoso da cidade, encontra-se uma magnífica réplica de uma praça de aldeia italiana, bem atrás da Old North Church. Ela tem o nome de Prado, mas também é chamada de Alameda Paul Revere, não apenas por estar próxima tanto da igreja como da casa de Revere, mas também porque a entrada da Hanover Street é dominada pela estátua eqüestre de Revere, de autoria de Dallin. No meio da Prado há um chafariz; ao longo dos paredões que o rodeiam se vêem placas de bronze lembrando os feitos heróicos de Revere, Dawes, vários revolucionários e outros luminares menos conhecidos do folclore de North End.

Ao meio-dia, quando entramos na praça vindos da Unity Street, a temperatura tinha subido para três ou quatro graus, a neve suja derretia-se e se insinuava por entre as rachaduras do calçamento e formava poças nos bancos de calcário. Em lugar da neve que se esperava que caísse durante o dia, caía uma chuvinha fina por causa da variação de temperatura, por isso na praça não havia turistas nem os moradores do bairro em sua hora de almoço.

Apenas Manny, John Byrne e dois outros homens esperavam por nós ao lado do chafariz. Os dois homens eram os mesmos que eu vira na noite anterior; ficaram à minha esquerda enquanto John e eu conversávamos com o agente Largeant. Embora não fossem grandalhões como Manny, não se podia dizer que fossem baixos.

"Essa deve ser a encantadora senhorita Gennaro", disse Manny. Ele batia palmas enquanto nos aproximávamos. "Um amigo meu está com uns belos galos na cabeça por sua causa, madame."

"Puxa vida! Sinto muito."

Manny arqueou as sobrancelhas e olhou para John. "Sarcástica essa putinha, não?"

John, que estava virado para o chafariz, voltou-se, o nariz coberto de esparadrapos em cruz, os olhos arroxeados e inchados. "Me desculpe", disse ele, saindo de trás de Manny e me acertando um soco na cara.

Ele pôs tanta força no golpe que seus pés se ergueram do chão, mas eu me inclinara para trás, e quando o soco me acertou na têmpora já tinha perdido quase metade do impulso. No final das contas tudo resultou num soquinho de merda. Já levei picadas de abelha que doeram mais.

"O que mais sua mãe lhe ensinou além do boxe, John?"

Manny deu uma risadinha, e os outros dois grandalhões reprimiram um riso.

"Pode rir", disse John avançando em minha direção. "Mas agora toda a sua vida está em minhas mãos, Kenzie."

Dei-lhe um empurrão e olhei para Manny. "Então, Manny, esse é que é o seu bambambã em informática?"

"Bom, ele não é do meu pelotão de choque, senhor Kenzie."

Nem cheguei a ver o punho de Manny. Alguma coisa no meu cérebro explodiu e todo o meu rosto ficou dormente, e de repente me peguei sentado no calçamento molhado.

Os comparsas de Manny adoraram aquilo. Eles se cumprimentaram batendo as palmas das mãos no ar, vaiaram e deram risadinhas como se estivessem a ponto de mijar nas calças.

Reprimi o vômito que me subia pelo tubo digestivo, senti a dormência diminuindo aos poucos, substituída por pontadas e agulhadas, um forte latejar nos ouvidos, e a sensação de que meu cérebro fora substituído por um tijolo. Um tijolo quente, um tijolo em brasa.

Manny estendeu a mão, eu a segurei, e ele me levantou do chão.

"Nada pessoal, Kenzie", disse ele. "Mas da próxima vez que levantar a mão para mim, eu mato você."

Ainda com as pernas bambas, eu lutava conta a ânsia de vômito, e a água do chafariz parecia faiscar.

"É bom saber", respondi, a custo.

Ouvi o ronco de um motor, virei a cabeça para a esquerda, vi um caminhão de lixo entrando na Unity Street, a carroceria tão grande e a rua tão estreita que os pneus passavam por cima da calçada. Eu estava com uma tremenda ressaca, com uma provável concussão cerebral, e agora tinha de ouvir o barulho infernal do caminhão de lixo subindo a Unity Street e o bater de latas contra cimento ou metal. Eh, vidão!

Manny passou o braço esquerdo em meu ombro e o direito no ombro de Angie, e nos levou até a beira do chafariz, onde os três nos sentamos. John, à minha frente, me fuzilava com o olhar, e os dois casos de gigantismo permaneceram em seus lugares, vigiando as possíveis rotas de fuga.

"Gostei daquele truque que você usou com o policial na noite passada", disse Manny. "Muito bom: 'Manny, você pode levá-lo ao hospital, não é?'." Ele deu um risinho. "Puxa vida, você se recupera rápido, hein?"

"Obrigado, Manny. Isso vindo de você significa muito para mim."

Ele se voltou para Angie. "E você foi direto aos disquetes, como se soubesse exatamente onde eles estavam."

"Eu não tinha escolha."

"Como assim?"

"Porque fiquei presa no gabinete de trás pelo show de raios laser que vocês montaram no escritório principal."

"Certo." Ele balançou a cabeça enorme. "A princípio pensei que vocês tinham sido contratados pela concorrência."

"Vocês têm concorrência?", disse Angie. "Na terapia da dor?"

Ele sorriu para ela. "Então John me falou que vocês estavam procurando Desiree Stone, fiquei sabendo também que você nem foi além da senha do computador e percebi que seu acerto foi só uma cagada."

"Uma cagada", repetiu Angie.

Ele deu um tapinha na perna de Angie. "Quem está com os disquetes?"

"Eu", respondi.

Ele estendeu a mão.

Coloquei os disquetes na mão dele, e ele os jogou para John. John os colocou numa pasta e fechou-a.

"E quanto à minha conta bancária, meus cartões de crédito e tudo o mais?", falei.

"Bem", disse Manny. "Eu estava pensando em matar você."

"Você e esses três caras?", disse Angie, começando a rir.

Ele olhou para ela. "Você acha isso engraçado?"

"Olhe pra sua braguilha, Manny", eu disse.

Ele baixou a vista e viu o cano do revólver de Angie a poucos centímetros de suas jóias de família.

"Isso é engraçado", disse Angie.

Ele riu, e ela também, olhos nos olhos dele, o revólver firme, sem o mais leve tremor.

"Meu Deus", disse ele. "Gosto de você, senhorita Gennaro."

"Meu Deus", disse ela. "Esse sentimento não é nem um pouco recíproco, Manny."

Ele voltou a cabeça, olhou para as placas de bronze e para o grande muro de pedras à sua frente. "Bom, tudo bem, ninguém vai morrer hoje. Mas senhor Kenzie, desconfio que o senhor ganhou sete anos de azar. Não tem mais crédito. Seu dinheiro sumiu. E não vai voltar. Eu e alguns sócios achamos por bem lhe dar uma lição sobre poder."

"Eu aprendi a lição, Manny, senão não teria trazido os disquetes."

"É, mas como a lição acabou, quero ter certeza de que você assimilou bem. Assim sendo, negativo: você voltou para a estaca zero. Garanto a você que não vamos fazer mais nada, mas o estrago que fizemos vai ficar do jeito que está."

Na Unity Street, os lixeiros estavam jogando latas de lixo nas calçadas de uma altura de mais de um metro, uma van estava buzinando loucamente atrás do caminhão e uma velha estava berrando da janela em italiano. Aquilo não estava melhorando em nada a minha ressaca.

"Então é isso?" Pensei nos dez anos que passara eco-

*105*

nomizando, nos quatro cartões de crédito que nunca mais conseguiria usar, nas centenas e centenas de casos miseráveis — grandes e pequenos — em que trabalhara. Tudo isso para nada. Estava pobre novamente.

"É isso", disse Manny levantando-se. "Veja bem as pessoas que você vai sacanear, Kenzie. Você não sabe nada sobre nós, e nós sabemos tudo sobre você. Isso nos torna perigosos e torna seus movimentos previsíveis."

"Obrigado pela lição", eu disse.

Ele se postou na frente de Angie até ela levantar os olhos para encará-lo. Ela continuava com o revólver na mão, mas apontado para o chão.

"Talvez enquanto Kenzie não puder levar você pra jantar quem sabe a gente pode sair junto de vez em quando. O que você acha?"

"Eu lhe digo que seria melhor você comprar uma *Penthouse* no caminho de casa, Manny, e botar a mão direita pra funcionar."

"Sou canhoto", disse ele, sorrindo.

"Não me importa", disse ela, e John riu.

Manny sacudiu os ombros e por um instante pareceu que estava pensando numa resposta, mas em vez disso deu meia-volta e, sem dizer mais uma palavra, foi andando em direção à Unity Street. John e os outros dois homens o seguiram. Na entrada da rua, Manny voltou a cabeça em nossa direção, a silhueta imponente recortada contra o fundo azul e cinza do caminhão de lixo.

"A gente se vê por aí", disse ele com um aceno.

Nós acenamos também.

E Bubba, Nelson e os irmãos Twoomey saíram de trás do caminhão, cada um empunhando uma arma.

John ficou de boca aberta, e Nelson o atingiu em cheio na cara com um bastão de hóquei cerrado. O sangue espirrou do nariz quebrado de John, ele tombou para a frente, e Nelson o agarrou no ar e o jogou no ombro. Foi a vez de os irmãos Twoomey entrarem em cena: eles ergueram bem alto enormes latões de lixo e jogaram nas cabeças dos dois grandalhões, estendendo-os nas pedras do pavimento. Ouvi o barulho da rótula de um deles estourando numa pedra, e os dois encolheram o corpo e ficaram feito cachorros dormindo ao sol.

Manny ficou paralisado. Braços abertos, ele olhava estupefato enquanto os três homens à sua volta eram nocauteados em poucos segundos.

Bubba estava atrás dele, a tampa de um latão de lixo erguida à sua frente como o escudo de um gladiador. Ele bateu no ombro de Manny, que o fitou aparvalhado.

Quando ele girou o corpo, Bubba agarrou sua nuca com a mão livre, segurou-a com firmeza, e a tampa do latão desceu quatro vezes, e cada pancada soava como uma melancia esborrachando-se no chão, jogada do telhado de uma casa.

"Manny", disse Bubba enquanto o outro desabava no chão. Bubba o agarrou pelos cabelos, e o corpo de Manny, frouxo e elástico, ficou balançando no ar. "Manny", repetiu Bubba. "Como vão as coisas aí, mano?"


Eles enfiaram Manny e John na parte de trás da van, depois jogaram os outros dois caras no caminhão de lixo, onde eles ficaram junto com tomates podres, bananas passadas e bandejas de comida congelada vazias.

Por um instante terrível, Nelson pôs a mão na alavanca do guindaste hidráulico da traseira do caminhão e disse: "Posso, Bubba? Posso?".

"Melhor não", disse Bubba. "Pode fazer muito barulho."

Nelson balançou a cabeça, mas pareceu ficar muito triste.

Eles tinham roubado o caminhão de lixo naquela manhã do pátio da empresa coletora em Brighton. Abandonaram-no ali mesmo e voltaram para a van. Bubba ficou olhando para as janelas que davam para a rua. Não havia ninguém olhando. Mas mesmo que houvesse, aquilo era o North End, reduto da Máfia, e uma coisa que todos aprendiam desde a infância era que, não importa o que vissem, eles nada tinham visto, seu guarda.

"Bonita roupa", eu disse a Bubba quando ele entrou na van.

"É", disse Angie. "Você fica bonito vestido como lixeiro."

Bubba respondeu: "Pode me chamar de técnico do serviço sanitário".

Bubba passeava pelo segundo andar do depósito onde morava. Ele mamava numa garrafa de vodca, sorria e de vez em quando dava uma olhada em John e Manny, que estavam firmemente amarrados a cadeiras de metal, ainda desmaiados.

O térreo do depósito de Bubba estava em ruínas; o segundo andar estava vazio, agora que ele tinha acabado com seu estoque de mercadorias. Ele morava no primeiro, que, em condições normais, devia ser mais confortável, mas ele cobrira tudo com colchas, já que ia ficar fora por um ano, e, além disso, o lugar era todo minado de explosivos. Isso mesmo. Minado. Não me perguntem por quê.

"O sujeitinho está acordando", disse Iggy Twoomey. Iggy, o irmão e Nelson estavam sentados em pilhas de velhos estrados para carga, passando uma garrafa de um para o outro. Vez por outra um deles dava uma risada, sem razão aparente.

John abriu os olhos no momento em que Bubba pulava em sua direção e parava diante dele, mãos nos joelhos feito um lutador de sumô.

Por um instante, pensei que John ia desmaiar.

"Oi", disse Bubba.

"Oi", grasnou John.

Bubba se inclinou sobre ele. "Vou explicar pra você, John. Você é John, não é?"

"Sim", respondeu ele.

"Bom. Bem, John, meus amigos, Patrick e Angie, vão fazer umas perguntas a você. Está entendendo?"

"Estou. Mas eu não sei..."

Bubba pôs um dedo nos lábios de John. "Psst. Não terminei. Se você não responder às perguntas, John, os meus outros amigos... Está vendo eles ali?"

Bubba afastou-se um pouco para o lado para que John visse os três tarados que, sentados nos estrados na penumbra, enchiam a cara, esperando a hora de acertar as contas.

"Se você não responder, Patrick e Angie vão embora. E eu e meus outros amigos vamos fazer uma brincadeirinha com você, Manny e uma chave Phillips."

"Enferrujada", disse um dos Twoomeys dando uma risadinha.

John começou a se agitar, e acho que não se dava conta disso. Ele olhava para Bubba como se estivesse olhando para a encarnação do espectro de seus piores pesadelos.

Bubba montou nele e puxou-lhe o cabelo da testa para trás. "Estamos de acordo, John?"

"Sim", disse John, balançando a cabeça várias vezes.

"Bom", disse Bubba, sacudindo a cabeça satisfeito. Ele deu um tapinha nas bochechas de John e saiu de cima dele. Então se aproximou de Manny e jogou vodca na cara dele.

Manny acordou tossindo, contorcendo-se nas cordas, cuspindo a vodca.

A primeira coisa que ele disse foi: "O quê?".

"Oi, Manny."

Manny olhou para Bubba e por um instante tentou fingir que não estava com medo, acostumado àquele tipo de situação. Mas Bubba sorriu, Manny suspirou e baixou a vista.

"Manny!", disse Bubba. "Que bom você estar aqui. O negócio é o seguinte, Manny. John vai dizer a Patrick tudo que eles querem saber. Se eu achar que ele está mentindo ou se você o interromper, vou queimar você vivo."

"Eu?", disse Manny.

"Você."

"Por que não ele? Não é ele que vai estar mentindo?"

"Porque você tem mais o que queimar, Manny."

Manny mordeu o lábio superior, e lágrimas lhe subiram aos olhos. "Fale a verdade, John."

"Vá se foder, Manny."

"Fale!"

"Eu vou dizer a eles!", gritou John. "Mas não por causa de você. 'Por que não ele?'", imitou John. "Que amigo. Se a gente sair dessa, vou contar a todo mundo que você chorou feito uma velha."

"Não chorei."

"Chorou sim."

"John", disse Angie. "Quem melou a conta bancária e os cartões de crédito de Patrick?"

Ele olhou para o chão. "Eu."

"Como?", perguntei.

"Eu trabalho para a Receita Federal", disse ele.

"Quer dizer que você vai acertar tudo?", disse Angie.

"Bem, é mais fácil destruir do que recuperar."

"John", eu disse. "Olhe para mim."

Ele olhou.

"Regularize minhas contas."

"Eu..."

"Para amanhã."

"Amanhã? Não posso fazer isso. Vai ser preciso pelo menos..."

Eu o medi com os olhos. "John, você pode acabar com o meu crédito, e isso é uma coisa terrível. Mas eu posso acabar com *você*, e isso é um pouco mais terrível, você não acha?"

Ele engoliu em seco, e seu pomo-de-adão se agitou por alguns instantes na garganta.

"Amanhã, John. De manhã."

"Sim", disse ele. "Tudo bem."

"Você acaba com o crédito de outras pessoas?", perguntei.

"Eu..."

*110*

"Responda a ele", disse Bubba, olhando para os sapatos de John.
"Sim."
"Gente que tenta sair da Igreja da Verdade e da Revelação?", perguntou Angie.
"Ei, espere um pouco", disse Manny.
"Quem tem um fósforo?", perguntou Bubba.
"Vou ficar calado", disse Manny. "Vou ficar calado."
"Sabemos tudo sobre as relações entre a Libertação da Dor e a Igreja", disse Angie. "Uma das formas de lidar com os membros rebeldes é arruinar suas finanças, certo?"
"Às vezes", disse John, o lábio inferior projetando-se para a frente como o de um menino surpreendido olhando por baixo das saias das meninas na escola.
"Vocês têm gente trabalhando em todas as grandes instituições, não é, John? Na Receita Federal, no departamento de polícia, nos bancos, na imprensa, onde mais?", eu disse.
Seu sacudir de ombros foi bloqueado pelas cordas. "Em toda parte."
"Legal", comentei.
Ele bufou. "Não vejo ninguém reclamando porque católicos trabalham nessas mesmas organizações. Ou judeus."
"Ou adventistas do Sétimo Dia", disse Bubba.
Olhei para ele.
"Oh." Ele levantou a mão. "Desculpe."
Inclinei-me sobre John, pus os cotovelos em seus joelhos e olhei para o seu rosto.
"Tudo bem, John. Agora vem a pergunta mais importante. E nem pense em mentir para mim."
"Ia ser muito ruim", disse Bubba.
John olhou nervosamente para Bubba, depois novamente para mim.
"John", eu disse. "O que aconteceu com Desiree Stone?"

## 11

"Desiree Stone", repetiu Angie. "Vamos, John. A gente sabe que ela recebeu um tratamento na Libertação da Dor."

John passou a língua nos lábios, piscou os olhos. Já fazia um minuto que ele não falava, e Bubba estava ficando impaciente.

"John", eu disse.

"Sei que tenho um isqueiro em algum lugar." Bubba pareceu perplexo por um instante. Ele bateu nos bolsos da calça, e de repente estalou os dedos. "Deixei ele lá embaixo. Foi isso. Volto logo."

John e Manny ficaram vendo Bubba precipitar-se em direção à escada do outro lado da sala, ouviram o martelar de suas botas de combate ecoando nas vigas acima de nossas cabeças.

Quando Bubba desapareceu na escada, eu disse: "Vocês conseguiram".

John e Manny se entreolharam.

"Ele é assim", disse Angie. "A gente nunca sabe o que vai fazer. Sabe como é, ele tende a se mostrar criativo."

Os olhos de John giraram nas órbitas como pires. "Não deixem que eles me machuquem."

"Não podemos fazer nada se não nos falar sobre Desiree Stone."

"Não sei de nada sobre Desiree Stone."

"Claro que sabe", eu disse.

"Muito menos do que Manny sabe. Manny foi o terapeuta dela."

Angie e eu viramos a cabeça devagar e olhamos para Manny. "Manny, Manny, Manny. Os segredos que você guarda...", disse ela puxando-lhe o queixo até os olhos dele fitarem os seus. "Vai logo desembuchando, mister músculos."

"Eu tenho que agüentar as sacanagens desse psicótico, mas não vou tolerar nada duma porra duma garota." Ele cuspiu nela, e ela recuou.

"Meu Deus", disse ela. "A gente tem a impressão de que Manny passa tempo demais na academia de ginástica, não? É isso mesmo não é, Manny? Levantando seus pequenos halteres e empurrando da StairMaster os caras menores do que você e contando pra seus cupinchas que fez e aconteceu com sua mina na noite passada. Esse é você, Manny. É isso que você é."

"Ora, vá se foder."

"Não, Manny. Vá você se foder", disse ela. "Vai se foder e morrer."

E Bubba voltou para a sala aos pulos, com um maçarico, gritando: "Vitória! Vitória!".

Manny gritou e se contorceu nas cordas que o prendiam.

"A coisa está melhorando", disse um dos irmãos Twoomey.

"Não!", guinchou Manny. "Não! Não! Não! Desiree Stone procurou o Centro Terapêutico no dia 19 de novembro. Ela... ela... ela estava deprimida porque, porque, porque..."

"Vamos com calma, Manny", disse Angie. "Vamos com calma."

Manny fechou os olhos, respirou fundo, as faces inundadas de suor.

Bubba sentou-se no chão e começou a acariciar o maçarico.

"Tudo bem, Manny", disse Angie. "Vamos começar do começo." Ela pôs um gravador no chão, na frente dele, e ligou.

"Desiree estava deprimida porque o pai tinha câncer, a mãe acabara de morrer e um cara que ela conheceu na universidade se afogara."

"Essa parte a gente sabe", eu disse.

"Então ela nos procurou e..."

"Como ela chegou até vocês?", perguntou Angie. "Ela simplesmente veio pela rua e entrou?"

"Sim", disse Manny, piscando os olhos.

Angie olhou para Bubba. "Ele está mentindo."

Bubba balançou a cabeça devagar e ligou o maçarico.

"Ok", disse Manny. "Ok. Ela foi recrutada."

Bubba disse: "Se eu ligar isto aqui novamente, vou usar, Ange. Quer você queira, quer não".

Ela balançou a cabeça.

"Jeff Price", disse Manny. "Foi ele quem a recrutou."

"Jeff?", eu disse. "Pensei que o nome dele era Sean."

Manny balançou a cabeça. "Esse é o segundo nome. Ele às vezes o usava como apelido."

"Fale-nos sobre ele."

"Ele era o supervisor de tratamento da Libertação da Dor e membro do Conselho da Igreja."

"E o que é esse conselho?"

"O Conselho da Igreja é como uma junta diretora. É composto de pessoas que estão na Igreja desde seus primórdios em Chicago."

"E esse Jeff Price?", disse Angie. "Por onde anda agora?"

"Foi embora", disse John.

Olhamos para ele. Até Bubba parecia estar começando a ficar interessado. Talvez ele estivesse tomando notas mentalmente para quando fundasse a sua própria igreja. O Templo dos Retardados.

"Jeff Price roubou dois milhões de dólares da Igreja e desapareceu."

"Há quanto tempo?", perguntei.

"Há pouco mais de seis semanas", disse Manny.

"Na mesma época em que Desiree Stone desapareceu."

Manny aquiesceu. "Eles se tornaram amantes."

"Você acha então que Desiree está com ele?", perguntou Angie.
Manny olhou para John. John abaixou a vista.
"O quê?", disse Angie.
"Acho que ela está morta", disse Manny. "O Jeff, sabe, ele é..."
"Um filho da puta de marca maior", disse John. "Um canalha da pior espécie."
Manny confirmou com a cabeça. "Seria capaz de jogar a mãe aos jacarés em troca de uma porra dum par de sapatos, se é que me entendem."
"Mas Desiree pode estar com ele", disse Angie.
"Imagino que sim. Mas Jeff viaja na maior discrição possível. Ele sabe que estamos atrás dele. E sabe também que uma moça bonita como Desiree não passa despercebida na multidão. Não digo que ela não tenha saído de Massachusetts com ele, mas a certa altura ele pode ter se livrado dela. Provavelmente quando ela descobriu que ele tinha roubado o dinheiro. E quando falo em livrar-se dela não quero dizer que ele a largou em algum restaurante ou coisa assim. Não, ele deve tê-la enterrado bem fundo."
Ele abaixou a vista, e seu corpo se abandonou à pressão das cordas.
"Você gostava dela", disse Angie.
Ele levantou os olhos, e dava para ler neles a confirmação. "Sim", disse ele baixinho. "Ouçam, eu roubo as pessoas? Sim. Certo. Roubo mesmo. Mas quase todos esses bundões chegam aqui choramingando e falando de angústia, de fadiga crônica ou do trauma irrecuperável pelo fato de terem feito xixi na cama quando eram crianças. Vou dizer uma coisa. Meto bronca neles. Com certeza eles têm tempo e dinheiro demais, e se uma parte desse dinheiro puder ser útil à Igreja, tanto melhor." Ele levantou os olhos para Angie num frio olhar de desafio, que logo arrefeceu ou se transformou em outra coisa. "Desiree Stone não era assim. Ela veio procurar ajuda. Todo o seu mundo desabou num espaço de umas duas semanas, e ela estava com me-

do de enlouquecer. Você pode não acreditar, mas a Igreja podia ajudá-la. Eu acredito realmente nisso."

Angie balançou a cabeça devagar e lhe deu as costas. "Não desperdice nosso tempo, Manny. E aquela história de que a família de Jeff Price morreu envenenada por monóxido de carbono?"

"Conversa fiada."

Eu disse: "Uma pessoa se infiltrou na Libertação da Dor há pouco tempo. Uma pessoa como nós. Você sabe de quem estou falando?".

Ele estava sinceramente desconcertado. "Não."

"John?"

John balançou a cabeça.

"Há alguma pista do paradeiro de Price?", disse Angie.

"Como assim?"

"Ora, vamos", eu disse. "Manny. Vocês têm poder para acabar com meu crédito e minha conta bancária, durante a noite, em menos de doze horas. Sou capaz de apostar que não deve ser fácil se esconder de vocês."

"Mas essa era a especialidade de Price. Ele nos apareceu com toda uma teoria de contra-operações."

"Contra-operações", eu disse.

"Sim. Neutralizar o adversário antes que ele tenha tempo de neutralizar você. Oposição em surdina. Agir como a CIA. A coleta de informações, as sessões, o teste da senha — tudo isso foi idéia de Price. Ele começou em Chicago. Se há alguém capaz de se esconder de nós, esse alguém é Price."

"Teve aquele período em Tampa", disse John.

Manny fuzilou-o com o olhar.

"Eu não quero ser queimado", disse John. "Não quero."

"Que período em Tampa?", perguntei.

"Ele usou um cartão de crédito. Dele mesmo. Ele devia estar bêbado", disse John. "Era o seu ponto fraco. Ele bebe. Temos um cara que, dia após dia, fica o tempo todo diante do computador, conectado a todos os bancos e operadoras de cartões de crédito com que Price trabalha.

Há três semanas esse cara estava olhando para a tela do computador e ouviu um barulhinho. Price estava usando o cartão de crédito num motel em Tampa, o Courtyard Marriott."

"E aí..."

"E aí", disse Manny, "em quatro horas havia quatro dos nossos lá. Mas ele tinha ido embora. Nem ao menos sabemos se era ele mesmo. O cara da recepção disse que foi uma mulher que usou o cartão."

"Talvez Desiree", eu disse.

"Não. A tal mulher era loira e tinha uma cicatriz grande no pescoço. O cara da recepção disse ter certeza de que era uma puta. Disse que o cartão era do pai dela. Com certeza Price vendeu seus cartões de crédito ou os jogou pela janela, para serem achados pelos vagabundos. Só para nos confundir."

"Algum outro cartão foi usado depois disso?", perguntou Angie.

"Não", disse John.

"Essa hipótese me parece furada, Manny."

"Ela está morta, senhor Kenzie", disse Manny. "Eu não queria que estivesse, pode acreditar, mas ela está."

Nós os apertamos por mais uns trinta minutos, mas não conseguimos extrair nada de novo. Jeff Price conhecera Desiree, a manipulara, e ela se apaixonara por ele. Price roubara dois milhões e trezentos mil dólares, e não dava para recorrer à polícia, pois eles provinham de um fundo secreto que a Libertação da Dor e a Igreja tinham constituído com dinheiro extorquido de seus membros. Às dez da manhã do dia 12 de fevereiro, Price acessou a conta bancária das Ilhas Cayman, transferiu o dinheiro para sua conta no Commonwealth Bank e o sacou às onze e meia da mesma manhã. Ele saiu do banco e desapareceu.

Vinte e um minutos depois, Desiree Stone estacionou o carro no número 500 da Boylston Street, a cinco quarteirões do banco de Price. E aquela foi a última vez que ela foi vista.

"Por falar nisso", eu disse, pensando em Richie Colgan, "quem dirige a Igreja? Quem a financia?"

"Ninguém sabe", disse Manny.

"Faça-me o favor."

Ele olhou para Bubba. "É verdade. Estou falando sério. Com certeza os membros do conselho sabem, mas não gente como nós."

Eu olhei para John.

Ele confirmou com a cabeça. "Oficialmente o chefe da Igreja é o reverendo Kett, mas na verdade ninguém nunca o viu em pessoa, pelo menos nos últimos quinze anos."

"Talvez até vinte anos", disse Manny. "Mas nós ganhamos bem, Kenzie. Muito bem. Por isso não reclamamos nem fazemos perguntas."

Olhei para Angie. Ela deu de ombros.

"Vamos precisar de uma foto de Price", disse ela.

"Está nos disquetes", disse Manny. "Num arquivo chamado DPILD — Dados Pessoais, Igreja e Libertação da Dor."

"Vocês podem nos dizer alguma coisa mais sobre Desiree?"

Ele balançou a cabeça e quando voltou a falar sua voz traía uma grande tristeza. "Não é fácil encontrar uma pessoa boa. Boa de fato. Ninguém nesta sala é uma pessoa boa." Ele nos olhou a todos. "Mas Desiree era. Ela poderia ter feito muito bem ao mundo. E agora deve estar em alguma vala por aí."

Bubba espancou Manny e John mais uma vez e, junto com Nelson e os irmãos Twoomey, levou-os a um lixão sob a ponte do Mystic River, em Charlestown. Os dois estavam desacordados, amordaçados, de mãos amarradas. Eles esperaram que a dupla acordasse, chutaram-nos da traseira da van e deram alguns tiros perto de suas cabeças até John começar a gemer e Manny a chorar — e foram embora.

"Às vezes as pessoas nos surpreendem", disse Bubba. Estávamos sentados no capô da Crown Victoria, estacionada à beira da estrada, na frente da penitenciária de Plymouth. Dali podíamos ver os jardins e a estufa dos detentos, ao mesmo tempo que ouvíamos os gritos animados dos homens jogando basquete do outro lado do muro. Mas bastava um rápido olhar à agressiva espiral de arame farpado estendida no alto dos muros, ou à silhueta dos guardas armados nas torres, para ter absoluta certeza do que era aquilo — uma jaula para seres humanos. Independentemente do que se pensasse sobre crime e punição, a realidade era aquela. E não era nada bonita de ver.

"Ela pode estar viva", disse Bubba.

"É", eu disse.

"Não, sério. É como eu disse. As pessoas nos surpreendem. Vocês tinham me dito antes de aqueles dois panacas acordarem em minha casa que ela certa vez jogou gás lacrimogêneo num sujeito."

"E daí?", disse Angie.

"Daí que isso significa que ela é forte. Entende? Se tem um cara sentado ao seu lado e você saca uma lata de Mace e taca nos olhos dele... Está entendendo? Sabe o que esse tipo de atitude exige? Essa moça tem coragem. Talvez ela tenha dado um jeito de escapar daquele cara, o sacana do Price."

"Mas aí ela teria entrado em contato com o pai. Ela teria procurado algum tipo de contato."

Ele sacudiu os ombros. "Talvez. Não sei. Os detetives são vocês, eu sou o bobão que está indo pro xadrez por porte ilegal de arma."

Recostamo-nos no carro, contemplamos novamente as muralhas de granito e as espirais de arame farpado, o céu que pouco a pouco enegrecia.

"Tenho que ir", disse Bubba.

Angie lhe fez um carinho e beijou-lhe o rosto.

Eu apertei a mão dele. "Quer que a gente acompanhe você até o portão?"

"Não. Seria como se vocês fossem meus pais na minha primeira ida à escola."

"O primeiro dia de escola", eu disse. "Lembro que você deu o maior pau em Eddie Rourke."

"Ele tirou sarro de mim porque meus pais me levaram até a porta." Ele deu uma piscadela. "A gente se vê daqui a um ano."

"Antes disso", disse Angie. "Acha que a gente não vem visitar você?"

Ele deu de ombros. "Não se esqueçam do que eu disse a vocês. Às vezes as pessoas nos surpreendem."

Nós o vimos avançar pelo caminho de cascalho, ombros encurvados, mãos nos bolsos, os cabelos eriçados pelo vento cortante que soprava da vegetação congelada dos campos circundantes.

Ele passou pelo portão sem olhar para trás.

# 12

"Quer dizer então que minha filha está em Tampa", disse Trevor Stone.
"Senhor Stone", disse Angie. "O senhor ouviu o que nós dissemos?"
Ele lançou a ela um olhar lacrimoso e ajustou o paletó do *smoking*. "Sim. Dois homens acham que ela está morta."
"Sim", eu disse.
"Você acha que ela está?"
"Não necessariamente", eu disse. "Mas pelo que ouvi sobre esse tal de Jeff Price, ele não parece ser do tipo que se faz acompanhar de uma mulher vistosa como sua filha, quando deseja passar despercebido. Sendo assim, a pista de Tampa..."
Ele abriu a boca para falar, mas a fechou. Olhos cerrados, ele parecia lutar para afastar alguma coisa ácida. Seu rosto estava úmido de suor e mais pálido do que ossos alvejados. Na manhã do dia anterior, ele estava preparado para nos receber: vestira-se com elegância e usara sua bengala para nos dar a imagem de um guerreiro frágil mas orgulhoso e corajoso.
Naquela noite, porém, sem ter tido tempo de se preparar para nos receber, estava sentado na cadeira de rodas em que, segundo Julian, agora passava a maior parte do tempo, a mente e o corpo exauridos pelo câncer e pela quimioterapia. Seus cabelos se eriçavam em uns poucos tufos isolados, e a voz não passava de um fraco murmúrio apenas audível.
"Mas de qualquer forma há uma pista", disse ele, os

olhos ainda fechados, o punho trêmulo pressionado contra a boca. "Talvez tenha sido lá que Becker desapareceu também. Hein?"

"Talvez", eu disse.

"Quando vocês vão?"

"Ahn?", fez Angie.

Ele abriu os olhos. "Para Tampa. Vocês podem partir amanhã na primeira hora?"

"A gente tem que providenciar as passagens aéreas", eu disse.

Ele fechou a cara. "Não é preciso providenciar passagens aéreas. Julian pode pegar vocês amanhã bem cedo e levá-los no meu avião."

"Seu avião", disse Angie.

"Achem minha filha, Becker ou Price."

"Senhor Stone", disse Angie. "As chances são mínimas."

"Bom." Ele tossiu cobrindo a boca com o punho, fechou os olhos novamente por um instante. "Se ela estiver viva, quero encontrá-la. Se está morta, preciso saber. E se esse tal de Price for o responsável por sua morte, você me faz um favor?"

"Que favor?", perguntei.

"Você podia fazer o obséquio de matá-lo?"

De repente a atmosfera da sala ficou fria como gelo.

"Não", eu disse.

"Vocês já mataram antes", disse ele.

"Nunca mais", eu disse enquanto ele virava a cabeça para a janela. "Senhor Stone."

Ele voltou a cabeça novamente e olhou para mim.

"Nunca mais", repeti. "Estamos entendidos?"

Ele fechou os olhos, encostou a cabeça na almofadinha da cadeira de rodas e fez um sinal para que saíssemos da sala.

"Vocês acabaram de ver um homem que está mais próximo do pó do que da carne", disse Julian no vestíbulo, trazendo o casaco a Angie.

Angie estendeu a mão para pegar o casaco, e ele fez um sinal para que ela lhe desse as costas. Ela fez uma careta mas se virou, e Julian a ajudou a vesti-lo.

"Eu vejo um homem", disse ele enquanto ia pegar o meu casaco no *closet*, "que dominava outros homens, que tinha poder sobre a indústria, sobre as finanças e sobre qualquer área em que quisesse se meter. Um homem cujos passos faziam tremer. E inspiravam respeito. Um grande respeito."

Ele me passou o casaco, e enquanto eu o vestia, senti o perfume fresco e limpo de sua colônia. Eu não conhecia aquela marca, mas não sei por que eu sabia que seu preço estava acima do meu padrão.

"Há quanto tempo você trabalha para ele, Julian?"

"Trinta e cinco anos, senhor Kenzie."

"E Nó-Cego?", perguntou Angie.

Julian esboçou um leve sorriso. "A senhorita se refere ao senhor Clifton?"

"Sim."

"Ele está conosco há vinte anos. Ele era camareiro e secretário pessoal da senhora Stone. Agora me ajuda na administração e manutenção da propriedade, e a cuidar dos interesses do senhor Stone quando ele está cansado demais para isso."

Voltei-me para encará-lo. "O que você acha que aconteceu com Desiree?"

"Não saberia dizer, senhor. Só espero que não seja nada irremediável. Ela é uma criança divina."

"E quanto ao senhor Becker?", perguntou Angie.

"O que quer dizer, senhorita?"

"Na noite em que desapareceu ele estava a caminho desta casa. Checamos com a polícia, senhor Archerson. Não há registro de nenhum acontecimento estranho na rodovia 1A naquela noite. Não houve acidente de carro, nem carros abandonados. Nenhuma empresa de táxi tem registro de alguma corrida para esta casa naquela ocasião. Não se alugou nenhum carro no nome de Jay Becker, e o carro dele está parado no estacionamento do edifício dele."

"E daí vocês concluem...", disse Julian.

"Não concluímos nada", eu disse. "Trata-se apenas de uma impressão, Julian."

"Ah." Ele abriu a porta para nós, e o ar que entrou no vestíbulo era gélido. "E que impressão é essa?"

"A de que alguém está mentindo", disse Angie. "Talvez um bocado de alguéns."

"Dá mesmo o que pensar", disse Julian batendo de leve na cabeça. "Boa noite, senhor Kenzie, senhorita Gennaro. Dirijam com cuidado."


"Em cima é embaixo", disse Angie enquanto avançávamos pela Tobin Bridge e as luzes da cidade se estendiam à nossa frente.

"O quê?", falei.

"Em cima é embaixo. Preto é branco. Norte é sul."

"Ok", eu disse devagar. "Você não quer que eu dirija?"

Ela me fuzilou com o olhar. "Esse caso", disse ela. "Estou começando a achar que todo mundo está mentindo e todo mundo está escondendo alguma coisa."

"Bem, e o que você pretende fazer em relação a isso?"

"Quero deixar de engolir tudo que nos falam. Quero questionar tudo e desconfiar de todo mundo."

"Tudo bem."

"E eu quero invadir a casa de Jay Becker."

"Agora?", perguntei.

"Agora mesmo."


Jay Becker morava no Whittier Place, uma torre residencial com vista para o Charles River ou para o Fleet Center, dependendo da localização dos apartamentos.

O Whittier Place faz parte do Residencial Charles River, um moderno, luxuoso e horrendo conjunto habitacional construído na década de 70, à mesma época que o City Hall, o Hurley and Lindermann Center e o JFK Building, para substituir o antigo West End, que alguns urbanistas de gênio resolveram que deviam riscar do mapa, para que a Boston de 1970 ficasse parecida com a Londres de *Laranja mecânica*.

O West End então se parecia muito com o North End, embora fosse um pouco mais sujo e empoeirado em algumas áreas, devido à proximidade das zonas de prostituição de Scollay Square e North Station. As zonas de prostituição desapareceram, e o mesmo aconteceu com o West End e com a maioria dos pedestres depois das cinco da tarde. Em seu lugar, os urbanistas edificaram um complexo tentacular de edifícios administrativos de concreto que privilegiam a forma em detrimento da funcionalidade — uma forma, aliás, tremenda — e edifícios residenciais de concreto que dão a impressão de um inferno árido e informe.

"Se Você Morasse Aqui", dizia o cartaz esperto quando pegamos a Storrow Drive para entrar no Whittier Place, "Já Estaria em Casa."

"E se eu morasse neste carro", disse Angie, "também não estaria em casa?"

"Ou debaixo daquela ponte."

"Ou no Charles."

"Ou naquele latão de lixo."

Continuamos naquele jogo até achar um lugar para estacionar, mais um que poderia ser nossa casa, se lá morássemos.

"Você odeia tudo que é moderno, não é?", disse ela enquanto andávamos em direção ao Whittier Place e eu o contemplava franzindo o cenho.

Dei de ombros. "Gosto de música moderna. Alguns programas de televisão estão melhores do que nunca. Mas acho que é só isso."

"Você não gosta de nenhuma obra de arquitetura moderna?"

"Não tenho ganas de jogar uma bomba atômica nas Hancock Towers ou no Heritage quando olho para eles. Mas Frank Lloyd Wrong* e I. M. Pei nunca projetaram uma casa ou um edifício que chegasse aos pés do vitoriano mais simples."

"Definitivamente, Patrick, você é um bostoniano. Até a raiz dos cabelos."

Confirmei com um gesto de cabeça enquanto andávamos em direção à entrada do Whittier Place. "Eu só quero que eles deixem Boston em paz, Angie. Que vão para Hartford, se quiserem construir uma merda como essa. Ou para Los Angeles. Ou seja lá para onde for. Contanto que vão embora."

Ela apertou a minha mão. Olhei para ela e vi um sorriso em seus lábios.

Atravessamos uma série de portas de vidro e demos com outra, que estava fechada. À nossa direita havia um painel com placas onde se liam nomes de pessoas. Havia um número de três algarismos ao lado de cada placa e, à esquerda do painel, um telefone. Como eu temia. Se alguém usasse o telefone, seria visto pela pessoa que atendesse, através de uma câmera de segurança.

Aqueles criminosos desgraçados complicaram muito nosso ofício de detetive particular.

"Foi muito divertido ver você tão exaltado ainda há pouco", disse Angie. Ela abriu sua bolsa, levantou-a à altura da cabeça e jogou o conteúdo no chão.

"Ah, é?" Ajoelhei-me ao seu lado e começamos a recolocar as coisas na bolsa.

"Sim. Já fazia tempo que você não se entusiasmava com alguma coisa."

"Você também", eu disse.

Olhamos um para o outro, e seu olhar interrogativo

---

(*) Na verdade, o nome do arquiteto é Frank Lloyd Wright. O autor faz aqui um jogo de palavras com *right* (certo) e *wrong* (errado). (N. T.)

com certeza refletia as mesmas questões que se espelhavam no meu:

Quem somos nós atualmente? O que é que nos restou depois de tudo que Gerry Glynn nos tirou? Como voltaremos a ser felizes?

"Quantos batons uma mulher precisa carregar?", perguntei, voltando a catar as coisas do chão.

"Dez é uma boa pedida", disse ela. "Cinco se você não quer carregar muita coisa."

Vimos um casal aproximando-se do outro lado da porta de vidro. O homem dava a impressão de ser advogado, cabelos grisalhos e gravata Gucci vermelha e amarela. A mulher dava a impressão de ser esposa de advogado, aflita e desconfiada.

"Sua vez", eu disse a Angie.

O homem abriu a porta, e Angie desviou o joelho para lhe dar passagem. Nesse movimento, uma mecha de cabelo que estava presa atrás da orelha se soltou e desceu até a maçã do rosto, emoldurando-lhe um olho.

"Desculpe-me", disse ela com um risinho, fitando o homem. "Sou tão desajeitada..."

Ele olhou para ela, e seu olhar impassível de homem de negócios se deixou contagiar pela alegria comunicativa de Angie. "Eu mesmo não consigo atravessar uma sala vazia sem tropeçar."

"Ah", fez Angie. "Uma alma gêmea."

O homem sorriu como um menino tímido. "Os outros que se cuidem", disse ele.

Angie soltou um riso breve, como se aquele humor original a tivesse surpreendido. Ela pegou as chaves. "Aqui estão elas."

Levantamo-nos quando a mulher dele passou por mim e abriu a porta.

"Da próxima vez tenha mais cuidado", disse ele com uma severidade fingida.

"Vou fazer o possível", disse Angie adoçando um pouco a voz.

"Faz tempo que você mora aqui?"
"Vamos, Walter", disse a mulher.
"Seis meses."
"Vamos, Walter", repetiu a mulher.
Walter lançou um último olhar a Angie e foi embora. Quando a porta se fechou atrás deles, eu falei: "Deitado, Walter. De pé, Walter".
"Pobre Walter", disse Angie quando nos aproximamos dos elevadores.
"Pobre Walter. Ora, vamos. A propósito, você conseguiria ser mais sussurrante?"
"Sussurrante?"
"*Seisss* meses", eu disse, na minha melhor interpretação de Marilyn Monroe.
"Eu não disse 'seisss'. Eu disse 'seis'. E não falei com essa voz melosa."
"Tem razão, Norma Jean."
Ela me meteu o cotovelo, as portas do elevador se abriram, e subimos até o décimo segundo andar.
Na porta do apartamento de Jay, Angie disse: "Trouxe o presente de Bubba?".
O presente de Bubba era um decodificador de alarme. Ele me dera no Natal passado, e eu ainda não tivera oportunidade de testá-lo. Segundo Bubba, o aparelho lia a freqüência acústica de um alarme e a decodificava em questão de segundos. Quando uma luzinha vermelha acendia na telinha do decodificador, bastava apontá-lo para a fonte sonora, apertar um botão que havia no meio, e o alarme silenciava.
Em princípio.
Eu já usara antes equipamentos fornecidos por Bubba, e em geral eles funcionavam, desde que ele não os qualificasse como "tecnologia de ponta". Tecnologia de ponta, no dialeto de Bubba, significava que ainda havia alguns probleminhas no aparelho ou que ele ainda não havia sido testado. Ele não usara a expressão quando me dera o

decodificador, mas eu só saberia ao certo se funcionava ou não quando estivéssemos no apartamento de Jay.

Eu já visitara Jay antes e sabia que ele tinha um alarme silencioso ligado à empresa de segurança Porter and Larousse Consultants, do centro da cidade. Quando o alarme disparava, você tinha trinta segundos para ligar para a empresa de seguros e dar a senha a eles, do contrário a polícia baixava.

Quando estávamos a caminho, mencionei isso a Angie, e ela comentou: "Deixe que eu cuido disso. Pode confiar."

Fiquei vigiando o corredor enquanto Angie mexia nas fechaduras com seus instrumentos, então ela abriu a porta, e nós entramos. Fechei a porta atrás de mim, e o primeiro alarme de Jay disparou.

Era só um pouquinho mais alto que uma sirene anunciando um ataque aéreo. Apontei o decodificador de Bubba para a caixa que ficava no pórtico da cozinha e apertei o botão preto que havia no meio do aparelho. E esperei. E um, e dois, e três... vamos, vamos... Bubba estava quase perdendo um motorista para pegá-lo na saída da prisão, quando a luz vermelha apareceu na telinha, eu apertei o botão preto novamente e o alarme silenciou.

Olhei para a caixinha em minha mão. "Uau!", falei.

Angie pegou o telefone da sala, apertou um único número no console de digitação rápida, esperou um instante e falou: "Shreveport".

Fui para a sala.

"Boa noite para você também", disse ela ao fone, depois desligou.

"Shreveport?", falei.

"Foi lá que Jay nasceu."

"Eu sei. Como você sabia?"

Ela sacudiu os ombros, lançou os olhos em volta da sala. "Devo tê-lo ouvido dizer em alguma roda de bebida, sei lá."

"E como você sabia que essa era a senha?"

Mais um sacudir de ombros.

"Numa *roda de bebida*?", perguntei.

"Humm", fez ela, passando por mim e dirigindo-se ao quarto. Um sofá modular em L, de couro preto, ocupava um terço da sala; na frente dele, na mesinha de centro de vidro fumê, estavam empilhados três números da *GQ* e quatro aparelhos de controle remoto. Um para a TV de cinqüenta polegadas, outro para o videocassete, um terceiro para o CD-player e o quarto para o estéreo.

"Aposto como Jay usa um controle remoto para aumentar o volume da própria voz", comentei.

Havia vários manuais técnicos numa estante, alguns romances de Le Carré, e vários dos autores surrealistas de que Jay gostava — Borges, García Márquez, Vargas Llosa e Cortázar.

Depois de dar uma olhada nos livros e nas almofadas do sofá, sem encontrar nada, fui ao quarto.

Todo mundo sabe que os bons detetives particulares tendem ao minimalismo. Como eles sabem, mais do que ninguém, a que podem levar anotações feitas ao acaso ou um diário íntimo dissimulado, dificilmente costumam guardar coisas. Muita gente já comentou que meu apartamento se parece mais com uma suíte de hotel do que com uma casa. O apartamento de Jay, embora mobiliado com muito mais luxo do que o meu, era absolutamente impessoal.

Da porta do quarto, fiquei observando Angie levantar o colchão da velha cama estilo império, levantar o pequeno tapete ao lado da cômoda de nogueira. Diferentemente da sala, que tinha um estilo moderno absolutamente despojado, com quadros pós-modernos com predominância do preto, do cinza e do azul-cobalto, o quarto seguia uma linha mais naturalista, com seu soalho encerado de madeira clara brilhando à luz difusa de um pequeno lustre em estilo antigo. A colcha era feita à mão e em cores vivas, o tom da escrivaninha que havia num canto harmonizava-se com o da cômoda.

Quando Angie andou em direção à escrivaninha, eu perguntei: "E quando foi que você e Jay beberam juntos?".

"Eu dormi com ele, Patrick. Certo? É isso aí."
"Quando?"
Já próximo à escrivaninha, e seguida de perto por mim, ela deu de ombros. "Na primavera ou no verão passado. Por aí."
Abri uma gaveta enquanto ela abria outra. "Foi na sua 'fase do desbunde'?", perguntei.
Ela sorriu. "Foi."
"Fase do desbunde" era como Angie chamava a época em que arranjava um encontro após outro, depois que se separou de Phil. Eram relações curtíssimas, sem o menor vínculo, em que a busca do sexo se dava da forma mais descontraída que era possível depois da descoberta da Aids. Foi só uma fase, da qual ela se cansou muito mais rápido do que eu. A fase dela durou uns seis meses; a minha, uns nove anos.
"E que tal ele?"
Os olhos fixos no fundo da gaveta, ela franziu o cenho. "Ele era bom, mas gemia. E não suporto caras que gemem alto demais."
"Eu também", eu disse.
Ela deu uma risada. "Você achou alguma coisa?"
Fechei a última gaveta. "Papel, canetas, seguro do carro, nada."
"Eu também não achei nada."
Revistamos o quarto de hóspedes, também não encontramos nada, e voltamos para a sala.
"O que estamos procurando?", perguntei.
"Uma pista."
"Que tipo de pista?"
"Uma pista importante."
"Ah."
Verifiquei atrás dos quadros. Tirei a tampa da parte de trás do televisor. Examinei a gaveta de discos do CD-player, e a de fitas do videocassete. Não havia pista em nenhum desses lugares.
"Ei", disse Angie voltando da cozinha.

"Achou uma bela pista?", perguntei.
"Não sei se dá pra dizer que é."
"Hoje só estamos aceitando pistas importantes."
Ela me passou um recorte de jornal. "Isto estava na porta da geladeira."

Era uma materiazinha de última página, de 29 de agosto do ano anterior:

FILHO DE BANDIDO MORRE AFOGADO

Anthony Lisardo, 23, filho do notório agiota Michael Lisardo, conhecido como "Davey Maluco", morreu afogado terça-feira à noite ou quarta de manhã, aparentemente de causa acidental, no reservatório de Stoneham. O jovem Lisardo, que, segundo a polícia, devia estar drogado, entrou ilegalmente na área por uma abertura na cerca. O reservatório, que há muito tempo vem sendo usado pela juventude local como piscina, é vigiado por dois guardas do Departamento de Parques do Estado, mas nem o guarda Edward Brickman nem o guarda Francis Merriam viram Lisardo entrar na área do reservatório ou nadar nele em suas rondas de trinta minutos. Dada a existência de fortes indícios de que Lisardo estava com um companheiro no momento da tragédia, a polícia condicionou o fechamento do caso à identificação e investigação desse desconhecido, mas o capitão Emmett Groning, da polícia de Stoneham, declarou: "Está descartada a hipótese de um crime. Não há dúvida quanto a isso".

O pai da vítima recusou-se a falar sobre o caso.

"Acho que é uma pista", eu disse.
"Grande ou pequena?"
"Depende de se você quer medir o comprimento ou a largura."

Observação bastante espirituosa, que me valeu um belo tapa na orelha quando eu ia saindo pela porta da cozinha.

# 13

"Vocês disseram que estão trabalhando para quem mesmo?", perguntou o capitão Groning.
"Ahn, nós não dissemos", disse Angie.
Ele afastou o corpo do computador. "Ah. Quer dizer então que devo ajudá-los só porque são amigos de Devin Amronklin e de Oscar Lee, da Delegacia Criminal de Boston?"
"A gente contava um pouco com isso", respondi.
"Bom, mas quando Devin me telefonou, eu estava pensando em ir para casa e encontrar a patroa, xará."
Já fazia uns vinte anos que ninguém me chamava de xará. E aquilo não me deixava muito feliz.
O capitão Emmett Groning tinha pouco menos de um metro e setenta e pesava mais de cento e cinqüenta quilos. Tinha as bochechas mais caídas e mais gordas que qualquer buldogue, e a papada descia-lhe em cascatas feito bolas de sorvete. Eu não tinha idéia dos pré-requisitos para a admissão no Departamento de Polícia de Stoneham, mas dava para concluir que Groning já estava havia pelo menos uma década sentado a uma escrivaninha. Numa cadeira reforçada.
Ele mascava uma tira de carne-seca, mas sem a comer, apenas jogando-a de um lado para outro na boca, tirando-a de vez em quando para apreciar as marcas dos dentes e limpar os restos de saliva. Pelo menos me parecia ser um pedaço de carne-seca. Eu não tinha bem certeza, porque já fazia um tempinho que eu não via aquilo — mais ou menos o mesmo tempo que eu não ouvia a palavra "xará".

"Nós não queremos afastá-lo de sua... patroa", eu disse. "Mas é que estamos meio sem tempo."

Ele rolou o pedaço de carne sobre o lábio inferior e, sabe-se lá como, conseguia chupá-lo enquanto falava. "Devin disse que foram vocês que acertaram as contas com Gerry Glynn."

"Sim", respondi. "As contas de Gerry Glynn foram acertadas por nós."

Angie me deu um chute no tornozelo.

"Bem." O capitão Groning olhou para nós por cima da mesa. "Por aqui não temos esse tipo de coisa."

"Que tipo de coisa?"

"Seus assassinos psicopatas, pervertidos drogados, travestis e estupradores de crianças. Não, senhor. Deixamos isso para vocês da Cidade Grande."

A Cidade Grande ficava a uns quinze quilômetros de Stoneham. O cara parecia pensar que havia um oceano entre as duas.

"Bem", disse Angie. "É por isso que sempre pensamos em vir morar aqui quando nos aposentarmos."

Foi a minha vez de lhe chutar o tornozelo.

Groning ergueu uma sobrancelha e inclinou-se para a frente como para conferir o que estávamos fazendo do outro lado de sua escrivaninha. "Sim, bem, é como eu sempre digo, senhorita, existem muitas cidades piores do que esta, mas pouquíssimas melhores."

É o caso de ligar para a Junta Comercial de Stoneham, pensei comigo. A cidade ganhou um *slogan*.

"Sem dúvida", disse Angie.

Ele se recostou na cadeira, e achei que ela fosse virar e projetá-lo através da parede para a sala vizinha. Ele tirou o pedaço de carne da boca, examinou-o, depois se pôs a chupá-lo novamente. Então olhou para a tela do computador.

"Anthony Lisardo, de Lynn", disse ele. "Lynn, Lynn, Cidade de Gente Ruim. Já ouviu chamarem essa cidade assim?"

"É a primeira vez", disse Angie com um largo sorriso.
"Pois é", disse Groning. "É um lugar desgraçado. Eu não me animaria a criar nem um cachorro lá."
Aposto como seria capaz de devorar um, pensei comigo mesmo.
Mordi minha língua, lembrando-me de que resolvera me tornar mais maduro naquele ano.
"Eu não criaria um cachorro lá", repetiu ele. "Bem. Anthony Lisardo, sim, ele teve um ataque cardíaco."
"Pensei que ele tivesse morrido afogado."
"Morreu sim, xará. Morreu sim. Mas primeiro ele sofreu um ataque cardíaco. Segundo nossa médica, se tivesse acontecido aqui na cidade, sendo ele tão jovem e tudo o mais, não teria morrido. Mas ele estava nadando em águas com um metro e meio de profundidade quando aconteceu, foi só isso que ela escreveu. Só isso", repetiu ele no mesmo tom cantado que usava para dizer que "não criaria um cachorro".
"Alguém sabe o que provocou o ataque cardíaco?"
"Bem, claro, xará. Claro que alguém sabe. E esse alguém é o capitão Emmett T. Groning, de Stoneham." Ele se recostou na cadeira, a sobrancelha esquerda erguida, e balançou a cabeça enquanto nos olhava, fazendo rolar o pedaço de carne no lábio inferior.

Se eu morasse naquele lugar, nunca cometeria um crime, para não me ver confinado perto daquele sujeito. Se tivesse de ficar cinco minutos com o capitão Emmett Groning, de Stoneham, eu assumiria a responsabilidade por qualquer crime, do assassinato do bebê Lindbergh ao desaparecimento de Jimmy Hoffa, só para ser mandado para uma penitenciária federal, o mais longe possível daquela figura.

"Capitão Groning", disse Angie, usando o mesmo tom derramado que usara com o Pobre Walter. "Se o senhor pudesse nos dizer o que provocou o ataque cardíaco em Anthony Lisardo, eu lhe ficaria muito grata."

Muito grata. Angela "Violeta" Gennaro.

*135*

"*Cocaína*", disse ele em espanhol. "Pois é, como dizem alguns."

Eu estava enfiado em Stoneham com um sujeito gordo em sua imitação de Al Pacino no papel de Tony Montana. A coisa estava ficando cada vez melhor.

"Ele cheirou cocaína, teve um ataque do coração e se afogou?"

"Ele não cheirou. Ele fumou, xará."

"Então quer dizer que foi *crack*?", perguntou Angie.

Ele balançou a cabecinha minúscula, e as bochechas farfalharam. "A cocaína normal misturada com fumo. É o que chamam de cigarro equatoriano."

"Fumo com um pouco de cocaína, mais um pouco de fumo, cocaína, fumo, cocaína", eu disse.

Ele pareceu impressionado. "Você parece conhecer isso muito bem."

Um monte de gente que cursou a universidade em meados da década de 80 conhecia, mas eu não disse isso a ele. Ele me dava a impressão de ser o tipo de sujeito que decide seu voto para presidente da República levando em conta se o candidato "tragou" ou não.

"Ouvi falar disso", falei.

"Bem, foi isso que o jovem Lisardo fumou. Ele fez uma tremenda viagem, cara, mas depois o bode foi feio."

"Afe", eu disse.

"O quê?"

"Maravilha", eu disse.

"O quê?"

"Nada não", falei.

Angie meteu o salto do sapato no dedão do meu pé, e eu sorri angelicalmente para o capitão Groning. "E a testemunha? O jornal dizia que Lisardo estava com um companheiro."

Groning desviou dos meus olhos seu olhar perplexo, fixando-o na tela do computador. "O rapaz se chamava Donald Yeager, 22 anos. Entrou em pânico e fugiu, mas se apresentou à delegacia uma hora depois. Foi identificado por um casaco que largou no local. Nós o deixamos cozinhar um pouco na cela, mas não conseguimos tirar nada dele. Ele só foi com o companheiro ao reservatório, tomou umas cervejas, fumou um pouco de maconha e foi dar um mergulho."

"Nada de cocaína?"

"Não. Ele disse não saber que Lisardo usava cocaína. Ele disse: 'Tony detestava cocaína'." Groning estalou a língua. "Aí eu falei: 'E a cocaína detestava Tony, xará'."

"Bela resposta", comentei.

Ele balançou a cabeça. "Às vezes, quando a gente começa, eu e os rapazes, não tem quem nos faça parar."

Capitão Groning e seus Rapazes. Aposto como faziam churrascos, iam juntos à igreja, cantavam canções de Hank Williams Jr. juntos e manejavam um cassetete como ninguém.

"E como o pai de Anthony reagiu à morte do filho?", perguntou Angie.

"Davey Maluco?", disse o capitão Groning. "Você viu que o jornal o chamou de 'bandido'?"

"Sim."

"Garanto a vocês: todo carcamano que mora ao norte de Quincy é bandido."

"Esse carcamano também?", perguntou Angie, punhos cerrados.

"Pé-de-chinelo. Os jornais o chamaram de 'agiota', o que em parte é verdade. Mas seu principal negócio é vender peças provenientes de desmanches da Lynnway."

De todas as metrópoles do país, Boston é uma das que têm mais segurança. Nossas taxas de homicídio e estupro são insignificantes se comparadas às de Los Angeles, Miami ou Nova York, mas quando se trata de roubo de carros, somos imbatíveis. Não se sabe bem por quê, os criminosos de Boston adoram roubar carros. Não tenho idéia do porquê disso, uma vez que não há nenhum problema com nosso sistema de transporte público, mas assim é.

E a maioria desses carros vai parar na Lynnway, um

*137*

trecho da rodovia 1A que passa por cima do Mystic River, onde existe uma série de lojas de carros e oficinas mecânicas. A maioria desses estabelecimentos é legal, mas muitos deles não são. É por isso que a maioria dos bostonianos que têm seus carros roubados nem devia se preocupar em consultar o sistema de rastreamento por satélite — ele os guiará até as profundezas do Mystic, bem pertinho da Lynnway. O emissor de sinais para o satélite, não o carro. O carro já terá ido para o desmanche, e suas peças estarão a caminho de quinze lugares diferentes, cerca de meia hora depois que você o estacionou.

"Davey Maluco não se preocupou com a morte do filho?", perguntei.

"Tenho certeza que sim", disse o capitão Groning. "Mas ele não pode fazer nada. E, claro, ele veio com o lero-lero de sempre: 'Meu filho não usava cocaína', mas o que mais ele podia dizer? Felizmente, com essa confusão toda por aqui hoje em dia, e visto que Davey Maluco é peixe miúdo, não preciso me preocupar com o que ele pensa."

"Quer dizer então que Davey Maluco é peixe pequeno?", perguntei.

"É um lambari", disse o capitão Groning.

"Um lambari", eu disse a Angie.

E lá veio outro pontapé.

## 14

O escritório da Hamlyn and Kohl Investigações Internacionais ocupava todo o trigésimo segundo andar da John Hancock Tower, o glacial arranha-céu de vidro azul metálico de I. M. Pei. O edifício consiste em placas de vidro espelhado, cada uma com seis metros de altura por dezoito de largura. Pei as projetou de forma a refletirem perfeitamente os edifícios circundantes, e quando a gente se aproxima, vê o granito claro e o arenito vermelho da Trinity Church e o imponente calcário do hotel Copley Plaza aprisionados no azul fumê do vidro implacável. O efeito não chega a ser desagradável, e pelo menos as placas de vidro já não desabam lá de cima, como faziam até há pouco tempo.

O escritório de Everett Hamlyn dava para a Trinity Church; numa noite fria e clara como aquela, podia-se ver Cambridge. Na verdade, era possível ver Medford, mas não conheço ninguém que queira olhar para tão longe.

Bebericamos o excelente *brandy* de Everett Hamlyn, vendo-o de pé ao lado de sua placa de vidro, contemplando a cidade que se estendia a seus pés num tapete de luzes.

Esse Everett era uma figura. Ereto feito um cabo de vassoura, pele tão colada ao corpo que me dava a impressão de que, ao mínimo corte, ela se rasgaria toda. O cabelo cinza metálico era cortado à escovinha, e nunca vi despontar em seu rosto o menor sinal de barba.

Sua dedicação ao trabalho era legendária. Era ele quem acendia as luzes de manhã e as apagava à noite. Muitas vezes ouviram-no dizer que não se podia confiar num homem que precisasse de mais de quatro horas de sono, porque a traição residia na preguiça e no desejo de luxo, e dormir mais de quatro horas por dia era um luxo. Ele trabalhara no Office of Strategic Service na Segunda Guerra Mundial, quase um garoto à época, mas agora, mais de cinqüenta anos depois, estava melhor que muitos homens com metade de sua idade.

Costumava-se dizer que ele ia se aposentar na noite de sua morte.

"Vocês sabem que não posso discutir isso", disse ele, contemplando nossa imagem refletida no espelho.

Procurei seu olhar da mesma maneira. "A conversa ficará entre nós, Everett. Por favor."

Ele esboçou um sorriso, levantou o copo e tomou um pequeno gole de *brandy*. "Você sabia que eu estaria sozinho, Patrick. Não sabia?"

"Achei que estaria. Da rua dá para ver a luz de seu escritório acesa, quando se sabe que retângulo olhar."

"Sem um sócio para me apoiar, caso vocês resolvam dobrar um velho."

Angie deu um risinho. "Ora, Everett, vamos falar sério."

Ele se voltou, os olhos brilhantes. "Você está mais encantadora do que nunca, Angela."

"Você não vai poder se esquivar de nossas perguntas com essas lisonjas", disse ela. Mas eu percebi que um leve tom róseo tingia sua pele sob o queixo.

"Vamos, seu velho galanteador", eu disse. "Sobre minha bela aparência, você não diz nada?"

"Você está um lixo, meu rapaz. Pelo visto, continua cortando o próprio cabelo."

Caí na risada. Eu sempre gostei de Everett Hamlyn. Todo mundo gostava. O mesmo não se podia dizer de seu sócio, Adam Kohl. Mas Everett tinha uma facilidade de comunicar-se com as pessoas que contradizia seu passado militar e sua rígida e inflexível concepção do bem e do mal.

"Mas pelo menos os meus são cabelos de verdade."

Ele passou a mão na dura escova que tinha na cabeça. "Você acha que eu ia pagar para ter isso na cabeça?"

"Everett", principiou Angie. "Se você fizer o favor de nos dizer por que a Hamlyn and Kohl abandonou o caso de Trevor Stone, não vamos arrancar o restinho de cabelo que lhe sobrou. Eu prometo."

Ele fez um leve movimento com a cabeça, que eu sabia por experiência significar não.

"Precisamos de uma ajuda nesse caso", eu disse. "Agora estamos tentando encontrar duas pessoas: Desiree Stone e Jay."

Ele se aproximou de sua cadeira e pareceu examiná-la antes de sentar-se. Ele a girou de forma a nos olhar diretamente e apoiou os braços na escrivaninha.

"Patrick", disse ele num tom quase paternal. "Você sabe por que a Hamlyn and Kohl ofereceu a você um emprego sete anos depois que você recusou nossa primeira oferta?"

"Você estava com ciúme de nossa clientela?"

"Nem tanto", disse ele com um sorriso. "Na verdade, a princípio Adam estava totalmente contra essa idéia."

"Para mim não é nenhuma surpresa. Digo isso sem o menor rancor."

"Não tenho dúvida." Ele se recostou na cadeira, esquentando o *brandy* com o calor da mão. "Convenci Adam de que vocês dois eram detetives experimentados com uma admirável — eu diria até impressionante — taxa de resolução de casos. Mas não era só por isso. E aqui, Angela, quero que você por favor não leve a mal o que vou dizer, pois não tenho a menor intenção de ofendê-la."

"Tenho certeza de que não vou me ofender, Everett."

Ele se inclinou para a frente e olhou bem nos meus olhos. "Na verdade eu queria era você, Patrick. Você, meu rapaz, porque você me lembrava Jay, e Jay me lembrava a mim mesmo quando era jovem. Ambos eram muito espertos, ambos tinham muita energia, mas era mais do que isso. O que vocês dois têm, e que hoje se tornou uma coi-

*141*

sa rara, é paixão. Vocês eram como garotinhos. Vocês pegavam um caso qualquer, por mais insignificante que fosse, e atuavam nele como se fosse um caso muito importante. Vocês amavam o *ofício*. Vocês o amavam em todos os seus aspectos, e era uma alegria vir trabalhar naqueles três meses em que vocês trabalharam juntos aqui na empresa. O entusiasmo de vocês contagiava estas salas — piadas sem graça, brincadeiras infantis, gosto pela pândega e sua absoluta determinação de resolver cada caso." Ele se recostou na cadeira e aspirou o ar à sua volta. "Era um verdadeiro tônico."

"Everett", principiei, mas parei por aí, sem saber mais o que dizer.

Ele levantou a mão. "Por favor. Sabe, eu também já fui assim. E quando digo que Jay era quase como um filho para mim, você acredita?"

"Sim", respondi.

"E se o mundo tivesse mais gente como ele, como eu próprio e até como você, Patrick, acho que seria um lugar muito melhor. Você vai me dizer que tenho um ego enorme, mas estou velho, estou no meu direito."

"Você não parece velho, Everett", disse Angie.

"Você é uma criança adorável." Ele sorriu para ela, balançou a cabeça e baixou o olhar para seu *brandy*. Ele o levou consigo quando se levantou da cadeira novamente, voltou até a janela e ficou contemplando a cidade. "Eu acredito em honra", disse ele. "Nenhuma outra qualidade humana merece tanto ser exaltada. E procurei viver como um homem honrado. Mas é difícil. Porque a maioria dos homens não é honrada. Para a maioria, a honra é, na melhor das hipóteses, uma coisa ultrapassada, e na pior uma ingenuidade nefasta." Ele voltou a cabeça e nos deu um sorriso, mas um sorriso cansado. "Acho que a honra está em seu ocaso. Tenho certeza de que morrerá junto com o século."

"Everett", eu disse. "Se ao menos você pudesse..."

Ele balançou a cabeça. "Não posso discutir nenhum

pormenor sobre o caso de Trevor Stone ou sobre o desaparecimento de Jay com você, Patrick. Simplesmente não posso. Só posso recomendar que se lembre do que lhe falei sobre honra e sobre as pessoas que não a têm. E que você procure se virar com essa lição." Ele voltou a sua cadeira, sentou-se nela, girando-a em direção à janela. "Boa noite", disse.

Olhei para Angie, ela olhou para mim, e ambos olhamos para a nuca de Everett. Novamente vi seus olhos refletidos no vidro, mas desta vez eles não estavam voltados para minha imagem, apenas para a dele próprio. Ele perscrutava a própria imagem fantasmagórica, ondulante, aprisionada no vidro, entre os reflexos das luzes de outros edifícios, de outras vidas.

Nós o deixamos em sua cadeira, olhando ao mesmo tempo para a cidade e para si mesmo, banhado no azul profundo do céu noturno.

À porta, sua voz nos fez parar, e nela distingui um tom que nunca ouvira antes. Tinha a mesma inflexão matizada pela sabedoria e pela experiência, pelo conhecimento e pelo *brandy* de qualidade, mas agora se podia perceber um leve tom de medo.

"Tenham cuidado na Flórida", disse Everett Hamlyn.

"Nós não dissemos que íamos para a Flórida", disse Angie.

"Tenham cuidado", repetiu ele recostando-se na cadeira para bebericar seu *brandy*. "Por favor."

*SEGUNDA PARTE*
*AO SUL DA FRONTEIRA*

## 15

Eu nunca tinha viajado num jato particular, por isso não tinha elementos de comparação. Eu não podia nem comparar aquela viagem a um passeio num iate ou a uma ilha particular, porque também não tivera nenhuma dessas experiências. A bem dizer, a única coisa "particular" que eu tinha era meu carro, um Porsche 63 restaurado. Por isso... estar num jato particular era como estar em meu carro. Só que o jato era maior. E mais rápido. E tinha um bar. E voava.

Zumbi e Nó-Cego nos pegaram em meu apartamento numa limusine azul-escura, que também era bem maior que meu carro. Para falar a verdade, era maior que meu apartamento.

Saindo de minha casa, pegamos a Columbia Road e passamos por muitos curiosos que certamente se perguntavam quem estava casando ou que colégio estava promovendo um baile às nove da manhã. Em seguida pegamos o trânsito pesado da manhã e fomos pelo túnel Ted Williams até o aeroporto.

Em vez de acompanhar o fluxo que levava aos grandes terminais, fizemos uma curva em direção à ponta sul do aeroporto, passamos por vários terminais de carga, armazéns de embalagem de alimentos, um hotel de quem nunca ouvira falar e paramos na sede da General Aviation.

Quando Zumbi entrou na sede, eu e Angie vasculhamos o minibar, enchemos nossos bolsos de suco de laranja e de amendoim e consideramos a possibilidade de surripiar duas taças de champanhe.

Zumbi voltou, seguido de um sujeito baixinho que correu até uma minivan amarela e marrom com as palavras PRECISION AVIATION escritas do lado.

"Quero uma limusine", eu disse a Angie.

"Não ia ser fácil estacioná-la na frente de seu prédio."

"Eu não ia precisar mais de meu apartamento." Inclinei-me para a frente e perguntei a Nó-Cego: "Esse troço tem *closets*?".

"Tem porta-malas", disse ele sacudindo os ombros.

Voltei-me para Angie e disse: "Ele tem um porta-malas".

Seguimos a van até uma guarita. Zumbi e o motorista da van saíram, mostraram suas licenças para o guarda. Este anotou os números num bloco de anotações e entregou um passe a Zumbi, que o colocou em cima do painel da limusine quando voltou. A cancela laranja à nossa frente se ergueu, passamos pela guarita e entramos na pista.

A van, seguida de perto por nós, contornou um pequeno edifício e depois avançou por uma passagem entre duas pistas; muitas outras se estendiam à nossa volta, a fraca luz de suas lâmpadas brilhando sob o orvalho matinal. Vi aviões de carga, jatos brilhantes e pequenos hidroaviões brancos, caminhões de combustível, duas ambulâncias paradas, um carro de bombeiro, outras três limusines. Era como se acabássemos de entrar num mundo até então escondido, que exalava prestígio e poder, e vidas importantes demais para se deixarem aborrecer por meios de transporte normais ou por algo banal como horários programados por terceiros. Estávamos num mundo em que uma poltrona de primeira classe num avião das linhas comerciais era considerada de segunda classe, e os verdadeiros corredores do poder estendiam-se à nossa frente, delimitados por luzes de aterrissagem.

Adivinhei qual era o jato de Trevor Stone antes de pararmos na frente dele. Ele se destacava mesmo entre Cessnas e Lears. Era um Gulfstream branco com o nariz fino e inclinado do Concorde, com linhas tão aerodinâmicas como as de uma bala, asas que mal se destacavam da fuselagem, cauda em forma de barbatana dorsal. Uma máquina de aspecto traiçoeiro, um falcão branco em compasso de espera.

Tiramos nossa bagagem da limusine, e outro funcionário da Precision tomou-a de nossas mãos e colocou-a no bagageiro do avião, perto da cauda.

Eu disse a Zumbi: "Quanto custa mais ou menos um jato como esse? Uns sete milhões?"

Ele deu um risinho.

"Ele está achando graça", eu disse a Angie.

"Está morrendo de rir", disse ela.*

"Acho que o senhor Stone pagou vinte e seis milhões por este Gulfstream."

Ele falou "este" como se houvesse mais alguns na garagem de Marblehead.

"Vinte e seis", repeti, cutucando Angie. "Aposto como o vendedor estava pedindo vinte e oito, mas eles conseguiram um desconto."

Uma vez a bordo, conhecemos o capitão Jimmy McCann e seu co-piloto, Herb. Formavam uma bela dupla, sorrisos enormes e sobrancelhas cerradas por trás de óculos espelhados. Eles nos garantiram que estávamos em boas mãos, que não precisávamos nos preocupar, que já estavam havia alguns meses sem nenhum acidente, ha, ha, ha. Humor de piloto. O melhor no gênero. A gente não se cansa de ouvir.

Deixamos os dois brincando com seus relógios e suas alavancas e imaginando diversas maneiras de nos fazer gritar e perder o controle dos esfíncteres, e voltamos para o compartimento principal.

Ele também me pareceu maior que o meu apartamento, mas talvez eu estivesse impressionado demais.

Havia um bar, um piano, três camas de solteiro na parte de trás. Havia um chuveiro no banheiro. O soalho era forrado de um grosso carpete cor de lavanda. Havia seis poltronas de couro enfileiradas do lado direito e do lado esquerdo, e duas delas tinham mesas de cerejeira fixadas à sua frente. Todas as poltronas reclinavam como uma cadeira do papai.

Cinco poltronas estavam vazias. A sexta estava ocupada por Graham Clifton, também conhecido como Nó-Cego. Eu nem o vi sair da limusine. Ele estava sentado diante de nós, com um bloco de apontamentos encadernado em couro no colo, e sobre este uma caneta com a tampa.

"Senhor Clifton", eu disse. "Eu não sabia que o senhor vinha conosco."

"O senhor Stone achou que talvez vocês precisassem de reforço quando chegassem lá. Conheço bem aquela região da Flórida."

"Normalmente a gente não precisa de reforço", disse Angie sentando-se à frente dele.

Ele sacudiu os ombros. "O senhor Stone insistiu."

Peguei o fone do console de minha poltrona. "Bem, vamos ver se conseguimos fazer o senhor Stone mudar de idéia."

Ele tomou o telefone de minha mão e recolocou-o no console da minha poltrona. Para um homem tão baixo, ele era muito forte.

"O senhor Stone não muda de idéia", disse ele.

Fitei seus olhinhos pretos, e a única coisa que vi foi a minha imagem refletida neles.


Era uma hora quando aterrissamos no aeroporto Tampa International, e senti o calor abafado antes que as rodas tocassem a pista, aliás, sem o menor solavanco. O capitão Jimmy e o co-piloto Herb podiam parecer uns tontos, e talvez fossem isso mesmo em todos os outros aspectos de suas vidas, mas pela forma como pilotaram o avião na decolagem, na aterrissagem e durante uma turbulência sobre a Virgínia, concluí que eles eram capazes de aterrissar um DC-10 na ponta de um lápis em meio a um tufão.

A primeira coisa que me chamou a atenção na Flórida, depois do calor, foi a onipresença do verde. O Tampa International parecia ter emergido no meio de um manguezal, e para onde quer que eu olhasse, via matizes de verde — o verde-escuro das folhas do próprio manguezal, o verde-acinzentado e úmido de seus caules, as pequenas elevações gramadas que margeiam as rampas de acesso e de saída do aeroporto, os brilhantes bondes verde-azulados que cruzavam os terminais como alguma coisa saída de *Blade runner*, se o filme fosse dirigido por Walt Disney.

Então meus olhos se voltaram para o céu, e vi um tom de azul que nunca tinha visto antes, tão vivo e tão brilhante, contrastando com os arcos brancos da auto-estrada, que eu seria capaz de jurar tratar-se de uma pintura. São tons, pensei, enquanto piscávamos por causa da luz que penetrava em ondas pelas janelas do bonde, que eu nunca vi tão agressivos desde a decoração dos *nightclubs* de meados da década de 80.

E a umidade. Puxa vida, eu tinha aspirado boa quantidade dela quando saímos do jato, e era como se uma esponja quente tivesse aberto um buraco em meu peito, indo encravar-se em meus pulmões. A temperatura em Boston estava em torno de zero grau quando partimos, e nos parecia quase quente depois de um inverno tão longo e rigoroso. Ali fazia vinte graus, talvez mais, e a grossa camada de umidade parecia fazer a temperatura aumentar mais uns vinte graus.

"Tenho que parar de fumar", disse Angie quando chegamos ao terminal.

"Ou de respirar", eu disse. "Ou uma coisa, ou outra."

Naturalmente, Trevor tinha providenciado para que um carro nos esperasse no aeroporto. Era um Lexus bege de quatro portas com placa da Geórgia, tendo ao volante o sósia sulista de Zumbi. Ele era alto e magro e teria entre cinqüenta e noventa anos de idade. Era chamado de sr. Cushing e me dava a impressão de nunca em sua vida ter sido chamado pelo primeiro nome. Até seus pais com certeza o chamavam de sr. Cushing. Estava de terno preto e boné de motorista, naquele calor terrível, mas quando abriu a porta para Angie e para mim, vi que sua pele estava mais seca do que talco. "Boa tarde, senhorita Gennaro e senhor Kenzie. Bem-vindos a Tampa."

"Boa tarde", respondemos.

Ele fechou a porta, e lá ficamos nós desfrutando o ar condicionado, enquanto ele dava a volta e abria a porta do passageiro para Nó-Cego. O sr. Cushing sentou-se ao volante e passou três envelopes para Nó-Cego, que nos passou um deles.

"As chaves de seu hotel", informou o sr. Cushing enquanto dava partida no carro. "A senhorita Gennaro vai ficar na suíte 611, e o senhor Kenzie, na 612. Senhor Kenzie, aí há também as chaves de um carro que o senhor Stone alugou para o senhor. Ele está no estacionamento do hotel. O número da vaga no estacionamento está no verso do envelope."

Nó-Cego ligou um laptop do tamanho de um livro de bolso e apertou alguns botões. "Vamos ficar no Harbor Island Hotel", disse ele. "Por que não vamos todos tomar uma ducha para depois ir ao Courtyard Marriott, onde se supõe que o tal Jeff Price ficou?"

Consultei Angie com um olhar. "Boa idéia."

Nó-Cego balançou a cabeça, e seu laptop emitiu um bip. Inclinei-me para a frente que vi que ele acessara um mapa de Tampa, que estava na tela. Sob meus olhos o mapa se subdividiu em uma série de zonas quadriculadas que foram se estreitando e se reduzindo cada vez mais, até um momento em que um pontinho tremeluzente — e que deduzi ser o Courtyard Marriott — apareceu no meio da tela e as linhas à sua volta se encheram de nomes de ruas.

Eu estava esperando ouvir, a qualquer momento, uma voz gravada dizendo qual seria nossa missão.

"Esta fita se autodestruirá em três segundos", eu disse.

"O quê?", disse Angie.

"Nada, não."

# 16

Harbor Island parecia ser obra humana, e relativamente nova. Situava-se à saída do centro velho, e chegamos até lá depois de cruzar uma ponte branca não mais comprida que um ônibus pequeno. Havia restaurantes, várias lojas e a marina que brilhava como ouro ao sol. Tudo parecia modelado segundo um motivo coralino do Caribe: por toda parte o branco obtido com jatos de areia, estuques marfim, alamedas recobertas com fragmentos de conchas.

Quando estávamos chegando ao hotel, um pelicano mergulhou em alta velocidade em direção ao pára-brisa, Angie e eu nos abaixamos, mas o estranho pássaro, aproveitando um vento favorável, se deixou levar para o alto da estacaria junto ao embarcadouro.

"Esse aí era dos grandes", disse Angie.

"E era marrom de doer."

"Parecia um animal pré-histórico."

"Também não gosto desses."

"Ótimo", disse ela. "Eu não queria me sentir uma tonta."

O sr. Cushing nos deixou na porta do hotel, os carregadores pegaram nossas bagagens, e um deles disse: "Por aqui, senhor Kenzie, senhorita Gennaro", ainda que não nos tivéssemos apresentado.

"Venho encontrar vocês em seus quartos às três", disse Nó-Cego.

"Certo", falei.

Nós o deixamos conversando com o sr. Cushing, seguimos nosso bronzeadíssimo carregador até o elevador e subimos para os nossos quartos.

As suítes eram enormes, com vista para a baía de Tampa e para as três pontes que se elevavam sobre sua água de um verde leitoso, cintilando sob o sol, tudo tão bonito, tão perfeito e tão tranqüilo que me perguntei quanto tempo eu levaria para vomitar.

Angie passou pela porta de comunicação entre as duas suítes, e fomos para a sacada, fechando atrás de nós as portas corrediças de vidro.

Ela trocou seu modelito preto básico de citadina por um jeans azul-claro e uma blusa tomara-que-caia branca, de jérsei, e tentei afastar meus olhos e minha mente dos seios de Angie, modelados pela roupa, para poder me concentrar no caso.

"Daqui a quanto tempo você quer se ver livre de Nó-Cego?", perguntei.

"Mais rápido do que imediatamente", disse ela debruçando-se sobre o parapeito, fumando calmamente o seu cigarro.

"Estou desconfiado deste quarto", eu disse.

Ela balançou a cabeça. "E do carro alugado."

A luz do sol iluminava os reflexos acaju de seus cabelos, escondidos, desde o fim do último verão, pelos dias sombrios. O calor afogueava-lhe as faces.

Talvez o lugar não seja tão ruim.

"Por que Trevor de repente resolveu nos pressionar?"

"Está se referindo a Nó-Cego?"

"E Cushing." Indiquei com um gesto o quarto às nossas costas. "E toda essa merda."

Ela sacudiu os ombros. "Ele está pirando por causa de Desiree."

"Talvez."

Ela se voltou e se recostou no parapeito, tendo a baía como pano de fundo, o rosto levantado para o sol. "Além disso, você sabe como é essa gente rica."

"Não", eu disse. "Não sei."

"Bem, é como se você fosse sair com uma..."

"Espere um pouco, deixe-me pegar uma caneta para anotar."

Ela jogou a cinza do cigarro em mim. "Eles ficam o tempo todo querendo impressionar, mostrando que basta um estalar de dedos para ter o mundo a seus pés, que conseguem prever e atender a todos os nossos supostos desejos. Então você sai, e os criados abrem-lhe a porta do carro, os porteiros abrem outras portas, os garçons puxam sua cadeira, e o cara rico pede o prato para você. Com isso imaginam que você se sente muito bem, mas na verdade você se sente mesmo é escravizado, como se você não tivesse vontade própria. Ou então", continuou ela, "pode ser outra coisa, no nosso caso: Trevor quer nos mostrar que colocou todos os seus recursos à nossa disposição."

"Mas mesmo assim você não confia no quarto nem no carro alugado."

Ela balançou a cabeça. "Ele está acostumado com o poder. Com certeza não confia em que os outros possam fazer o que ele próprio faria se não estivesse doente. E como Jay desapareceu..."

"Ele quer estar inteirado de todos os nossos movimentos."

"Exatamente."

Eu disse: "Eu gosto do cara e tudo o mais...".

"Mas tanto pior para ele", ela concordou.

O sr. Cushing estava ao lado do Lexus quando paramos para olhar pela janela do primeiro andar. Logo ao chegar, dei uma olhada no estacionamento e constatei que a saída era do outro lado do hotel, e dava para uma ruela cheia de lojas. De onde Cushing estava, não podia ver a saída nem a pontezinha de acesso à ilha.

Nosso carro era um Dodge Stealth azul-claro e fora alugado de uma empresa chamada Prestige Imports, situada no Dale Mabry Boulevard. Pegamos o carro, saímos do estacionamento e depois de Harbor Island.

*155*

Com um mapa no colo, Angie ia me indicando o caminho. Entramos no Kennedy Boulevard, passamos pelo Dale Mabry e seguimos para o norte.

"Tem um monte de casas de penhores", disse Angie olhando pela janela.

"E de pequenos centros comerciais", eu disse. Metade deles de portas fechadas. Os outros são recentes."

"Por que diabo não reabrem os fechados em vez de construir outros?"

"É um mistério", respondi.

A Flórida que víramos até aquele momento correspondia à Flórida dos cartões-postais — coral, manguezais, palmeiras, águas cintilantes e pelicanos. Mas enquanto percorríamos Dale Mabry por pelo menos vinte e cinco quilômetros, os mais planos que percorri em toda a minha vida, com suas oito pistas que se prolongavam infinitamente, através de fortes ondas de calor, rumo à campânula azul do céu — eu me perguntava se aquela não era a verdadeira Flórida.

Angie estava certa quanto às casas de penhores, e eu estava certo quanto aos pequenos centros comerciais. Havia pelo menos um em cada quarteirão. E havia também bares com nomes sutis como Tetas, Melões e Bumbum — entremeados por lanchonetes de *fast-food* tipo *drive-through* e até lojas de bebidas do mesmo tipo, para beberrões em trânsito. Uma paisagem onde abundavam também campings, concessionárias de trailers e mais lojas de carros usados do que eu jamais vira na auto-estrada de Lynn.

Angie puxou a cintura de sua calça. "Puxa vida, como essa calça esquenta."

"É só tirar."

Ela ligou o ar-condicionado, apertou o botão que havia entre nossos bancos, e as janelas automáticas se fecharam.

"Que tal?", disse ela.

"Continuo achando minha idéia melhor."

\* \* \*

"Vocês não gostaram do Stealth?", perguntou Eddie, da locadora de automóveis, parecendo desconcertado. "Todo mundo gosta do Stealth."

"Acredito", disse Angie. "Mas estamos querendo uma coisa que dê menos na vista."

"Uau!", exclamou ele no momento em que outro funcionário passava pelas portas de vidro atrás dele. "Don, eles não gostam do Stealth."

Don franziu o rosto queimado de sol e olhou para nós como se tivéssemos caído de Júpiter. "Não gostam do Stealth? Todo mundo gosta do Stealth."

"Foi o que ouvimos dizer", falei. "Mas ele não atende às nossas necessidades."

"Bom, o que é que vocês estão querendo? Um Edsel?", perguntou Don.

Eddie adorava aquele carro. Ele bateu com a mão no balcão, e ele e Don fizeram uns ruídos estranhos que só posso qualificar como zurros.

"O que estamos querendo", disse Angie, "é um carro algo parecido com aquele Celica verde que está ali no estacionamento."

"O conversível?", perguntou Eddie.

"Seria perfeito", disse Angie.


Levamos o carro tal como estava, ainda que estivesse precisando de combustível e de uma boa lavagem. Dissemos a Don e a Eddie que estávamos com pressa, e eles pareceram ainda mais perplexos com isso do que com nosso desejo de trocar o Stealth.

"Pressa?", disse Don enquanto comparava os dados de nossas carteiras de motorista com os que constavam do formulário para contrato preenchido pelo sr. Cushing.

"Sim", eu disse. "É quando a gente tem urgência de ir a algum lugar."

Para minha grande surpresa, ele não me perguntou o que significa "urgência". Simplesmente deu de ombros e me passou as chaves.

Paramos num restaurante chamado Crab Shack para dar uma olhada no mapa e elaborar um plano.

"Este camarão está inacreditável", disse Angie.

"Este caranguejo também", eu disse. "Experimente."

"Experimente o camarão também."

Experimentamos, e o camarão dela estava realmente muito suculento.

"E barato", disse Angie.

O restaurante era uma modesta cabana de tábuas, com mesas esburacadas e arranhadas, comida servida em pratos de papel, e a cerveja, trazida em vasilhames de plástico, servida em copos de papel. Mas a comida era melhor que a maioria dos frutos do mar que me serviram nos restaurantes de Boston, por um quarto do preço que eu costumava pagar.

Estávamos instalados à sombra do alpendre atrás do restaurante, de frente para um mangue verdejante que se estendia por uns cem metros até os fundos de um... pois é, centro comercial. Um pássaro branco, de pernas compridas como as de Angie e pescoço combinando, pousou no parapeito do alpendre e ficou olhando para a nossa comida.

"Meu Deus", disse Angie. "Que diabo é isso?"

"É uma garça-real", eu disse. "É inofensiva."

"Como você sabe?"

"*National Geographic.*"

"Ah. Tem certeza de que é inofensiva?"

"Ange", eu disse.

Ela deu de ombros. "Tá bom, sou um bicho da cidade. Me processe."

A garça-real pulou do parapeito e pousou perto de meu cotovelo; sua cabeça fina estava na altura dos meus ombros.

"Meu Deus", disse Angie.

Peguei uma perna de caranguejo e joguei por cima do parapeito; a asa da garça bateu em minha orelha quando ela alçou vôo para em seguida mergulhar na água.

"Parabéns", disse Angie. "Agora você a acostumou mal."

Peguei meu prato e meu copo. "Vamos."

Entramos e começamos a estudar o mapa enquanto a garça-real, que tinha voltado, nos olhava através da vidraça. Quando conseguimos fixar um itinerário, dobramos o mapa e terminamos de comer.

"Você acha que ela está viva?"

"Não sei."

"Eu também não. Não sabemos grande coisa, não é?"

Vi a garça-real esticar o pescoço para me ver melhor através da vidraça.

"Não", eu disse. "Mas nós aprendemos rápido."

# 17

Nenhuma das pessoas com as quais conversamos no Courtyard Marriott reconheceu Jeff Price ou Desiree a partir das fotos que lhes mostramos. Eles foram absolutamente categóricos, tanto mais que Nó-Cego e o sr. Cushing lhes tinham mostrado as mesmas fotos meia hora antes de chegarmos ao motel. Nó-Cego, como bom sacana puxa-saco que era, tinha até deixado um bilhete com o porteiro do Marriott, solicitando a nossa presença no bar do Harbor Hotel às oito horas.

Fomos a mais alguns hotéis das redondezas, mas logo nos cansamos de ver tantos olhares vazios e voltamos para Harbor Island.

"Não estamos em nossa cidade", disse Angie quando estávamos descendo de elevador para o bar.

"Não mesmo."

"E isso me deixa louca. Não adianta nada a gente estar aqui. Não sabemos a quem procurar, não temos nenhum contato, não temos nenhum amigo. A única coisa que podemos fazer é rodar por aí como uns idiotas mostrando a todo mundo essas fotografias estúpidas. Ai, meu saco."

"Saco?", falei.

"Saco", repetiu ela.

"Oh", fiz eu. "Entendi. Por um instante pensei que você estava dizendo meu saco."

"Cala a boca, Patrick." Ela saiu do elevador, e eu a segui até o bar.

Ela estava certa. Não tínhamos o que fazer ali. Aquela pista não levava a nada. Era estúpido voar mais de dois mil quilômetros simplesmente porque o cartão de crédito de Jeff Price fora usado num hotel duas semanas antes.

Mas Nó-Cego não concordou. Nós o encontramos no bar, sentado perto de uma janela com vista para a baía, com um copo de daiquiri à sua frente, onde se via uma mistura azulada. O mexedor de plástico cor-de-rosa mergulhado no copo tinha a ponta em forma de flamingo. A mesa ficava entre duas palmeiras de plástico. As garçonetes usavam camiseta amarrada sob os seios e short de lycra preto tão apertado que não deixava dúvida quando à existência (ou falta) da calcinha.

Ah, o paraíso... Só estava faltando o Julio Iglesias. E eu tinha a impressão de que ele não demoraria a chegar.

"Não é perda de tempo", disse Nó-Cego.

"Você está falando sobre seu drink ou sobre essa viagem?", perguntou Angie.

"Os dois." Ele empurrou o flamingo com o nariz, tomou um gole da bebida e, usando o guardanapo, enxugou o bigode, que ficara azul. "Amanhã vamos nos separar para vasculhar todos os hotéis e motéis de Tampa."

"E quando a gente der conta de todos?"

Ele estendeu a mão até o pratinho de nozes-macadâmia à sua frente. "Aí a gente vai procurar nos de St. Petersburg."

E assim foi.

Durante três dias, vasculhamos Tampa, depois St. Petersburg. E descobrimos que algumas partes das duas cidades não eram tão estereotipadas como a experiência de Harbor Island nos levara a imaginar, nem tão feias como o que vimos quando percorremos Dale Mabry. O Hyde Park de Tampa e o Old Northeast em St. Petersburg eram bem agradáveis, com suas ruas pavimentadas com pedras e casas no estilo sulista, rodeadas de varandas sombreadas por velhas figueiras-de-bengala. E as praias de St. Pete eram

*161*

deslumbrantes, desde que se pudessem ignorar os extravagantes cabelos azuis e os ciclistas suarentos e queimados do sol.

Finalmente encontramos uma coisa que nos agradou.

Mas não encontramos Jeff Price, nem Desiree, nem Jay Becker.

E o peso de nossa paranóia, se é que se tratava mesmo de paranóia, estava começando a nos cansar. Toda noite a gente estacionava o Celica num lugar diferente, e toda manhã o examinávamos para ver se tinha algum emissor de sinais para rastreamento e não achávamos nada. Não nos preocupávamos com possíveis aparelhos de escuta porque o carro era conversível. O vento, o rádio ou os dois se encarregariam de melar, para efeito de escuta, as nossas conversas.

Além disso, era uma sensação muito estranha nos sentirmos vigiados o tempo todo, quase como se estivéssemos aprisionados num filme que todos viam, menos nós.

No terceiro dia, Angie desceu até a piscina do hotel para reler de ponta a ponta o dossiê do caso, e eu levei o telefone até a sacada, examinei-o para ver se estava grampeado e liguei para Richie Colgan na seção de notícias locais do *Boston Tribune*.

Ele atendeu o telefone, ouviu minha voz e me deixou na espera. Simpáticos, esses amigos.

Seis andares abaixo, Angie, ao lado de sua *chaise-longue*, tirava o short cinza e a camiseta branca, expondo à luz do dia seu biquíni preto.

Tentei desviar o olhar. E desviei. Mas sou fraco. E homem.

"O que você está fazendo?", perguntou Richie.

"Você não acreditaria se eu lhe contasse."

"Experimente."

"Estou olhando minha sócia passar protetor solar nas pernas."

"Conversa."

"É sério", eu disse.

"Ela sabe que você está olhando?"
"Está brincando?"
Naquele instante Angie voltou a cabeça e olhou para a sacada.
"Acabei de ser descoberto", eu disse.
"Você está frito."
Mesmo daquela distância, deu para ver o sorriso de Angie. Seu rosto ficou voltado para o meu por um instante, depois ela balançou a cabeça devagar, voltou a se concentrar no que estava fazendo e passou protetor solar nas panturrilhas.
"Meu Deus", eu disse. "Isso aqui é muito quente."
"Onde você está?"
Eu disse a ele.
"Bem, tenho novidades pra você", disse ele.
"Por favor, vá falando."
"A empresa Libertação da Dor abriu um processo contra o *Tribune*."
Recostei-me na cadeira. "Você já publicou algum artigo sobre o caso?"
"Não", disse ele. "Aí é que está. As investigações que fiz foram as mais discretas possíveis. Não há como eles saberem que eu os estava investigando."
"Mas eles sabem."
"Sim. E eles não estão para brincadeira. Querem nos levar perante um tribunal federal por invasão de privacidade, roubo interestadual..."
"Interestadual?", perguntei.
"Isso mesmo. Muitos de seus clientes não vivem em Massachusetts. Naqueles arquivos há informações sobre clientes do Meio-Oeste e do Nordeste do país. A rigor, Angie roubou *informações* que ultrapassam as fronteiras do estado."
"Uma puta forçação de barra", comentei.
"Claro que é. E eles vão ter de provar que os disquetes e mais um monte de porcaria estão comigo. Mas eles devem ter comprado um juiz, porque às dez da manhã de

hoje meu editor recebeu uma ordem proibindo a publicação de qualquer artigo sobre a Libertação da Dor com informações que sejam exclusivas dos disquetes."

"Bom, então eles estão em suas mãos."

"Como assim?"

"Se eles não têm mais os disquetes, não podem provar o que há neles. E mesmo que eles tenham tudo gravado no disco rígido, não podem provar que o que está aí é o mesmo que está nos disquetes, certo?"

"Exato. Mas aí é que está a manha da proibição. De nossa parte, também não podemos provar que o que publicamos *não* estava contido nos disquetes. A menos que fôssemos estúpidos o bastante para apresentá-los, claro, e nesse caso eles se tornariam inúteis."

"Uma puta sinuca de bico."

"É isso aí."

"Mas isso está me parecendo uma cortina de fumaça, Rich. Se eles não podem provar que você está com os disquetes e nem ao menos que os conhece, mais cedo ou mais tarde algum juiz vai dizer que eles não têm motivos legais em que se apoiar."

"Mas temos de desencavar esse juiz", disse Rich. "O que significa recorrer, quem sabe apelar para um tribunal federal. O que leva tempo. Enquanto isso, tenho de me virar para arranjar provas do que está nos disquetes, valendo-me de outras fontes. Eles estão tentando nos neutralizar, Patrick. É isso que estão fazendo. E estão conseguindo."

"Por quê?"

"Não sei. E não sei como eles chegaram tão rápido até mim. A quem você contou sobre os disquetes?"

"A ninguém."

"Conversa."

"Richie", eu disse. "Não falei nem para meu cliente."

"Por falar nisso, quem é o seu cliente?"

"Ora, Rich", eu disse.

Houve um silêncio mortal na linha.

Quando ele voltou a falar, sua voz era um sussurro.
"Você sabe quanto custa comprar um juiz federal?"
"Um monte de dinheiro."
"Um monte de dinheiro", disse ele. "E muito poder, Patrick. Andei me informando sobre o suposto chefe da Igreja da Verdade e da Revelação, um sujeito chamado P. F. Nicholson Kett..."
"Sério? Esse é seu nome completo?"
"É sim. Por quê?"
"Nada", eu disse. "Que nome imbecil."
"É, bem, P. F. Nicholson Kett é como um deus, um guru e um sumo sacerdote ao mesmo tempo. E faz mais de vinte anos que ninguém o vê. Ele transmite mensagens, por meio de lacaios, de um iate ancorado na costa da Flórida, pelo que se diz. E ele..."
"Flórida", eu disse.
"Isso mesmo. Escute, acho que esse cara é uma ficção. Acho que ele morreu há muito tempo e ao que parece era peixinho miúdo. Era só um testa-de-ferro entronizado por alguém da Igreja."
"Nesse caso, quem é que dá as cartas?"
"Não sei", ele falou. "Mas com certeza não é P. F. Nicholson Kett. O cara era um bobão. Ex-redator publicitário de Madison, Wisconsin, que escrevia roteiros de filmes pornográficos sob pseudônimo para completar a renda. O cara mal conseguia soletrar o próprio nome. Mas eu vi alguns documentários e constatei que o sujeito tinha carisma. E o olhar de todos os fanáticos, entre comatoso e inflamado pela fé. Então alguém pegou esse sujeito com boa aparência e carisma e o transformou num deus de mentira. E tenho certeza de que esse alguém é o mesmo que quer me jogar um processo nas costas."
Ouvi vários telefones tocarem do outro lado da linha.
"Ligue pra mim mais tarde. Tenho que ir."
"Até", eu disse, mas ele já tinha desligado.

Eu acabara de sair do hotel para entrar na aléia que serpenteava através de um jardim de palmeiras e de insólitas araucárias. Avistei Angie sentada em sua cadeira, protegendo os olhos com a mão, olhando para um sujeito num short Speedo laranja tão sumário que compará-lo a uma tanga seria um desrespeito às tangas.

Do outro lado da piscina, um outro sujeito de Speedo azul os observava, e dava para saber, pelo sorriso em seu rosto, que o cara de Speedo laranja era amigo dele.

Speedo Laranja segurava na altura da cintura reluzente uma garrafa de Corona já pela metade, uma rodela de limão flutuando na espuma, e quando me aproximei ouvi-o dizer: "Pelo menos podíamos conversar, não?".

"Podíamos sim", disse Angie. "Só que agora não estou a fim."

"Bem, você podia mudar o astral. Você está na terra da alegria e do sol, querida."

Querida. Que mancada.

Angie se mexeu na cadeira e colocou a pasta no chão, ao lado da cadeira. "A terra da alegria e do sol?"

"Sim!" O cara tomou um gole de Corona. "Ei, você devia estar usando óculos escuros."

"Por quê?"

"Para proteger esses belos olhos."

"Você gosta dos meus olhos", disse ela num tom que eu conhecia muito bem. Corra, eu quis gritar para o cara. Corra, corra, corra.

Ele apoiou a cerveja no quadril. "Sim, são olhos de felino."

"Felinos?"

"Como os dos gatos", disse ele inclinando-se sobre ela.

"Você gosta de gatas?"

"Eu as adoro", disse ele com um sorriso.

"Então você devia ir a uma loja de animais e comprar uma", disse ela. "Porque tenho a impressão de que é a única gata que você vai conseguir esta noite." Ela pegou o dossiê que estava no chão e abriu-o no colo. "Entende o que eu quis dizer?"

Cheguei à beira da piscina no momento em que Speedo Laranja recuou um passo, a cabeça inclinada, a mão tão crispada no gargalo da Corona que as articulações estavam avermelhadas.

"É duro se recuperar de uma paulada dessas, não é?", eu disse abrindo um sorriso radiante.

"Ei, sócio!", disse Angie. "Você enfrentou o sol para vir me ver. Estou comovida. E você chegou a vestir um short."

"E aí, resolveu o enigma?", eu disse agachando-me ao lado da cadeira.

"Neca. Mas estou perto. Sinto que estou perto."

"Balela."

"Certo. Você tem razão." Ela me mostrou a língua.

"Sabe..."

Levantei os olhos. Era Speedo Laranja, tremendo de raiva, apontando o dedo para Angie.

"Você ainda está aí?"

"Sabe...", repetiu ele.

"Sim?", disse Angie.

Os peitorais dele pulsavam, crispavam-se, e ele ergueu a garrafa de cerveja à altura do ombro. "Se você não fosse uma mulher, eu..."

"A essa altura estaria no pronto-socorro", eu disse. "E mesmo ela sendo mulher, você a está provocando."

Angie levantou-se da cadeira e o encarou.

Ele respirava ruidosamente pelas narinas, e de repente deu meia-volta e voltou para junto do amigo. Eles cochicharam entre si e depois nos lançaram olhares raivosos.

"Você já sacou que meu temperamento não tem nada a ver com este lugar?", disse Angie.

Fomos almoçar no Crab Shack. De novo.

Em três dias, ele se tornara a nossa casa longe de casa. Rita, uma garçonete na casa dos quarenta anos que usava um chapéu de caubói preto já meio gasto, meias de rede sob a calça jeans cortada na altura dos joelhos, e fumava charutos birmaneses, se tornou nossa primeira amiga no pedaço. Gene, seu patrão e *chef* do Crab Shack, estava a caminho de se tornar o segundo. E a garça-real do primeiro dia — o nome dela era Sandra, e ela se comportava muito bem, contanto que não lhe déssemos cerveja.

Nós nos sentamos no ancoradouro e ficamos contemplando o céu crepuscular tingir-se pouco a pouco de laranja, aspirando o cheiro do sal, e infelizmente também o de gasolina, enquanto uma brisa cálida acariciava nossos cabelos, agitava as campânulas no alto da estacaria e ameaçava jogar as páginas do nosso dossiê na água leitosa.

Na outra ponta do ancoradouro, quatro canadenses de pele vermelha feito pimentão e horrendas camisas floridas devoravam pratos de peixe frito e comentavam em voz alta o azar que tiveram ao escolher um estado tão perigoso para acampar.

"Primeiro, todas essas drogas na praia, não é?", disse um deles. "E agora essa pobre moça."

As "drogas na praia" e a "pobre moça" eram do que mais tratavam os jornais locais nos últimos dois dias.

"Oh, sim, claro", cacarejou uma das mulheres do grupo. "Não seria pior se estivéssemos em Miami, essa é que é a verdade, ahn."

Na manhã seguinte à da nossa chegada, alguns membros de um grupo metodista de apoio às viúvas, que tinham vindo de Michigan, em férias, estavam passeando na praia em Dunedin quando viram vários saquinhos de plástico espalhados na altura da linha de rebentação. Os saquinhos eram pequenos, de diâmetro grande e, como se veio a descobrir, estavam cheios de heroína. Ao meio-dia, muitos outros foram dar nas praias de Clearwater e St. Petersburg, e corriam boatos de que eles teriam chegado até Homosassa, bem mais ao norte, e a Marco Island, bem mais ao sul. A suposição da guarda costeira era que uma tempestade que se abatia sobre o México, Cuba e as Bahamas afundara um barco carregado de heroína, mas até aquela altura não tinham descoberto o lugar do naufrágio.

A história da "pobre moça" fora divulgada no dia anterior. Uma mulher não identificada fora morta a tiros num quarto de motel de Clearwater. Supunha-se que a arma do crime fora uma espingarda; o disparo fora feito à queima-roupa no rosto da mulher, dificultando a identificação. Um porta-voz da polícia informou também que o corpo fora "mutilado", negando-se, porém, a dizer que tipo de mutilação. Segundo as primeiras estimativas, a mulher teria entre dezoito e trinta anos, e a polícia de Clearwater estava tentando identificá-la a partir da arcada dentária.

O primeiro pensamento que me veio à cabeça quando li a notícia foi: *Merda, Desiree*. Mas depois de verificar em que região de Clearwater o corpo fora encontrado, e tendo traduzido a linguagem cifrada do noticiário das seis horas, me pareceu evidente que a vítima certamente era uma prostituta.

"Sem dúvida isto aqui é como o Velho Oeste", disse um dos canadenses. "Sem tirar nem pôr."

"Você tem razão, Bob", disse sua mulher, mergulhando um pedaço de garoupa numa tigela de molho tártaro.

Aquele estado era estranho, sem dúvida, mas de certo modo eu estava começando a gostar dele. Bem, na verdade, eu estava começando a me afeiçoar ao Crab Shack. Eu gostava de Sandra, de Rita e de Gene, e também dos cartazes que ficavam atrás do balcão: "Se Vocês Gostam Muito das Coisas de Nova York, Peguem a Rodovia I-95 em Direção ao Norte" e "Quando Eu Ficar Velho, Vou Mudar para o Canadá e Vou Poder Dirigir Bem Devagar".

Eu estava de camiseta regata e de short, e minha pele naturalmente branca feito leite já adquirira um agradável tom bege. Angie estava com seu biquíni preto e um sarongue multicor. Os reflexos de seus cabelos negros tinham ficado ainda mais claros.

Eu curtia muito o sol, mas aqueles três últimos dias

foram para ela uma dádiva de Deus. Quando ela esquecia sua frustração com o caso, ou quando encerrávamos mais um dia de buscas infrutíferas, ela parecia relaxar e entregar-se ao calor, à beleza dos mangues e do mar azul-escuro e à brisa marinha. Ela deixou de usar sapatos, exceto quando estávamos em busca de Desiree ou Jeff Price; ela ia para a praia à noite, sentava no capô do carro e ficava ouvindo o murmúrio das ondas. Na hora de dormir, trocava a cama da suíte por uma rede branca estendida na sacada.

Meu olhar cruzou com o seu, e ela me deu um sorriso que traía ao mesmo tempo certa tristeza e uma curiosidade intensa.

Por algum tempo deixamo-nos ficar assim, os sorrisos se apagando, olhos nos olhos, procurando um no outro respostas para perguntas nunca verbalizadas.

"Foi por causa de Phil", disse ela estendendo a mão por cima da mesa para pegar a minha. "Me parecia um sacrilégio nós dois..."

Fiz que sim com a cabeça.

Seu pé sujo de areia aninhou-se contra o meu. "Sinto tê-lo feito sofrer."

"Não houve sofrimento", eu disse.

Ela ergueu uma sobrancelha.

"Na verdade foi uma dor", eu disse. "Umas pontadinhas aqui e ali. Fiquei incomodado."

Ela levou minha mão ao rosto e fechou os olhos.

"Pensei que vocês eram sócios, não amantes", ouvimos uma voz gritar.

"Com certeza é a Rita", disse Angie ainda de olhos fechados.

E era mesmo. Rita, com seu imenso chapéu de caubói, as meias de rede — vermelhas, naquele dia —, trazendo nossos pratos de pitu, camarão e caranguejo. Rita achava o máximo nós sermos detetives. Ela queria porque queria saber de quantos tiroteios e de quantas perseguições tínhamos participado, quantos bandidos nós tínhamos matado.

Ela colocou nossos pratos na mesa, depois tirou a garrafa de cerveja de cima do nosso dossiê para ter onde colocar os talheres de plástico, e o vento morno jogou a pasta e os talheres no chão.

"Meu Deus", disse ela.

Levantei-me para ajudá-la, mas ela foi mais rápida. Pegou a pasta, fechou-a, segurou entre o polegar e o indicador uma foto que caíra da pasta e que por pouco o vento não jogara dentro da água. Rita voltou-se para nós, sorriu, a perna esquerda ainda levantada por causa do movimento que fizera para pegar a foto.

"Você está desperdiçando sua vocação", disse Angie. "Você devia ser interbase na equipe dos Yankees."

"Namorei um cara dos Yankees", disse ela olhando para a foto em sua mão. "Era uma negação na cama. Ficava falando o tempo todo de..."

"Continue, Rita", eu disse. "Não precisa ter vergonha."

"Ei", disse ela, os olhos fixos na foto. "Ei", repetiu.

"O que é?"

Ela me passou a pasta e a fotografia e correu para dentro do bar.

Fiquei olhando a fotografia que ela me entregara.

"O que aconteceu?", disse Angie.

Passei-lhe a fotografia.

Rita voltou correndo lá de dentro e me passou um jornal.

Era um exemplar do *St. Petersburg Times* daquele dia, e ela o abrira na página 7.

"Olhe", disse ela ofegante. Ela mostrou uma matéria na metade inferior da página.

A manchete dizia: PRESO SUSPEITO DE HOMICÍDIO EM BRADENTON.

O nome do homem era David Fisher, e ele estava detido para ser interrogado sobre o assassinato de um homem não identificado num quarto de motel de Bradenton. Não havia muitos detalhes sobre o caso, mas a questão não era essa. Bastou olhar para a foto de David Fisher para saber por que Rita a quis me mostrar.

"Meu Deus", disse Angie, olhando para a foto. "Esse é Jay Becker."

## 18

Para ir a Bradenton, pegamos a 275 em direção ao sul, passando por St. Petersburg, depois passamos por uma ponte gigantesca chamada Sunshine Skyway, que atravessava um trecho do golfo do México, ligando a região Tampa/St. Petersburg à de Sarasota/Bradenton.

A ponte tinha dois vãos cujas formas pareciam ter sido inspiradas em barbatanas dorsais. À distância, no momento em que o sol mergulhava no mar e o céu se tingia de violeta, as barbatanas dorsais pareciam ter sido pintadas de um dourado escuro, mas quando passamos pela ponte vimos que elas eram feitas de vários cabos amarelos convergentes, que formavam triângulos cada vez menores. Na base desses cabos havia luzes que, combinadas com a luz do pôr-do-sol, davam às nadadeiras um matiz dourado.

Meu Deus, como gostam de cores por estas bandas.

"'...o homem não identificado'", lia Angie no jornal, "'que teria uns trinta anos, foi encontrado em decúbito ventral no soalho do quarto do Isle of Palms Motel, com a faca que o matou ainda cravada no abdome. O suspeito, David Fisher, quarenta e um anos, foi preso no motel, no quarto vizinho ao da vítima. A polícia recusa-se a aventar hipóteses sobre o móvel do crime e a explicar o que a levou a prender o senhor Fisher.'"

Segundo o jornal, Jay estava detido na cadeia de Bradenton, esperando a audiência — a ser realizada naquele dia mesmo — para determinar o valor da fiança.

"Que diabo está acontecendo?", disse Angie quando

saíamos da ponte, e o violeta do céu ia ficando mais escuro.

"Vamos perguntar a Jay", falei.

Ele estava com um aspecto horrível.

Seus cabelos castanho-escuros agora tinham mechas grisalhas, e as olheiras estavam inchadas como se ele tivesse passado uma semana sem dormir.

"Bem, quem está sentado à minha frente é Patrick Kenzie ou Jimmy Buffett?" Ele me deu um sorriso pálido ao entrar na sala reservada para visitas e pegou o telefone do outro lado da parede de plexiglas.

"Você quase não me reconhece, hein?"

"Você está quase bronzeado. Eu não sabia que isso era possível com gente branquela como você."

"Na verdade", eu disse, "isso é uma maquiagem."

"A fiança, a ser paga imediatamente em dinheiro, é de cem mil dólares", disse ele sentando-se no compartimento fronteiro ao meu, encaixando o fone entre o queixo e o ombro, enquanto acendia um cigarro. "De um total fixado em um milhão. Quem presta a fiança é um sujeito chamado Sidney Merriam."

"Quando você começou a fumar?"

"Há pouco tempo."

"A maioria das pessoas de sua idade está parando de fumar. Não começando."

Ele piscou os olhos. "Não sou escravo da moda."

"Cem mil dólares", eu disse.

Ele balançou a cabeça e bocejou. "Cinco-quinze-sete."

"O quê?", perguntei.

"Armário 12."

"Onde?", perguntei.

"Bob Dylan, em St. Pete", disse ele.

"O quê?"

"Ponha a cabeça pra funcionar, Patrick. Você vai achar."

"Bob Dylan em St. Pete", falei.

Ele lançou um olhar por sobre os ombros a um guarda magro e musculoso, com olhos de diamante negro.

"Músicas", disse ele. "Não álbuns."

"Saquei", eu disse, embora ainda não tivesse entendido. Mas confiei nele.

"Quer dizer que eles mandaram você", disse ele com um sorriso triste.

"Quem mais poderiam mandar?", eu disse.

"É. Faz sentido." Ele se recostou na cadeira, e a forte luz fluorescente do teto evidenciou ainda mais como ele tinha emagrecido desde a última vez que eu o vira, dois meses antes. Seu rosto parecia uma caveira.

Ele se inclinou para a frente. "Tire-me daqui, companheiro."

"Vou tirar."

"Hoje à noite. Amanhã, vamos às corridas de cachorros."

"É mesmo?"

"Sim. Apostei cinqüenta dólares num magnífico greyhound, sabia?"

Minha expressão certamente traía perplexidade, mas ainda assim falei: "Claro".

Ele sorriu, os lábios rachados por causa do sol. "Estou contando com isso. Sabe aquelas reproduções de Matisse que vimos certa vez em Washington? Elas não vão durar para sempre."

Fiquei trinta segundos fitando o seu rosto, e só então entendi.

"Até mais", eu disse.

"Hoje à noite, Patrick."

Quando atravessamos a ponte de volta, Angie estava ao volante enquanto eu consultava um mapa das ruas de St. Petersburg que compramos num posto de gasolina.

"Jay acha então que vai ser identificado pelas impressões digitais?", disse Angie.

"Sim. Certa vez ele me disse que quando estava no FBI criou uma identidade para uso seu. Acho que é o tal David Fisher. Jay tem um amigo no arquivo dactiloscópico de Quantico. Esse amigo cadastrou suas impressões digitais duas vezes."

"Duas?"

"Sim. Não é uma solução, é só um band-aid. A polícia local manda suas impressões digitais para Quantico, e esse amigo programou o computador para identificá-las como sendo de Fisher. Mas só por uns poucos dias. Então o seu amigo, para salvar o emprego, vai ligar novamente e dizer: 'O computador detectou uma coisa estranha. As impressões digitais correspondem também às de Jay Becker, que já trabalhou para nós'. Está vendo, Jay sempre soube que se algum dia entrasse em alguma enrascada desse tipo, a única esperança era obter a libertação sob fiança e sumir do mapa."

"Quer dizer que estamos sendo cúmplices de sua fuga?"

"Mas seria preciso prová-lo no tribunal", eu disse.

"Você acha que ele merece?"

Olhei para ela. "Sim."

Quando estávamos entrando em St. Petersburg, eu falei: "Diga o nome de algumas músicas de Bob Dylan."

Ela olhou para o mapa em meu colo. "'Highway Sixty One Revisited.'"

"Negativo."

"'Leopard-Skin Pill-Box Hat.'"

Fiz uma careta para ela.

"O quê?" Ela fechou a cara. "Tudo bem. 'Positively Fourth Street.'"

Olhei para o mapa. "Você é genial", eu disse.

Ela ergueu o microfone de um gravador imaginário. "Você pode repetir isso ao microfone, por favor?"

A Fourth Street de St. Petersburg atravessava a cidade de ponta a ponta. Isso dava uns trinta quilômetros. Com muitíssimos guarda-volumes em toda a sua extensão.

Mas só havia uma estação chamada Greyhound.

Paramos no estacionamento. Angie ficou no carro, e eu entrei na estação, achei o armário 12 e digitei o código da fechadura. Ele abriu logo de primeira, e eu tirei de dentro dele uma bolsa de couro esportiva. Não era muito pesada. Poderia estar cheia de roupas, e resolvi verificar quando chegasse ao carro. Fechei o armário, saí do terminal, entrei no carro.

Angie entrou novamente na Fourth Street, e atravessamos um bairro miserável, com um monte de gente tomando a fresca na varanda, espantando as moscas. Havia bandos de crianças por toda parte, metade das lâmpadas dos postes quebrada.

Pus a bolsa no colo e abri o zíper. Passei um minuto inteiro olhando dentro da bolsa.

"Aumente um pouco a velocidade", eu disse a Angie.

"Por quê?"

Mostrei o conteúdo da bolsa. "Porque aqui dentro tem pelo menos duzentos mil dólares."

Ela meteu o pé no acelerador.

# 19

"Meu Deus, Angie", disse Jay. "Na última vez que a vi você estava parecendo Chrissie Hynde disfarçada de Morticia Addams, mas agora está no maior bronze."

O funcionário da prisão colocou um formulário na frente de Jay.

Angie respondeu: "Você sempre soube lisonjear as mulheres".

Jay assinou o formulário e devolveu. "Estou falando sério. Eu não sabia que a pele de uma mulher branca podia ficar tão morena."

"Seus objetos pessoais", falou o funcionário enquanto esvaziava um envelope de papel manilha no balcão.

"Devagar", disse Jay quando o relógio quicou no balcão. "É um Piaget."

O funcionário bufou. "Um relógio de pulso. *Pi-a-gê*. Um prendedor de notas de ouro. Seiscentos e setenta e cinco dólares em cédulas. Um chaveiro. Trinta e oito centavos em moedas..."

Enquanto o funcionário verificava cada um dos objetos e os passava para Jay, este bocejava, encostado à parede. Seus olhos iam do rosto às pernas de Angie, subiam até a bermuda jeans, o blusão de moletom rasgado, cortado na altura dos cotovelos.

"Você não quer que eu dê uma voltinha pra você examinar as minhas costas?"

Ele deu de ombros. "Eu estava preso, minha senhora, queira me desculpar."

Ela balançou a cabeça e abaixou a vista, escondendo o sorriso por trás dos cabelos que lhe caíam sobre o rosto.

Sabendo do que acontecera entre eles, eu tinha uma sensação estranha vendo-os juntos. Jay sempre lançava um olhar cobiçoso às mulheres bonitas, mas a maioria delas não se incomodava, antes achava-o inofensivo ou mesmo com um certo encanto, ainda mais que ele o fazia de forma tão ostensiva e pueril. Mas havia mais coisas a serem vistas naquela noite. Enquanto ele observava a minha sócia, notei que o rosto de Jay traía uma profunda exaustão e resignação, aparentava uma melancolia que eu nunca vira antes.

Ela também deve ter notado, pois franziu os lábios de um jeito esquisito.

"Você está bem?", perguntou ela.

Jay desencostou-se da parede. "Eu? Estou ótimo."

"Senhor Merriam", disse o funcionário ao homem que pagava a fiança. "O senhor deve assinar aqui e aqui."

O sr. Merriam, homem de meia-idade, trajava um terno branco para fazer-se passar por um *gentleman* sulista, embora falasse com um leve sotaque de Nova Jersey.

"Com todo o prazer", disse ele, e Jay revirou os olhos. Eles assinaram os documentos, e Jay pegou seus anéis e sua gravata de seda amarrotada, colocou os anéis no bolso e passou a gravata pelo colarinho da camisa branca.

Já fora do edifício, esperamos no estacionamento que um policial trouxesse o carro de Jay.

"Você tem permissão para dirigir aqui?", perguntou Angie.

Jay inspirou um pouco do úmido ar noturno. "Oh, são muito gentis por aqui. Depois de me interrogarem no motel, um velho policial me perguntou com toda a delicadeza se eu não me importaria de acompanhá-lo até a delegacia para responder a algumas perguntas. Ele chegou a dizer: 'Se o senhor dispuser de tempo, nós ficaremos muito gratos', mas na verdade ele não estava pedindo, se é que vocês me entendem."

Merriam deu um cartão a Jay. "Caso o senhor precise novamente de meus serviços, teria muito prazer..."

"Certo", disse Jay arrancando o cartão da mão do outro, depois contemplou os círculos azul-claros tremeluzentes em volta das lâmpadas amarelas que circundavam o estacionamento.

Merriam apertou a minha mão, depois a de Angie, em seguida avançou a passos trôpegos como os de um bêbado inveterado ou de uma pessoa com prisão de ventre para seu Karmann Ghia conversível com a porta amassada. O carro morreu quando estava saindo do estacionamento, e o sr. Merriam ficou de cabeça baixa, desanimado, em seguida ligou o carro novamente e foi embora.

Jay disse: "Se vocês não tivessem aparecido por aqui, eu ia ter de mandar *esse* sujeito à estação Greyhound. Vocês acreditam?"

"Se você desaparecer, esse coitado não corre o risco de se arruinar financeiramente?", perguntou Angie.

Ele acendeu um cigarro e olhou para ela. "Não se preocupe, Angie, eu previ tudo."

"Claro, Jay, é por isso que estamos tendo de tirar você dessa enrascada."

Ele olhou para ela, depois para mim, e deu uma risada. Foi um ruído breve, áspero, que mais parecia um rosnado. "Puxa vida, Patrick, ela te enche o saco assim o tempo todo?"

"Você parece esgotado, Jay. Nunca vi você assim."

Ele esticou os braços, movimentando os músculos entre as omoplatas. "Sim, bem, mas basta um banho e uma boa noite de sono para me pôr novinho em folha."

"Mas antes precisamos conversar", eu disse.

Ele aquiesceu. "Vocês não viajaram dois mil quilômetros até aqui só para pegar um bronzeado, por mais maravilhoso que esteja." Ele se voltou para apreciar o corpo de Angie ostensivamente, as sobrancelhas arqueadas. "Puxa vida, Angie, tenho que lhe dizer novamente: sua pele está da cor de um café que servem no Dunkin' Donuts. Ela me dá vontade de..."

"Jay", disse ela, "quer parar com isso? Não tem o menor cabimento."

Ele piscou os olhos e mudou de atitude. "Tudo bem", disse num súbito tom de frieza. "Quando você está certa, não há o que discutir, Angela. Você está certa."

Ele olhou para mim, e eu dei de ombros.

"O certo é o certo", disse ele. "É o certo e ponto final."

Um Mitsubishi 3000 GT preto, com dois jovens policiais dentro, parou do nosso lado. Eles vinham rindo, e os pneus cheiravam como se tivessem sofrido freadas violentas havia pouco.

"Belo carro", disse o que estava ao volante quando se aproximou de Jay.

"Você gostou dele?", perguntou Jay. "Ele responde bem?"

O policial deu um risinho, olhando para o colega. "Responde muitíssimo bem, parceiro."

"Ótimo. O volante não estava meio duro quando você deu seus cavalos-de-pau?"

"Vamos", disse Angie a Jay. "Entre no carro."

"O volante está leve como uma pena", disse o policial.

O colega dele estava de pé ao meu lado, perto da porta do passageiro, que ele deixara aberta. "Mas a suspensão está meio mole, Bo."

"É verdade", disse Bo, ainda no mesmo lugar, impedindo Jay de entrar no carro. "É bom procurar um mecânico pra dar uma olhada nos amortecedores."

"Obrigado pelo conselho", disse Jay.

O policial sorriu e afastou-se, dando passagem a Jay. "É bom dirigir com cuidado, senhor Fisher."

"Lembre-se de que carro não é brinquedo", completou o colega.

Os dois acharam tanta graça naquilo que ainda estavam rindo quando entraram no prédio.

Eu não estava gostando nem um pouco do olhar de Jay, nem de seu comportamento desde que fora libertado. Paradoxalmente, ele parecia ao mesmo tempo perdido e decidido, à deriva e concentrado, mas tratava-se de uma concentração raivosa, rancorosa.

Sentei no banco do passageiro. "Vou com você."

Ele encostou no carro. "Seria melhor não."

"Por quê?", perguntei. "Estamos indo para o mesmo lugar, não é Jay? Para conversarmos."

Ele franziu os lábios, expirou ruidosamente pelas narinas e me lançou um olhar exausto. "Sim", disse ele finalmente. "Claro, por que não?"

Ele entrou no carro, ligou o motor, enquanto Angie se dirigia ao Celica.

"Ponha o cinto de segurança", disse ele.

Eu pus, ele engatou a primeira e meteu o pé no acelerador, passando para a segunda numa fração de segundo, com o punho já flexionado para passar para a terceira. Passamos a toda a velocidade na rampa de acesso ao estacionamento, e Jay engatou a quarta quando os pneus ainda estavam no ar.

Ele nos levou a um bar-restaurante que fica aberto a noite inteira, no centro de Bradenton. As ruas próximas estavam desertas, parecendo não guardar nem lembrança de vida humana, como se uma bomba de nêutrons tivesse caído ali uma hora antes. As janelas escuras dos arranha-céus e dos poucos edifícios administrativos das vizinhanças pareciam nos espionar.

Não havia quase ninguém no restaurante, pelo visto, só gente que trabalhava à noite: um trio de motoristas de caminhão no balcão, flertando com a garçonete; um guarda de segurança com um distintivo de uma certa Palmetto Optics no ombro, lendo um jornal e acompanhado apenas de uma xícara de café; duas enfermeiras com uniformes amarrotados, falando numa voz baixa que traía seu cansaço, não muito longe de onde estávamos.

Pedimos dois cafés e Jay, uma cerveja. Por um instante os três nos concentramos no cardápio. Quando a garçonete voltou com nossas bebidas, cada um de nós pediu um sanduíche, mas sem o menor entusiasmo.

Jay colocou um cigarro apagado na boca e lançou um olhar à janela quando um raio fendeu o céu e começou a chover. Não era uma chuvinha leve, nem daquelas que vão aumentando devagar. Num piscar de olhos a rua seca, banhada na luz laranja dos postes, sumira sob uma muralha de água. Em poucos segundos formaram-se poças borbulhantes nas calçadas, e as gotas de chuva martelavam o telhado de zinco do restaurante com toda a força. Tinha-se a impressão de que desabavam do céu vários carregamentos de moedas.

"Quem Trevor mandou acompanhar vocês até aqui?", perguntou Jay.

"Graham Clifton", eu disse. "Tem também um outro cara. Cushing."

"Eles sabem que vocês vieram me tirar da cadeia?"

Fiz que não com a cabeça. "Desde que chegamos aqui passamos todo o tempo despistando-os."

"Por quê?"

"Porque não gostamos deles."

Ele balançou a cabeça. "Os jornais revelaram a identidade do sujeito que eu teria matado?"

"Não que a gente saiba."

Angie inclinou-se sobre a mesa e acendeu o cigarro dele. "Quem era ele?"

Jay aspirou a fumaça do cigarro, mas não o tirou da boca. "Jeff Price." Ele contemplou no vidro da janela o reflexo da própria imagem: a chuva que corria em torrentes pelo vidro abrandava-lhe os traços, dissolvia-lhe as maçãs do rosto.

"Jeff Price", eu disse. "O ex-responsável pelos programas de terapia da Libertação da Dor. Foi esse Jeff Price?"

Ele tirou o cigarro da boca, bateu a cinza no cinzeiro preto de plástico. "Você fez o seu dever de casa, D'Artagnan."

"Você o matou?", perguntou Angie.

Ele bebericou sua cerveja e nos fitou por sobre a mesa, a cabeça um pouco inclinada para a direita, os olhos num movimento inquieto de vai-e-vem. Deu mais uma tragada, desviou os olhos de nós, acompanhando com o olhar a fumaça espiralada que subia do cinzeiro, pairando sobre os ombros de Angie.

"Sim, eu o matei."

"Por quê?", perguntei.

"Ele era um homem mau", disse ele. "Muito, muito mau."

"Existem muitos homens maus por aí", disse Angie. "E mulheres também."

"É verdade", disse ele. "Sem dúvida. Mas esse Jeff Price merecia uma morte muito mais lenta que a que lhe dei. Podem acreditar." Ele tomou uma boa golada de cerveja. "Ele tinha de pagar pelo que fez. Tinha de pagar."

"O que ele fez?", perguntou Angie.

Quando ele levou a garrafa de cerveja à boca, vimos que seus lábios estavam trêmulos. Ao recolocar a garrafa na mesa, suas mãos tremiam tanto quanto os lábios.

"O que ele fez, Jay?", repetiu Angie.

Jay olhou para a janela novamente. A chuva continuava a martelar o telhado e a agitar as poças das calçadas. Suas olheiras escuras se tingiram de vermelho.

"Jeff Price matou Desiree Stone", disse ele, e uma única lágrima lhe caiu da pálpebra, rolando pelo rosto.

Por um instante, senti uma dor forte que me trespassou o peito e foi parar no estômago.

"Quando?", perguntei.

"Há dois dias." Ele enxugou o rosto com as costas da mão.

"Espere um pouco", disse Angie. "Ela estava com Price esse tempo todo, e ele só resolveu matá-la dois dias atrás?"

Ele fez que não com a cabeça. "Ela não estava com Price todo esse tempo. Ela o largou há três semanas. Nas duas últimas semanas", disse ele devagar, "ela estava comigo."

"Com você?"

Jay anuiu e respirou fundo, para conter as lágrimas.

A garçonete trouxe nossa comida, mas mal a olhamos.

"*Com você?*", repetiu Angie. "Os dois...?"

Jay fitou-a com um sorriso amargo nos lábios. "Sim. *Comigo*. Acho que Desiree e eu nos apaixonamos." Ele riu, mas só com metade da boca; a outra metade parecia sepultada na garganta. "Cômico, não? Vim para cá contratado para matá-la e terminei me apaixonando por ela."

"Espere aí", eu disse. "Você foi contratado para matá-la?"

Ele fez que sim.

"Por quem?"

Ele olhou para mim como se eu fosse um retardado. "Quem você acha que foi?"

"Não sei, Jay. É por isso que estou perguntando."

"Quem contratou você?", perguntou ele.

"Trevor Stone."

Ele ficou me fitando até que eu entendi.

"Meu Deus", disse Angie, dando um murro tão forte na mesa que os três motoristas se voltaram para nos olhar.

"Que bom que consegui ensinar-lhes alguma coisa", disse Jay.

## 20

Nenhum de nós disse nada nos minutos seguintes. Deixamo-nos ficar em nossos lugares comendo nossos sanduíches, enquanto a chuva escorria pelas janelas e o vento sacudia as palmeiras-reais ao longo do bulevar.

Tudo, absolutamente tudo mudara nos últimos quinze minutos, pensava eu enquanto mastigava meu sanduíche sem sentir o gosto. Angie estava certa quando dissera outra noite: branco era preto, e em cima era embaixo.

Desiree estava morta. Jeff Price estava morto. Trevor Stone contratara Jay não para achar sua filha, mas para matá-la.

Trevor Stone. Meu Deus.

Nós aceitamos o caso por dois motivos — ganância e empatia. O primeiro motivo não era nada nobre. Mas cinqüenta mil dólares é um bocado de dinheiro, principalmente se você está sem trabalhar há vários meses e sua profissão não é das mais lucrativas.

Mas de qualquer forma tratava-se de ganância. E se você aceita um caso por ganância, não pode acusar o seu patrão quando ele se revela um mentiroso. Era como o roto falar mal do esfarrapado...

Mas a ganância não era nossa única motivação. Nós pegamos esse caso porque Angie de repente se identificou com a dor de Trevor Stone. Ela se compadeceu de seu sofrimento, e eu também. E se ainda havia alguma dúvida, ela se desfez quando Trevor Stone nos mostrou o altar que erguera para a filha desaparecida.

Mas na verdade não se tratava de um altar, não é mesmo?

Ele não se cercara de fotografias de Desiree por querer acreditar que ela estava viva. Ele enchera a sala com as fotos da filha para alimentar o próprio ódio.

Também nesse caso, a visão que eu tinha dos acontecimentos transformava-se, metamorfoseava-se, reinventava-se, fazendo que eu me sentisse cada vez mais estúpido por ter confiado em meu instinto.

Puxa vida, que caso!

"Anthony Lisardo", eu disse finalmente a Jay.

Ele mastigou o sanduíche. "O que tem ele?"

"Que foi feito dele?"

"Trevor o liquidou."

"Como?"

"Colocou cocaína num maço de cigarros, deu-o a um amigo de Lisardo — como era mesmo o nome dele? Donald Yeager —, e Yeager deixou o maço no carro de Lisardo na noite em que foram para o reservatório."

"O quê?", disse Angie. "A cocaína continha estricnina ou coisa assim?"

Jay balançou a cabeça. "Lisardo tinha uma reação alérgica à cocaína. Ele já tinha desmaiado uma vez numa festa na universidade, na época em que saía com Desiree. Foi seu primeiro ataque cardíaco. E aquela foi a única vez que ele foi estúpido o bastante para experimentar cocaína. Trevor sabia disso, pôs cocaína nos cigarros, e o resto vocês sabem."

"Por quê?"

"Por que Trevor queria matar Lisardo?"

"Sim."

Ele deu de ombros. "Ele não queria dividir a filha com ninguém, se é que me entendem."

"E então ele contratou você para matá-la?", perguntou Angie.

"Sim."

"Mais uma vez: por quê?"

"Não sei", disse ele abaixando os olhos e fitando a mesa.

"Você *não sabe?*", perguntou Angie.

Os olhos dele se arregalaram. "Eu não sei. O que isso..."

"Ela não lhe disse, Jay? Quer dizer... você estava 'com' ela nas últimas semanas. Ela não tinha idéia de por que o pai queria vê-la morta?"

Ele respondeu em voz alta, num tom áspero. "Se ela sabia, não queria tocar nesse assunto, e agora ela não está mais em condições de refletir sobre isso."

"E sinto muito por isso", disse Angie. "Mas eu preciso saber um pouco mais sobre os motivos de Trevor para acreditar que ele queria matar a própria filha."

"Que diabo você quer que eu diga?", falou Jay rilhando os dentes. "Porque ele é louco. Ele está maluco. O câncer lhe comeu o cérebro. Eu não sei. Mas ele queria vê-la morta." Ele esmagou um cigarro apagado na mão. "E agora ela morreu. A mando dele ou não. E ele vai pagar por isso."

"Jay", eu disse brandamente. "Voltemos ao começo. Você foi a um retiro da Libertação da Dor em Nantucket, e aí você desapareceu. O que aconteceu nesse meio tempo?"

Ele manteve os olhos fixos em Angie por alguns segundos, depois me fitou.

Ergui as sobrancelhas algumas vezes.

Ele sorriu, o velho sorriso de sempre, voltando por um instante a ser o que era antes. Ele relanceou os olhos pelo salão, brindou as enfermeiras com um sorriso tímido, depois olhou novamente para nós.

"Cheguem mais, crianças." Ele limpou as migalhas de suas mãos e recostou-se na cadeira. "Há muito tempo atrás, numa galáxia muito, muito longe daqui..."

# 21

O retiro da Libertação da Dor para os clientes de Nível Cinco tinha lugar numa vasta propriedade Tudor numa falésia sobranceira a Nantucket Sound. No primeiro dia, todos os participantes foram convidados a uma sessão de "purificação", na qual deveriam libertar-se de todas as suas auras negativas (ou "envenenamento do sangue", como a Libertação da Dor chamava) falando sobre si mesmos e sobre o que os levara até ali.

Nessa sessão, Jay, sob a falsa identidade de David Fisher, logo percebeu que a primeira pessoa a se "purificar" era uma impostora. Lila Cahn era bonita, tinha pouco mais de trinta anos, corpo musculoso de uma aficionada dos exercícios aeróbicos. Ela dizia ter namorado um pequeno traficante de drogas de uma cidade mexicana chamada Catize, ao sul de Guadalajara. O namorado trapaceara a quadrilha de traficantes local, que se vingara seqüestrando Lila e o namorado à luz do dia, em plena rua. Eles foram levados por um grupo de cinco homens para o porão de uma *bodega*, onde o namorado foi morto com um tiro na nuca. Os cinco homens violentaram Lila por seis horas, experiência que ela descreveu ao grupo em seus detalhes mais crus. Pouparam-lhe a vida para que servisse de advertência a outras *gringas*, para que pensassem duas vezes antes de ir para Catize e envolver-se com maus elementos.

Quando Lila terminou de contar sua história, os terapeutas abraçaram-na e a elogiaram pela coragem de contar uma experiência tão terrível.

"O único problema", nos disse Jay à mesa do bar, "é que a história era um monte de mentiras."

No final da década de 80, Jay participou de uma força-tarefa do FBI-DEA, enviada ao México quando do assassinato de Kiki Camarena, agente do DEA. A pretexto de colher informações, a verdadeira missão de Jay e de seus companheiros era intimidar, anotar nomes, garantir que os chefões do tráfico prefeririam matar os próprios filhos a sonhar em matar um agente federal.

"Passei três meses em Catize", disse ele. "Não existe um só porão em toda a cidade. A terra é fofa demais porque a cidade foi construída em terreno pantanoso. O namorado morto com um tiro na nuca? De jeito nenhum. Essa é uma prática da máfia americana, não da mexicana. Se alguém trapaceia um chefe do tráfico no México, só existe uma forma de execução: a gravata colombiana. Eles cortam a garganta da pessoa, puxam a língua pelo buraco e jogam o corpo na praça da cidade de um carro em movimento. E nenhuma quadrilha mexicana violenta uma americana por seis horas e a deixa viva para servir de exemplo a outras *gringas*. Exemplo pra quê? Se quisessem fazer alguma advertência, eles a cortavam em pedaços e a mandavam de volta aos Estados Unidos pelo correio."

A partir daí Jay começou a atentar para as mentiras e incoerências de outras pessoas do Nível Cinco. Suas histórias não faziam sentido. Tratava-se, como ele descobriu no curso do retiro, de um procedimento padrão desenvolvido pela Libertação da Dor, que colocava impostores nos grupos de pessoas que realmente tinham problemas, porque descobrira que o cliente em geral tendia a confiar os seus segredos mais a um "par" do que a um terapeuta.

Mas o que mais enfurecia Jay era ouvir histórias inventadas misturadas com histórias verdadeiras: uma mãe que perdeu seus filhos gêmeos em um incêndio do qual saiu ilesa; uma mulher de vinte e cinco anos com um tumor cerebral inoperável; uma mulher cujo marido a trocou por uma secretária de dezenove anos, encerrando vinte anos de casamento seis dias depois de a mulher sofrer uma mastectomia.

"Eram pessoas abaladas", disse-nos Jay, "em busca de esperança, de uma tábua de salvação. E aqueles canalhas da Libertação da Dor balançavam a cabeça, fingiam compaixão e procuravam extrair delas os segredos inconfessáveis e o máximo de informações sobre sua vida financeira, para poder chantageá-las mais tarde, escravizando-as à Igreja."

Quando Jay se enfurecia, procurava vingar-se.

Mas no final da primeira noite ele notou que Lila estava olhando para ele, lançando-lhe olhares tímidos. Na noite seguinte, ele foi ao quarto dela; longe de corresponder ao perfil psicológico de uma mulher violentada por uma gangue um ano antes, Lila mostrou-se totalmente desinibida e inventiva na cama.

"Você conhece a analogia da bola-de-golfe-passando-pela-mangueira-de-água?", Jay me perguntou.

"Jay", disse Angie.

"Oh", fez ele. "Desculpe."

Durante cinco horas eles se entregaram aos embates do amor ardente. Nos intervalos, ela procurava investigar-lhe o passado, os meios de que dispunha, suas esperanças e planos para o futuro.

"Lila", sussurrou ele ao seu ouvido no final de seu encontro amoroso daquela noite. "Não existem porões em Catize."

No curso do interrogatório a que a submeteu por duas horas, ele a convenceu de que fora pistoleiro de aluguel da família Gambino de Nova York, e que atualmente, disposto a atuar com mais discrição, procurava compreender o funcionamento da Libertação da Dor, para depois se impor como sócio da patranha, qualquer que ela fosse.

Lila, que Jay adivinhou se sentir atraída por homens perigosos, já não estava satisfeita com sua posição na Libertação da Dor e na Igreja. Ela contou a Jay a história de seu ex-amante, Jeff Price, que roubara mais de dois milhões de dólares dos cofres da Libertação da Dor. Depois de prometer fugir com ela, Price livrou-se dela e zarpou com aquela "puta da Desiree", como Lila a chamava.

"Mas Lila", perguntou-lhe Jay, "você sabe para onde Price foi, não sabe?"

Ela sabia, mas não ia contar.

Mas aí Jay a convenceu de que, se ela não abrisse o bico, ele ia informar os Mensageiros de que ela era cúmplice de Price.

"Você não faria isso."

"Quer apostar?"

"E o que eu ganho com isso?", perguntou ela irritada.

"Quinze por cento de tudo que eu conseguir arrancar de Price."

"E quem me garante que você vai cumprir a promessa?"

"Se eu não fizer isso, você vai me dedar."

Ela ficou matutando sobre isso e finalmente falou: "Clearwater".

Era a cidade natal de Jeff Price, onde ele sonhava transformar os dois milhões em dez, entrando no tráfico de drogas junto com velhos amigos que compravam heroína da Tailândia.

Jay foi embora da ilha naquela mesma manhã, não sem antes fazer uma advertência a Lila:

"Se você fechar o bico até eu voltar, vai ganhar uma boa parte do bolo. Mas se você tentar avisar Price que vou atrás dele, vou fazer com você muito pior do que os cinco mexicanos fariam".


"Voltei então de Nantucket e liguei para Trevor."

Trevor, ao contrário do que dissera à Hamlyn and Kohl e a nós, mandou um carro buscar Jay, que foi levado à casa de Marblehead pelo próprio Nó-Cego.

Trevor felicitou Jay por sua dedicação, brindou-o com um copo de seu excelente puro malte e lhe perguntou como se sentira ao saber que a Hamlyn and Kohl pretendia tirá-lo do caso.

"Deve ter sido um tremendo golpe para um homem com o seu talento."

E realmente fora, confessou Jay. Logo que ele encontrasse Desiree e a trouxesse sã e salva, iria trabalhar por conta própria.

"E como você vai fazer isso?", disse Trevor. "Você está falido."

Jay balançou a cabeça. "Você está enganado."

"Será?", disse Trevor. E contou a Jay exatamente o que Adam Kohl fizera com seus fundos municipais 401(k) e com os títulos que Jay lhe confiara cegamente. "O senhor Kohl investiu pesadamente em ações que eu lhe havia recomendado. Infelizmente, elas não tiveram o desempenho esperado. Além disso há que considerar também a paixão infeliz e bem conhecida do senhor Kohl pelo jogo."

Perplexo, Jay ouviu de Trevor Stone o longo e minucioso relato de como Adam Kohl vinha arriscando as ações e os dividendos dos funcionários da Hamlyn and Kohl.

"Na verdade", disse Trevor, "você não precisa nem se preocupar em sair da Hamlyn and Kohl, porque a agência vai entrar em concordata dentro de seis semanas."

"O senhor os arruinou", disse Jay.

"Eu?" Trevor moveu sua cadeira de rodas em direção a Jay. "Tenho certeza de que a responsabilidade não é minha. Seu querido senhor Kohl foi longe demais, como vinha fazendo todos esses anos. Mas desta vez ele pôs ovos demais numa única cesta — uma cesta que eu lhe recomendara, é verdade, mas sem má-fé." Ele pôs a mão nas costas de Jay. "Muitos desses investimentos são em seu nome, senhor Becker. Para ser exato, são setenta e cinco mil, seiscentos e quarenta e quatro dólares e doze centavos."

Trevor pousou a mão na nuca de Jay. "Que tal a gente pôr as cartas na mesa?"

"Ele me pusera contra a parede", nos disse Jay. "E não era só a questão da dívida. Fiquei sem ação quando descobri que Adam, e talvez também Everett, tinha me traído."

"Você conversou com eles?", perguntou Angie.

Ele fez que sim. "Liguei para Everett, e ele confirmou. Ele disse que não sabia. Quer dizer, ele sabia que Kohl gostava de arriscar, mas não podia imaginar que ele seria capaz de pôr a pique, em cerca de sete semanas, uma empresa de cinqüenta anos. A conselho de Trevor, Kohl lançara mão até do fundo de pensão. Everett estava arruinado. Você sabe a importância que ele dá à honra, Patrick."

Balancei a cabeça, lembrando-me do comentário que Everett fizera sobre o ocaso da honra, sobre como era difícil manter-se honrado num mundo cheio de gente sem honra. E de que contemplara a vista da janela de seu escritório como se fosse a última vez que o fazia.

"Então", continuou Jay, "eu disse a Trevor Stone que faria o que ele quisesse. E ele me deu duzentos e trinta mil dólares para matar Jeff Price e Desiree."

"Sou muito mais poderoso do que você pode imaginar", disse Trevor Stone a Jay naquela noite. "Sou dono de empresas comerciais, de frotas de navios, de mais imóveis do que você poderia contar em um dia. Sou dono de juízes, de policiais, de políticos, de governos inteiros de alguns países, e agora sou dono de você." Sua mão apertou o pescoço de Jay. "E se você me trair eu cruzo qualquer oceano para arrancar sua jugular do pescoço e enfiá-la no buraco de seu pênis."

E então Jay foi para a Flórida.

Ele não tinha idéia do que faria quando encontrasse Desiree e Jeff Price. Só sabia que não ia matar ninguém a sangue-frio. Ele já fizera isso para os federais no México, mas a lembrança do olhar do traficante um segundo antes de Jay lhe mandar um balaço no coração através da camisa de seda branca o atormentara de tal modo que ele pedira demissão no mês seguinte.

Lila lhe falara de um hotel no centro de Clearwater, o Ambassador, de que Price gostava muito por causa de suas camas vibratórias e pela grande variedade de filmes pornô nos canais via satélite.

Jay achou que a probabilidade era muito pequena, mas Price se revelou muito mais estúpido do que ele imaginara: duas horas depois que Jay começou a vigiar o hotel, viu Price saindo pela porta principal. Jay seguiu Price o dia inteiro, acompanhando seus movimentos à distância. Price se encontrou com os comparsas da conexão tailandesa, tomou um porre num bar em Largo e levou uma prostituta para seu quarto.

No dia seguinte, durante a ausência de Price, Jay entrou em seu quarto, mas não achou o menor sinal de dinheiro ou de Desiree.

Certa manhã Jay viu Price saindo do hotel e pensou em fazer uma outra busca em seu quarto, quando teve a sensação de estar sendo observado.

Ele voltou para dentro do carro, ajustou o binóculo, vasculhou a rua em toda a sua extensão até topar com um binóculo observando-o, dois quarteirões mais adiante.

"Foi assim que conheci Desiree", ele nos disse. "Nós dois nos observando pelo binóculo."


Àquela altura ele já estava se perguntando se afinal de contas ela existia mesmo. Sonhava com ela freqüentemente, olhava suas fotografias durante horas, chegava a achar que conhecia seu cheiro, o som de seu riso, a maciez de suas pernas contra as dele. E quanto mais ela tomava corpo em sua imaginação, mais se aproximava de uma figura mítica — a beldade torturada, romântica e trágica que se sentava nos parques de Boston engolfados pela névoa e pelas chuvas de outono, esperando a libertação.

E então um dia ela apareceu diante dele.

Ela não foi embora quando ele desceu do carro e se dirigiu ao dela. Ela não tentou fingir tratar-se de um simples mal-entendido. Calma, com olhar firme, ela o viu aproximar-se, e quando ele chegou ao seu carro ela abriu a porta e saiu.

"Você é da polícia?", perguntou ela.

Ele negou com a cabeça, incapaz de pronunciar uma palavra.

Ela estava de camiseta e jeans desbotados, tão amarrotados que davam a impressão de que dormira vestida com eles. Estava descalça, pois as sandálias estavam no tapete do carro, e Jay de repente ficou preocupado, receoso de que ela ferisse os pés nas pedras ou nos vidros espalhados pela rua.

"Por acaso é um detetive particular?"

Ele fez que sim.

"Um detetive particular mudo?", disse ela esboçando um sorriso.

E ele caiu na risada.

## 22

"Meu pai", contou Desiree a Jay dois dias depois, quando eles passaram a confiar um no outro, "compra pessoas. Ele vive para isso. Ele possui negócios, imóveis, carros e tudo que você possa imaginar, mas o que na verdade o move é a vontade de ter poder sobre as pessoas."

"Estou começando a perceber", disse Jay.

"Ele era o dono de minha mãe. Literalmente. Ela era da Guatemala. Ele foi para lá na década de 50 para supervisionar a construção de uma barragem financiada por sua companhia, e a comprou dos pais dela por menos de cem dólares americanos. Ela tinha catorze anos."

"Que bela história", disse Jay. "Que puta história."

Desiree tinha se refugiado numa velha cabana de pescador em Longboat Key, que alugara por um preço exorbitante, onde pretendia ficar enquanto avaliava sua situação. Jay ficou dormindo no sofá, e uma noite acordou com os gritos de Desiree, que estava tendo um pesadelo; agitados demais para conseguir dormir, os dois saíram de casa às três da manhã para espairecer um pouco na praia.

Ela estava só com o suéter que Jay lhe dera, um troço surrado, azul, de sua época de estudante, onde se lia LSU em letras brancas que se tinham descascado ao longo dos anos. Ele descobriu que ela estava sem um tostão, sem querer usar cartões de crédito por medo de que o pai a localizasse e mandasse outra pessoa para matá-la. Jay estava sentado ao seu lado na areia branca e fria. A espuma das ondas destacava-se na escuridão, e Jay se pegou olhando as mãos dela crispadas sob as coxas, na altura em que os dedos de seus pés desapareciam na areia branca, os reflexos luminosos em seus cabelos, quando a luz da lua banhava sua cabeleira revolta.

E pela primeira vez na vida Jay Becker se apaixonou.

Desiree voltou a cabeça, e seus olhares se encontraram. "Você não vai me matar?", perguntou ela.

"Não. Não há a menor chance."

"E você não quer o meu dinheiro?"

"Você não tem dinheiro nenhum", disse Jay, e os dois se puseram a rir.

"Todas as pessoas de quem gosto morrem", disse ela.

"Eu sei", disse Jay. "Você tem tido um puta dum azar."

Ela riu, mas foi um riso amargo e temeroso. "Ou me traem, como Jeff Price."

Ele pousou a mão em sua coxa logo abaixo da bainha do suéter. Ele esperou que ela afastasse a mão dele. Ela não o fez, e ele esperou que ela colocasse a sua sobre a dele. Ele esperou que as vagas lhe dissessem alguma coisa, para que ele de repente soubesse o que devia dizer naquela hora.

"Eu não vou morrer", disse ele temperando a garganta. "E não vou trair você. Porque se eu a trair", e disse aquilo com a maior certeza de que fora capaz em toda a sua vida, "eu com certeza vou morrer."

Ela lhe abriu um sorriso, os dentes de marfim cintilando na escuridão.

Então ela tirou o suéter e se ofereceu a ele, o corpo belo, moreno, trêmulo de medo.


"Quando eu tinha catorze anos", disse ela a Jay naquela noite, deitada ao lado dele, "eu era igual a minha mãe quando tinha a mesma idade. E meu pai notou."

"E foi sensível a isso?", perguntou Jay.
"O que você acha?"

"Trevor recitou pra você seu discurso sobre a dor?", perguntou-nos Jay quando a garçonete nos trouxe mais dois cafés e outra cerveja. "Aquele que diz que a dor é carnívora?"
"Sim", disse Angie.
Jay balançou a cabeça. "Ele fez o mesmo sermão para mim quando me contratou." Ele estendeu as mãos em cima da mesa, virando-as para um lado e para outro. "A dor não é carnívora", disse Jay. "A dor são as minhas mãos."
"Suas mãos", disse Angie.
"Elas conservam as impressões táteis da carne dela", disse ele. "Ainda. E os odores?" Ele deu um tapinha no nariz. "Meu bom Deus. O cheiro de areia em sua pele e o ar salgado que penetrava pela janela da velha cabana de pescadores... A dor, eu juro por Deus, não mora no coração. Mora nos sentidos. E às vezes meu único desejo é cortar meus dedos, arrancar meu nariz para extirpar a lembrança do cheiro dela."
Ele olhou para nós como se de repente tivesse se dado conta de que estávamos ali.
"Seu filho da puta", disse Angie com a voz embargada, as lágrimas a escorrer pelas faces.
"Merda", disse Jay. "Eu me esqueci de Phil. Angie, me perdoe."
Ela afastou a mão dele e enxugou o rosto com um guardanapo de papel.
"Angie, pode acreditar..."
Ela balançou a cabeça. "É que às vezes eu ouço a voz dele tão nitidamente que sou capaz de jurar que está ao meu lado. E pelo resto do dia é só o que consigo ouvir. Nada mais."
Eu tive bastante juízo para não pegar sua mão, mas

foi ela que me surpreendeu quando pegou na minha de repente.

Fechei meu polegar sobre o dela, e ela se aninhou em meu corpo.

Era isso o que você sentia por Desiree, tive vontade de dizer a Jay.

Foi Jay quem teve a idéia de se apropriar do dinheiro que Jeff Price roubara da Libertação da Dor.

Trevor Stone fizera ameaças, e Jay não duvidava delas, mas ele sabia também que Trevor não ia durar muito. Com duzentos mil dólares Jay e Desiree talvez não conseguissem esconder-se longe o bastante para escapar às garras de Trevor por seis meses.

Mas com mais de dois milhões eles poderiam escapar dele por seis anos.

Desiree não queria nem ouvir falar nisso. Ela contou a Jay que Price tentara matá-la quando ela ficou sabendo do roubo do dinheiro. Ela só conseguiu sobreviver porque o atacou com um extintor de incêndio e fugiu do quarto do Ambassador de forma tão desabalada que deixou todas as roupas para trás.

Jay lhe disse: "Mas querida, você estava vigiando o hotel quando nos conhecemos".

"Porque eu estava desesperada. E sozinha. Agora não estou mais desesperada, Jay. E não estou só. E você tem duzentos mil dólares. Com isso, podemos fugir."

"Mas até onde conseguiremos chegar?", disse Jay. "Ele vai nos encontrar. A questão não é nem fugir. Podemos fugir para a Guiana. Podemos fugir para o Leste Europeu, mas não vamos ter dinheiro bastante para fazer que as pessoas colaborem conosco, dando as respostas certas, quando aparecerem os enviados de Trevor para nos procurar."

"Jay, ele está para morrer", disse ela. "Você acha que ele vai mandar ainda mais gente para me procurar? Você precisou de mais de três semanas para me achar, e eu deixei pistas, porque não sabia se vinha gente atrás de mim."

"*Eu* deixei uma pista", disse ele. "E vai ser muito mais fácil encontrar nós dois do que foi para mim encontrar você. Eu deixei relatórios, e seu pai sabe que estou na Flórida."

"A coisa toda é por causa de dinheiro", disse ela com voz branda, os olhos evitando encontrar os dele. "Essa merda de dinheiro, como se fosse a única coisa do mundo. Como se fosse mais do que mero papel."

"É mais que papel", disse Jay. "É poder. E o poder move coisas, esconde coisas e cria oportunidades. E se a gente não se livrar desse estrupício do Price, alguém fará isso, porque ele é estúpido."

"E perigoso", disse Desiree. "Ele é perigoso. Você não entende? Ele já matou gente. Tenho certeza disso."

"Eu também", disse Jay. "Eu também."

Mas ele não conseguiu convencê-la.

"Ela tinha apenas vinte e três anos", disse-nos ele. "Sabe como é? Uma criança. Eu me esquecia disso na maior parte do tempo, mas ela via o mundo de uma ótica infantil, mesmo depois de toda a canalhice de que fora vítima. Ela continuava achando que de algum modo as coisas iam se resolver por si mesmas. Ela tinha certeza de que o mundo lhe reservava um final feliz. Não queria nem ouvir falar daquele dinheiro que dera origem a toda aquela desgraça."

Então Jay recomeçou a seguir Price. Mas Price nunca se aproximou do dinheiro, tanto quanto Jay pôde saber. Ele se reunia com seus comparsas traficantes, e graças aos aparelhos de escuta que Jay colocara em seu quarto, este pôde ter certeza de que o que os preocupava era um barco que tinha naufragado na costa das Bahamas.

"Aquele barco que afundou um dia desses?", disse Angie. "O que desovou um monte de heroína nas praias?"

Jay confirmou com um gesto de cabeça.

Portanto, Price agora estava preocupado, mas, até onde Jay sabia, ele não fora atrás do dinheiro.

Enquanto Jay seguia Price, Desiree ficava lendo. E Jay observou que os trópicos desenvolveram nela um gosto pelos surrealistas e sensualistas que ele sempre apreciara. Assim, quando ele chegava em casa sempre a encontrava mergulhada na leitura de Toni Morrison ou Borges, García Márquez ou Isabel Allende, na poesia de Neruda. Mais tarde, em sua cabana de pescador, eles cozinhavam peixe à maneira *cajun*, preparavam mariscos, enchiam o espaço exíguo com o cheiro de sal e pimenta-de-caiena e faziam amor. Depois, saíam, sentavam-se à beira-mar, e ela lhe contava histórias que lera durante o dia. Ele tinha a sensação de que estava relendo os livros, de que ela era a autora e desfiava o fio dos relatos fantásticos na noite cada vez mais negra. E então eles faziam amor novamente.

Até que certa manhã Jay se levantou, descobriu que o despertador não tocara e que Desiree não estava na cama ao seu lado.

Ela deixara um bilhete:

*Jay,*
*Acho que sei onde está o dinheiro. Como ele é importante para você, acho que é importante também para mim. Vou buscá-lo. Estou apavorada, mas eu amo você, e acho que tem razão. Não conseguiríamos nos esconder por muito tempo sem ele, não é? Se eu não estiver de volta às dez da manhã, por favor, me procure.*
*Amo você. De todo o meu coração.*

*Desiree*

Quando Jay chegou ao Ambassador, Price já acertara as contas no hotel e se fora.

Jay ficou no estacionamento olhando para a sacada

em forma de U do primeiro andar, e foi então que a camareira jamaicana começou a berrar.

Jay subiu as escadas correndo e viu a mulher dobrada sobre si mesma e gritando na porta do quarto de Price. Ele passou por ela e olhou pela porta aberta.

O corpo de Desiree estava no chão, entre o aparelho de televisão e o frigobar. A primeira coisa que Jay notou foi que todos os dedos de suas mãos tinham sido cortados nas articulações.

O sangue escorria do que restava do queixo, empapando o suéter de Jay onde se lia LSU.

O rosto de Desiree era só um buraco, despedaçado que fora por um tiro de espingarda, disparado a menos de três metros de distância. Seus cabelos cor de mel, que o próprio Jay lavara na noite anterior, estavam empapados de sangue e salpicados de miolos.

Jay tinha a impressão de ouvir ao longe, muito longe, o som de um grito. E o zumbido de vários condicionadores de ar, milhares, que pareciam ter começado a funcionar de repente, naquele motel barato, tentando pôr um pouco de ar fresco no calor infernal daqueles cubículos de concreto, foi se avolumando até parecer um enxame de abelhas em seus ouvidos.

## 23

"Então eu localizei Price num motel que fica na ponta desta rua." Jay esfregou os olhos com os punhos. "Peguei o quarto vizinho ao dele. As paredes eram finas. Fiquei sentado com o ouvido colado na parede um dia inteiro, ouvindo os ruídos que vinham de seu quarto. Talvez, não sei, eu esperasse ouvir suspiros de dor, de desgosto, de remorso, qualquer coisa. Mas ele ficou apenas vendo televisão e bebendo o dia inteiro. A certa altura ele mandou buscar uma prostituta. Menos de quarenta e oito horas depois de atirar no rosto de Desiree e cortar-lhe os dedos, o canalha pede uma puta em domicílio."

Jay acendeu outro cigarro e ficou contemplando a chama por um instante.

"Depois que a puta foi embora, fui ao seu quarto. Discutimos um pouco, e eu o agredi. Eu esperava que ele pegasse uma arma, e sabe de uma coisa? Ele pegou. Um canivete automático de seis polegadas. Arma de cafetão. Mas foi bom que ele o pegasse. Isso deu ao que fiz em seguida a aparência de autodefesa. Ou algo do tipo."

Jay virou o rosto para a janela. A chuva amainara um pouco. Quando ele recomeçou a falar, foi com uma voz vazia, sem alma:

"Cortei um sorriso em sua barriga de um lado ao outro, segurei firme o seu queixo e o obriguei a me olhar nos olhos enquanto seu intestino grosso se esparramava no chão".

Ele sacudiu os ombros. "Acho que a memória de Desiree merecia essa vingança."

Lá fora a temperatura devia estar na casa dos vinte e três ou vinte e quatro graus, mas o ar do salão parecia mais frio que uma mesa de necrotério.

"E o que você vai fazer agora, Jay?", disse Angie.

Ele sorriu o sorriso de um fantasma. "Vou voltar para Boston e vou abrir a barriga de Trevor Stone também."

"E depois? Vai passar o resto da vida na cadeia?"

Ele me fitou. "Estou pouco ligando. Se o destino assim o quiser, tudo bem. Patrick, o amor só acontece uma vez, e isso se você tiver muita sorte. Bem, eu tive muita sorte. Aos quarenta e um anos amei uma mulher com metade de minha idade durante duas semanas. E ela morreu. E tudo bem, o mundo é barra-pesada mesmo. Se você consegue algo muito bom, mais cedo ou mais tarde lhe acontecerá uma coisa muito ruim para contrabalançar." Ele ficou tamborilando nervosamente no tampo da mesa. "Tudo bem. Aceito isso. Não gosto, mas aceito. O destino já acertou as contas comigo. Agora vou acertar as contas com Trevor."

"Jay", disse Angie. "Vai ser uma missão suicida."

Ele sacudiu os ombros. "Dane-se. Que ele morra. Além do mais, você acha que ele já não está tramando a minha morte? Eu sei demais. Quando interrompi os contatos diários que mantinha com ele daqui, assinei minha sentença de morte. Por que você acha que ele mandou Clifton e Cushing com vocês?" Ele fechou os olhos e soltou um suspiro. "Não dá outra. É isso. O filho da puta vai receber um balaço."

"Dentro de cinco meses ele estará morto."

Mais um sacudir de ombros. "Pra mim é tarde demais."

"Por que não recorrer à justiça? Você pode provar que ele o contratou para matar sua filha."

"Boa idéia, Ange. O processo chegaria ao tribunal talvez só seis ou sete meses depois da morte dele." Ele pôs várias cédulas em cima da conta do bar. "Vou acabar com essa bosta velha. Esta semana. Devagar e com dor." Ele sorriu. "Mais alguma pergunta?"

A maior parte das coisas de Jay ainda estava num pequeno apartamento que ele alugara logo ao chegar ao residencial Ukumbak, no centro de St. Petersburg. Ele ia passar lá, pegar as coisas e cair na estrada, pois aviões eram muito inseguros, e os aeroportos, facilmente controlados. Sem dormir e sem outros preparativos, ele ia dirigir durante vinte e quatro horas rumo à costa leste, para chegar em Marblehead por volta das duas e meia da manhã. Seu plano era invadir a casa de Stone e torturar o velho até a morte.

"Que diabo de plano", comentei enquanto descíamos a escadinha de acesso ao bar, sob a chuva torrencial, em direção aos nossos carros.

"Gostou dele? Ele me surgiu assim de repente..."

Sem outra alternativa, Angie e eu resolvemos seguir Jay de volta para Massachusetts. Talvez pudéssemos continuar discutindo o assunto nas paradas para descanso e nos postos de gasolina, fosse para dissuadi-lo do plano, fosse para lhe sugerir uma alternativa menos maluca. O Celica que alugáramos da Elite Motors — o mesmo lugar em que Jay alugara o seu 3000 GT — nós mandaríamos de volta de trem, e a conta seria enviada a Trevor. Morto ou vivo, ele podia muito bem pagá-la.

Mais cedo ou mais tarde Nó-Cego descobriria que tínhamos partido e voltaria de avião para casa com seu laptop e seus olhinhos minúsculos, dando tratos à bola para explicar como tinham perdido a nossa pista. Cushing, por sua vez, voltaria para seu caixão, onde ficaria esperando um outro chamado.

"Ele enlouqueceu", disse Angie enquanto seguíamos os faróis traseiros do carro de Jay em direção à auto-estrada.

"Jay?"

Ela fez que sim. "Ele acha que se apaixonou por Desiree em duas semanas, mas isso é bobagem."

"Por quê?"

"Quantas pessoas — pessoas adultas — você acha que se apaixonam em duas semanas?"

"Isso não quer dizer que não possa acontecer", respondi.

"Talvez. Mas acho que ele se apaixonou por Desiree mesmo antes de conhecê-la. A bela jovem que vaga pelos parques esperando um salvador. É tudo o que os caras desejam."

"Uma bela garota que vaga sozinha pelos parques?"

Ela fez que sim. "Esperando que alguém a salve."

Lá adiante Jay entrou num acesso à rodovia 275 Norte, os pequenos faróis traseiros quase indistintos na chuva, meros borrões vermelhos.

"É possível", eu disse. "É possível. Mas seja lá como for, se você se envolvesse com alguém por pouco tempo, em circunstâncias tão dramáticas, e essa pessoa morresse com um tiro no rosto — você também ficaria obcecada."

"Sem dúvida." Ela reduziu a marcha quando o Celica entrou numa poça d'água do tamanho do Peru e os pneus traseiros resvalaram para a direita por um instante. Angie manobrou o carro de modo a recuperar o controle, e conseguimos passar pela poça. Ela engrenou novamente a quarta, passou em seguida para a quinta marcha e pisou fundo no acelerador para alcançar Jay.

"Sem dúvida", repetiu ela. "Mas ele vai assassinar um sujeito praticamente inválido, Patrick."

"Um inválido nefasto", eu disse.

"Como você sabe?", perguntou ela.

"Porque Jay nos disse, e Desiree confirmou."

"Não", disse ela quando as barbatanas dorsais da Skyway Bridge apontaram no céu, uns quinze quilômetros adiante. "Desiree não confirmou isso. Jay *disse* que ela confirmou. Mas nós só temos a versão dele. Não podemos esperar que Desiree a confirme. Ela está morta. Não podemos esperar uma confirmação de Trevor, porque em qualquer caso ele negaria."

"Everett Hamlyn", eu disse.

Ela fez que sim. "Ligamos para ele logo que chegarmos à casa de Jay. De uma cabine de rua, para que ele não desconfie de nada. Quero ouvir da boca de Everett que tudo que Jay nos contou é verdade."

As gotas de chuva martelavam a capota de lona do Celica como se fossem cubos de gelo.

"Eu confio em Jay", eu disse.

"Eu não", disse ela fitando-me por um instante. "Não é nada pessoal. Mas ele está acabado. E a essa altura já não confio em mais ninguém."

"Ninguém", eu disse.

"Exceto você", disse ela. "E nem precisa dizer. Quanto aos demais, são todos suspeitos."

Recostei-me no banco do carro e fechei os olhos.

Todo mundo é suspeito.

Até Jay.

Que diabo de mundo estranho em que pais mandam matar suas filhas, organizações terapêuticas são uma fraude, e um homem a quem eu confiaria minha vida sem hesitar não merecia nossa confiança.

Talvez Everett Hamlyn tivesse razão. Talvez a honra estivesse em seu ocaso. Talvez ela já estivesse em declínio havia muito tempo. Ou, pior: talvez ela nunca tivesse passado de uma ilusão.

Todo mundo é suspeito. *Todo mundo é suspeito.*

Aquilo estava virando meu mantra.

## 24

Depois de atravessar uma terra de ninguém de asfalto e grama, a estrada descrevia uma curva já próximo à baía de Tampa, tão escura sob a muralha de chuva que não se podia dizer onde terminava a terra e onde começava o mar. Pequenas cabanas brancas, algumas com cartazes no alto dos telhados que eu não conseguia ler por causa da escuridão, iam surgindo dos dois lados da estrada e pareciam flutuar livremente sobre uma espécie de nada pluvioso. As barbatanas dorsais amarelas me pareciam estar à mesmíssima distância, nem mais próximas, nem mais distantes; pairando acima de uma planície envolta pela treva e batida pelo vento, elas avultavam contra o céu roxo-equimose.

Acabávamos de entrar na rampa de uns cinco quilômetros que levava ao centro da ponte, quando um carro irrompeu da muralha de água do outro lado da auto-estrada; seus faróis molhados pareciam vacilar na escuridão, quando cruzaram conosco indo em direção ao sul. Olhei pelo retrovisor, vi apenas um par de faróis, mais de um quilômetro atrás de nós. Duas da manhã, a chuva formando uma verdadeira muralha, e a escuridão nos envolvendo por todos os lados enquanto avançávamos em direção às colossais barbatanas amarelas. Em suma, uma noite tão tenebrosa que mesmo o pecador mais ímpio não merecia ficar exposto a sua fúria.

Bocejei e meu corpo gemeu internamente só de pensar em ficar preso por mais vinte e quatro horas no pequeno Celica. Fiquei fuçando no rádio, mas só achei coisas do tipo "é isso aí, bro", das clássicas emissoras de rock, algumas de *dance music* e várias do grotesco "soft rock". *Soft rock* — não muito pesado, não muito leve, perfeito para pessoas sem a menor capacidade de discernimento.

Quando desliguei o rádio, o aclive ficara mais acentuado, e no entanto a barbatana mais próxima parecia ter se distanciado por algum tempo. Os faróis traseiros do carro de Jay, como olhos vermelhos, olhavam para mim através da chuva, e à nossa direita a baía ia ficando cada vez maior. Em todo o percurso, um *guardrail* de concreto nos acompanhava.

"Essa ponte é enorme", eu disse.

"E traz má sorte", disse Angie. "Essa não é a ponte original. A Skyway original — ou pelo menos o que restou dela — está à nossa esquerda."

Ela acendeu um cigarro com o isqueiro do painel enquanto eu olhava para a esquerda, sem conseguir enxergar nada através da cortina de água.

"No começo da década de 80", disse ela, "uma chata colidiu com a ponte original. O vão principal caiu no mar, e com ele vários carros."

"Como você sabe disso?"

"Em Roma, faça como os romanos." Ela abriu um pouquinho a janela só para permitir que a fumaça saísse. "Li um guia dessa região ontem. Tem um no seu quarto também. No dia em que eles abriram essa ponte nova, um sujeito que vinha de carro para a inauguração teve um ataque cardíaco quando entrou na rampa de acesso do lado de St. Pete. O carro mergulhou na água, e ele morreu."

Olhei pela janela e vi a baía afastando-se, da mesma forma que a gente vê o chão se afastar de dentro de um elevador envidraçado.

"Mentira sua", eu disse um tanto nervoso.

Ela levantou a mão direita. "Palavra de escoteiro."

"Segure o volante com as duas mãos", eu disse.

Quando nos aproximamos do vão central, os imensos leques de cabos amarelos incendiaram a lateral direita do Celica, banhando em sua luz artificial os vidros tomados pela água.

Súbito, o ruído de pneus avançando pela água à nossa esquerda nos chegou pelo vidro entreaberto do lado do motorista. Olhei para a esquerda, e Angie disse: "Que diabo é isso?".

Ela deu um puxão no volante, quando um Lexus dourado nos ultrapassou a mais de cem quilômetros por hora. Os pneus do Celica do lado do passageiro bateram na guia entre a pista e o parapeito, e toda a carroceria vibrou, sacudiu, e o braço de Angie se enrijeceu para segurar o tranco do volante.

No momento em que Angie conseguiu controlar o carro, o Lexus estava na nossa frente, e vi que os faróis traseiros estavam apagados. Ele se interpusera entre Jay e nós, colocando-se nas duas pistas. De repente, um raio de luz vindo das barbatanas iluminou a cabeça alongada do motorista.

"É Cushing", eu disse.

"Merda." Angie tocou a minúscula buzina do Celica enquanto eu abria o porta-luvas e pegava meu revólver, depois o de Angie. Coloquei o dela no console central, junto ao freio de mão, e coloquei uma bala na câmara do meu.

Lá adiante, a cabeça de Jay se endireitou quando ele olhou pelo retrovisor. Angie continuou com a mão na buzina, mas o fraco ruído que ela produzia foi abafado pelo barulho do Lexus batendo na traseira do 3000 GT.

Os pneus direitos do pequeno carro esporte subiram na calçada e houve uma chuva de fagulhas quando o lado direito do carro resvalou no parapeito. Jay guinou para a esquerda para voltar à pista. Seu retrovisor externo fora arrancado, e abaixei a cabeça instintivamente quando o vi voando na chuva em direção ao nosso pára-brisa. O impacto formou uma teia de aranha no vidro, bem diante de meu rosto.

Angie bateu na traseira do Lexus, enquanto a dianteira do carro de Jay guinava para a esquerda e o pneu traseiro direito subia novamente na calçada. O sr. Cushing manteve o controle do Lexus, jogando-o contra o carro de Jay. Uma calota prateada se soltou, bateu nas grades de nosso radiador e desapareceu sob os pneus. O 3000 GT, pequeno e leve, não era páreo para o Lexus. A qualquer momento ia ser jogado fora da pista, e então o sr. Cushing poderia precipitá-lo no vazio.

Vendo a cabeça de Jay balançando para a frente e para trás, enquanto o Lexus batia mais duro contra o lado do motorista, abaixei o vidro da minha janela e disse a Angie: "Mantenha o carro estável". Enfrentando o vento e a chuva torrencial, pus metade do corpo para fora do carro e apontei o revólver para o vidro traseiro do Lexus. Fiz três disparos sucessivos, enquanto a chuva caía em meus olhos. O clarão dos disparos fendeu o ar como relâmpagos longínquos, e o vidro traseiro do Lexus fez-se em pedaços, caindo sobre o porta-malas. O sr. Cushing pisou no freio, e mal tive tempo de pôr a cabeça para dentro do carro, quando Angie bateu no Lexus, e Jay aproveitou para acelerar.

Mas Jay desceu da calçada rápido demais, e os pneus direitos do 3000 GT bateram na pista e ergueram-se no ar. Angie gritou, vimos o clarão de disparos de dentro do Lexus.

O pára-brisa do Celica implodiu.

A chuva e o vento cobriram de fragmentos de vidro nossos cabelos, nossos rostos e nossos pescoços. Angie guinou para a direita, e nossos pneus subiram na calçada novamente, as calotas rangendo contra o cimento. Por um instante o Toyota pareceu dobrar-se sobre si mesmo, mas voltou para a pista.

O carro de Jay, que estava na frente do nosso, capotou.

Ele caiu sobre o lado do motorista, depois sobre a capota. Então o Lexus acelerou e bateu com força bastante para lançá-lo rodopiando contra o parapeito da ponte.

"Desgraçados", exclamei levantando-me do banco e inclinando-me em direção ao painel do carro.

À força de contorções, consegui passar os punhos pelos restos do pára-brisa e firmei a mão no capô. Ignorando os fragmentos de vidro que entravam em minha pele, disparei mais três tiros contra o Lexus.

Devo ter atingido alguém, porque o Lexus afastou-se do carro de Jay, indo se chocar contra o parapeito sob a última barbatana dorsal com tal violência que ele virou de lado e em seguida para trás, a pesada carcaça dourada derrapando em nossa direção, pelas duas pistas à nossa frente.

"Volte pra dentro do carro", gritou Angie enquanto virava o Celica para a direita, tentando evitar a colisão com o porta-malas do Lexus, que surgiu de repente à nossa frente.

A massa dourada continuava avançando na noite em nossa direção. Angie girou o volante com as duas mãos, enquanto eu tentava voltar para o meu assento.

Nem eu nem Angie conseguimos.

Quando o Lexus bateu contra o Celica, meu corpo foi lançado no ar. Passei por cima do capô do Celica, indo aterrissar no porta-malas do Lexus feito um boto, recebendo no peito uma saraivada de água e de cacos de vidro, sem nem por isso reduzir a velocidade. Ao mesmo tempo, ouvi alguma coisa se chocar contra o cimento à minha direita, com tal estrondo que tive a impressão de que o céu noturno se abrira em dois.

Meu ombro bateu contra a pista e senti alguma coisa quebrar-se na altura da clavícula. Então rolei pelo chão, rolei e tornei a rolar. Eu segurava firme o revólver, e ele disparou duas vezes enquanto o céu girava lá no alto e a ponte rodopiava embaixo.

Finalmente consegui parar, ficando imóvel sobre um quadril ensangüentado e dolorido. Meu ombro esquerdo estava ao mesmo tempo mole e entorpecido, e a pele, lustrosa por causa do sangue.

Mas minha mão direita ainda podia empunhar o revólver, e ainda que o quadril sobre o qual eu caíra me parecesse estar crivado de pedras afiadas, as duas pernas estavam firmes. Voltei-me e olhei para o Lexus quando a porta do passageiro se abriu. Ele estava cerca de dez metros atrás de mim, o porta-malas preso ao capô amassado do Celica. Este liberou um jato de vapor no momento em que eu me levantei um tanto cambaleante, sentindo a mistura pastosa de sangue e água escorrendo pelo meu rosto feito massa de tomate.

À minha direita, do outro lado da ponte, um jipe preto parara, e o motorista gritava para mim palavras que se perdiam na chuva e no vento.

Ignorei-o e concentrei-me no Lexus.

Nó-Cego caiu sobre um joelho quando descia do Lexus, a camisa branca manchada de vermelho, um buraco sangrento ocupando o lugar onde antes havia sua sobrancelha direita. Cambaleei em sua direção enquanto ele usava o cano de sua pistola como apoio para levantar-se do chão. Ele se agarrou à porta aberta do Lexus e ficou olhando para mim; observando o movimento incessante de seu pomo-de-adão, percebi que ele procurava conter o vômito. Lançou um olhar indeciso à arma em sua mão, depois olhou para mim.

"Não faça isso", eu disse.

Ele abaixou os olhos, contemplou o próprio peito, o sangue que continuava brotando, e seus dedos se crisparam no cabo da pistola.

"Não faça isso", repeti.

Por favor, não faça, pensei.

Mas mesmo assim ele levantou a arma, piscando os olhos sob o aguaceiro, o corpo pequeno oscilando feito o de um bêbado.

Atirei duas vezes no meio do peito, no momento em que sua mão se afastava do quadril, e ele caiu contra o Lexus, a boca desenhando uma oval indistinta, como se ele estivesse querendo me fazer uma pergunta. Ele tentou agarrar a porta aberta, mas seu braço deslizou entre o esquadro da porta e o suporte do pára-brisa. Seu corpo começou a derrear para a direita, mas o cotovelo ficou preso entre a porta e o carro, e ele morreu ali mesmo — o corpo pendendo para o chão, pendurado no carro, tendo no olhar o esboço de uma pergunta não formulada.

Ouvi um som metálico, olhei por cima do teto do carro e vi o sr. Cushing apontando uma espingarda reluzente para mim. Com um olho fechado, um dedo branco e esquelético no gatilho, ele apontava para mim e sorria.

E logo uma grande nuvem vermelha irrompeu do meio de sua garganta, derramando-se no colarinho da camisa.

Ele franziu o cenho, tentou levar a mão à garganta, mas antes de conseguir caiu para a frente, batendo o rosto no teto do carro. A espingarda deslizou pelo pára-brisa e foi parar no capô. O corpo alto e magro do sr. Cushing se dobrou para a direita, desapareceu do outro lado do carro e fez um ruído surdo ao cair no chão.

Angie surgiu da escuridão atrás dele, ainda brandindo a arma, a chuva chiando no tambor ainda quente. Lascas de vidro cintilavam em seus cabelos. Cortes finíssimos cobriam-lhe a pele da fronte e as asas do nariz, mas ela parecia ter resistido melhor à batida do que eu e Nó-Cego.

Eu lhe sorri, e ela respondeu com um aceno frouxo.

De repente ela olhou para alguma coisa por cima de meu ombro. "Meu Deus, Patrick. Oh, meu Deus."

Voltei-me e só então vi o que provocara o estrondo terrível no momento em que fui atirado para fora do Celica.

O 3000 GT de Jay estava de rodas para cima, a uns cinco metros de distância. A parte dianteira do carro rompera o parapeito e pairava sobre o vazio. Por algum tempo fiquei espantado em ver que ele não caíra da ponte. Só um terço do carro se mantinha sobre a ponte, preso apenas pelo concreto quebrado e pelas ferragens retorcidas. Enquanto o observávamos, a dianteira do carro inclinou-se ainda mais em direção ao vazio, a parte traseira ergueu-se, e as ferragens rangeram.

Corri em direção ao parapeito, caí de joelhos e procurei por Jay. Ele estava de cabeça para baixo em seu banco, preso pelo cinto de segurança, os joelhos encostados no queixo, a cabeça a poucos centímetros do teto do carro.

"Não se mexa", eu disse.

Seus olhos se voltaram para mim. "Não se preocupe. Não vou me mexer."

Olhei para o parapeito molhado e reluzente, que rangeu mais uma vez. Do outro lado havia um pequeno ressalto de cimento, nada que pudesse ser considerado um bom ponto de apoio para alguém com mais de quatro anos de idade, mas eu não podia ficar sentado esperando que ele crescesse. Embaixo, não havia senão o negro espaço vazio e água dura como uma rocha, centenas de metros abaixo.

Angie aproximou-se de mim, enquanto uma súbita ventania varria o golfo. O carro pendeu um pouco para a direita, depois embicou um pouco mais.

"Oh, não", disse Jay. Ele riu fracamente. "Não, não, não, não."

"Jay", disse Angie. "Estou indo aí."

"*Você?*", eu disse. "Não, meu braço é mais comprido que o seu."

Ela subiu no parapeito. "Pés maiores também, e seu braço está estourado. Você ainda consegue movê-lo?"

Ela não esperou a resposta. Agarrou-se a uma parte do parapeito ainda intacta e começou a deslocar-se lentamente em direção ao carro. Fui andando ao seu lado, minha mão direita a poucos centímetros de seu braço.

Uma outra ventania varreu a chuva, e a ponte inteira parecia balançar.

Angie alcançou o carro, e segurei firme o braço dela com ambas as mãos enquanto ela se agachava como podia.

Ela se debruçou sobre o parapeito, estendeu o braço esquerdo, e nesse instante as sirenes soaram à distância.

"Jay", disse ela.

"Sim?"

"Eu não o alcanço." Ela se abaixou um pouco mais, e eu vi os tendões de seus braços pulsando sob a pele, mas seus dedos não conseguiam alcançar a maçaneta da porta do carro. "Você vai ter de me ajudar, Jay."

"Como?"

"Você consegue abrir a porta?"

Ele esticou o pescoço para conseguir ver a maçaneta da porta. "Nunca fiquei de cabeça pra baixo num carro, sabia?"

"E eu nunca me debrucei no parapeito de uma ponte, cem metros acima da água", disse Angie. "Estamos pau a pau."

"Consegui pegar a maçaneta", disse ele.

"Você vai ter de abrir a porta e agarrar a minha mão", disse Angie, enquanto seu corpo oscilava levemente pela ação do vento.

Ele piscou os olhos por causa da chuva que entrava pela janela, encheu as bochechas de ar, depois soprou. "Acho que se eu me mexer um centímetro, esse troço vai desabar."

"É um risco que temos de correr, Jay." Sua mão deslizou em meu braço. Apertei ainda mais, e seus dedos afundaram ainda mais em minha carne.

"Sim", disse Jay. "Mas vou lhe dizer uma coisa. Eu..."

O carro sacolejou, e a ponte inteira rangeu, produzindo desta vez um ruído ensurdecedor que mais parecia um grito, e o cimento quebrado que sustentava o carro se desintegrou.

"Não, não, não, não, não, não", disse Jay.

E o carro caiu da ponte.

Angie gritou pulando para trás no momento em que a ferragem retorcida lhe atingia o braço. Segurei sua mão com toda a força e puxei-a por sobre o parapeito enquanto suas pernas se agitavam no ar.

Com o rosto dela colado ao meu, o braço agarrado

fortemente ao meu pescoço, o coração batendo acelerado contra meu peito, enquanto eu próprio sentia o sangue latejando em meus ouvidos, olhamos para o lugar onde o carro de Jay mergulhara em meio à chuva torrencial, desaparecendo na escuridão.

# 25

"Ele vai se recuperar?", perguntou o inspetor Jefferson ao paramédico que examinava meu ombro.
"Ele trincou uma escápula. Pode estar quebrada. Só posso dizer depois dos raios X."
"Uma o quê?"
"Uma omoplata", disse o paramédico. "Está trincada."
Jefferson olhou para ele com olhos de sono e balançou a cabeça devagar. "Ele vai reagir bem por mais algum tempo. Mais tarde vamos pedir a um médico que o examine."
"Merda", disse o paramédico, e foi a vez dele de sacudir a cabeça. Ele colocou ataduras bem apertadas, que começavam na axila, passavam por cima do ombro, acompanhavam a clavícula, passavam pelas costas e pelo peito, voltando em seguida à axila.
O inspetor Carnell Jefferson fixou em mim seus olhos sonolentos, enquanto o paramédico continuava seu trabalho. Era um negro alto já próximo dos quarenta anos, peso e estatura medianos, maxilar arredondado, um ar descontraído e um eterno sorriso nos cantos dos lábios. Usava uma capa de chuva azul-clara sobre terno marrom e camisa branca e uma gravata de seda, com motivos florais em rosa e azul, que pendia, meio de través, do colarinho desabotoado. O cabelo era cortado tão rente que me perguntei por que ele simplesmente não raspava a cabeça. E por mais que a chuva escorresse pela pele firme de seu rosto, ele nunca piscava os olhos.

Parecia ser um bom sujeito, o tipo do cara com quem se pode jogar conversa fora na academia de ginástica ou tomar umas cervejas depois do expediente. O tipo do cara que adora os filhos e só tem fantasias sexuais com a própria esposa.

Mas eu já conhecera policiais como ele, e sabia por experiência própria que não se pode confiar neles. Numa sala de interrogatório, num tribunal para arrasar uma testemunha, esse cara legal pode ficar feroz feito um tubarão num abrir e fechar de olhos. Ele era inspetor da delegacia de homicídios, era jovem e negro, num estado sulista; ele não chegou aonde chegou sendo bonzinho com suspeitos.

"Então senhor... Kenzie, não é?"

"Sim."

"O senhor é detetive particular em Boston, correto?"

"Foi o que lhe disse."

"Ahn... a cidade é legal?

"Boston?"

"Sim. É uma cidade legal?"

"Gosto de lá."

"Ouvi dizer que é muito bonita no outono", disse ele franzindo os lábios e balançando a cabeça. "Mas ouvi dizer que não gostam muito de negros por lá."

"Em todo lugar existem babacas", eu disse.

"Sim, claro. Claro." Ele esfregou a mão na cabeça, ficou contemplando a garoa por um instante, depois piscou os olhos por causa da chuva. "Babacas em todo lugar", repetiu ele. "Então, como estamos aqui na chuva falando amistosamente sobre relações raciais, babacas e coisas do tipo, por que você não me fala desses dois babacas mortos atrapalhando o trânsito em minha ponte?"

Seus olhos indolentes cruzaram com os meus, e por um instante vislumbrei o predador que havia em suas profundezas.

"Matei o mais baixo com dois tiros no peito."

Ele ergueu as sobrancelhas. "Já tinha notado."

"Minha sócia atirou no outro cara quando ele avançava em minha direção com uma espingarda."

Ele se voltou e olhou para Angie, que estava sentada numa ambulância em frente à minha; um paramédico lhe limpava os cortes do rosto, das pernas e do pescoço com um chumaço de algodão embebido em álcool, enquanto o parceiro de Jefferson, o detetive Lyle Vandemaker, a interrogava.

"Cara", disse Jefferson, assobiando em seguida. "Se entendi bem, além de ser um tremendo avião, ela é capaz de enfiar um balaço na garganta de um sujeito a dez metros de distância, debaixo da maior chuvarada? É uma mulher especial."

"Ela é sim", respondi.

Ele coçou o queixo e balançou a cabeça como quem cisma consigo mesmo. "Vou lhe dizer qual é o meu problema com essa história toda, senhor Kenzie. A questão é saber quem na verdade são os verdadeiros sacanas. Entende o que quero dizer? Você diz que os sacanas são aqueles dois cadáveres ali adiante. E eu gostaria muito de acreditar em você. Puxa, como gostaria. Diabo, gostaria muito de dizer 'Tudo bem', apertar a sua mão e deixar vocês voltarem para Boston. Pode acreditar. Mas se por acaso vocês estiverem mentindo para mim, e os verdadeiros sacanas aqui forem vocês, eu ia fazer um papelão deixando-os ir embora. E até agora não temos nenhum testemunho, a não ser a palavra de vocês contra a palavra de dois caras que na verdade não podem nos dar sua palavra porque vocês, bem... deram alguns tiros neles e os mataram. Está entendendo?"

"Mais ou menos."

No outro lado da ponte, o trânsito parecia muito mais pesado do que certamente costumava ser às três da manhã, porque a polícia transformara a pista dupla na direção sul em duas, cada uma em um sentido. E todo carro que passava daquele lado da ponte diminuía a velocidade para dar uma olhada na confusão que havia do nosso lado.

Um jipe preto com duas pranchas de surfe verdes amarradas no teto estava parado no acostamento, com o pisca-alerta ligado. Vi que o dono era o sujeito que gritara alguma coisa para mim pouco antes de eu atirar em Nó-Cego.

O sujeito era um varapau bronzeado, torso nu, com longos cabelos loiros descoloridos pelo sol. Ele estava atrás do jipe e parecia estar travando um diálogo exaltado com dois policiais. Ele apontou para mim várias vezes.

Sua companheira, uma jovem tão magra e tão loira quanto ele, estava encostada no capô do jipe. Quando seus olhos encontraram os meus, ela fez um aceno animado, como se fôssemos velhos amigos.

Terminei por esboçar um aceno vago, porque achei que seria indelicado não o fazer, depois voltei a me concentrar no que estava à minha volta.

O nosso lado estava obstruído pelo Lexus e pelo Celica, por seis ou sete radiopatrulhas verdes e brancas, vários carros sem o distintivo da polícia, dois carros de bombeiro, três ambulâncias e uma van preta onde se lia a inscrição em letras amarelas PINELLAS COUNTY MARITIME INVESTIGATIONS. Alguns minutos antes a van trouxera para a entrada da ponte quatro mergulhadores que àquela altura já deviam estar em algum lugar, dentro da água, procurando Jay.

Jefferson contemplava o buraco deixado pelo carro de Jay no parapeito. Banhado pela luz vermelha dos carros de bombeiro, ele parecia uma ferida aberta.

"Fodeu bonitinho com minha ponte, não foi senhor Kenzie?"

"Não fui eu", respondi. "Foram aqueles dois sacanas que estão mortos."

"É o que você diz", disse ele. "É o que você diz."

O paramédico usou uma pinça para retirar pedras e fragmentos de vidro de meu rosto; fiz uma careta quando avistei, para além das luzes sinalizadoras e da chuvinha fina, a multidão que se aglomerava do outro lado da barreira. Aquelas pessoas tinham se dado ao trabalho de andar pela ponte às três horas da manhã, debaixo de chuva, só para conseguir um bom lugar de onde se deleitar com o espetáculo da violência. Pelo visto, o que viam na televisão não bastava. Suas próprias vidas não bastavam. Nada bastava.

O paramédico retirou um fragmento grande de alguma coisa do meio de minha testa, e o sangue começou a brotar do orifício, salpicando a parte superior de meu nariz, chegando também aos olhos. Enquanto ele pegava um pouco de gaze, pisquei os olhos várias vezes. E no momento em que abaixava e erguia as pálpebras avistei, à luz estroboscópica dos veículos de resgate, o brilho de uma opulenta cabeleira e uma pele cor de mel no meio da multidão.

Inclinei-me para a frente, expondo-me à garoa, para escrutar as luzes que piscavam, e vi-a novamente, só por um instante, e achei que devia ter sofrido uma concussão cerebral quando caí do carro, porque aquilo não era possível.

Mas talvez fosse.

Por um segundo, através da chuva, das luzes e do sangue em meus olhos, meu olhar cruzou com o de Desiree Stone.

E então ela desapareceu.

## 26

A Sunshine Skyway liga dois municípios. O Manatee County, no lado sul, constituído por Bradenton, Palmetto, Longboat Key e Anna Maria Island. E o Pinellas County, no lado norte, que compreende St. Petersburg, St. Petersburg Beach, Gulfport e Pinellas Park. A polícia de St. Petersburg fora a primeira a chegar ao local, da mesma forma que seus mergulhadores e carros de bombeiro. Por isso, depois de alguma discussão com o Departamento de Polícia de Bradenton, os policiais de St. Pete nos tiraram da ponte, levando-nos na direção norte.

No momento em que saíamos da ponte — Angie presa no banco traseiro de uma radiopatrulha e eu na parte de trás de outra —, os quatro mergulhadores, vestidos com trajes de borracha dos pés à cabeça, tiravam o corpo de Jay da baía de Tampa, para colocá-lo em seguida na margem coberta de grama.

Quando estávamos passando, olhei pela janela. Eles colocaram seu corpo molhado na grama, e a pele estava branca como a barriga de um peixe. Seus cabelos pretos estavam grudados no rosto, os olhos fechados, a testa cheia de ferimentos.

Não fossem os ferimentos da testa, poderia parecer que estava dormindo. Parecia estar em paz. Era como se tivesse catorze anos.

"Bem", disse Jefferson voltando para a sala de interrogatório. "Trago-lhe más notícias, senhor Kenzie."

Pela forma como minha cabeça latejava, eu tinha a impressão de que uma banda de percussão se instalara em meu crânio, e minha boca estava com gosto de cabo de guarda-chuva. Eu não conseguia mexer o braço esquerdo — e não conseguiria mesmo que as ataduras me permitissem —, e os cortes do rosto e da cabeça agora estavam inchados.

"Como assim?", perguntei, a custo.

Jefferson colocou um envelope na mesa que estava entre nós, tirou o paletó, colocou-o no encosto da cadeira e se sentou.

"Esse senhor Graham Clifton — como é que você se referiu a ele na ponte? Nó-Cego?"

Fiz que sim com a cabeça.

Ele sorriu. "Gostei dessa. Bem, Nó-Cego tinha três balas no corpo. Todas de seu revólver. A primeira entrou pelas costas e saiu pelo peito, do lado direito."

Eu disse: "Eu falei a você que disparei para dentro do carro em movimento. E que tive a impressão de ter atingido alguém".

"E atingiu", disse ele. "Aí você o atingiu duas vezes quando ele estava saindo do carro e tudo o mais. De qualquer modo, a má notícia não é essa. A má notícia é que você me disse que esse Nó-Cego trabalhava para um tal de Trevor Stone, de Marblehead, Massachusetts?"

Confirmei com a cabeça.

Ele olhou para mim e balançou a cabeça devagar.

"Espere um pouco", disse ele.

"O senhor Clifton era empregado da Bullock Industries, uma empresa de pesquisa e desenvolvimento situada em Buckhead."

"Buckhead?", perguntei.

Ele confirmou. "Atlanta, Geórgia. O senhor Clifton, pelo que sabemos, nunca pôs os pés em Boston."

"Mentira", eu disse.

"Acho que não. Falei com seu senhorio, com seu patrão em Atlanta, com seus vizinhos."

"Seus vizinhos?", eu disse.

"Sim. Você sabe o que são vizinhos, não? As pessoas que moram perto de você. Que vêem você todo dia, dão bom-dia. Bem, há um monte de vizinhos como esses em Buckhead que juram ter visto o senhor Clifton quase todo dia em Atlanta, nos últimos dez anos."

"E o senhor Cushing?", eu disse, enquanto a bateria martelava seus tambores e batia pratos em meu cérebro.

"Também era empregado da Bullock Industries. Também morava em Atlanta. Por isso o Lexus tinha placa da Geórgia. E o tal senhor Stone de que você falou ficou absolutamente perplexo quando liguei para ele. Se bem entendi, é um homem de negócios já inativo, sofrendo de câncer em fase terminal, que o contratou para achar a filha dele. Ele não tem a mínima idéia do que o senhor está fazendo na Flórida. Diz que a última vez que falou com o senhor foi há cinco dias. Ele acha que o senhor fugiu da cidade com o dinheiro que ele lhe deu. Quanto ao senhor Clifton e ao senhor Cushing, ele diz que nunca ouviu falar deles."

"Inspetor Jefferson", eu disse. "O senhor chegou a identificar o verdadeiro proprietário da Bullock Industries?"

"Qual o seu palpite, senhor Kenzie?"

"Claro que identificou."

Ele confirmou com a cabeça e consultou o dossiê. "Claro que identifiquei. O proprietário da Bullock Industries é Moore and Wessner Ltda., uma holding britânica."

"E quem é o proprietário dessa holding?"

Ele consultou suas anotações. "Sir Alfred Llewyn, um conde britânico que, pelo que se comenta, mantém relações com a família Windsor, joga bilhar com o príncipe Charles, joga pôquer com a rainha, enfim..."

"Não é Trevor Stone", eu disse.

Ele balançou a cabeça. "A menos que ele também seja um conde britânico. E pelo que você sabe ele não é, certo?"

"E quanto a Jay Becker? O que o senhor Stone disse sobre ele?"

"A mesma coisa que disse sobre você. O senhor Becker fugiu com o dinheiro que recebeu dele."

Fechei os olhos para evitar a forte luz fluorescente do teto, tentei controlar o latejar em meu cérebro apenas com força de vontade. Não adiantou.

"Inspetor", eu disse.

"Ahn?"

"O que o senhor acha que aconteceu na ponte na noite passada?"

Ele se recostou na cadeira. "Que bom que me perguntou isso, senhor Kenzie. Muito bom." Ele me estendeu uma caixa de chicletes que tinha tirado do bolso da camisa. Quando recusei, ele deu de ombros e tirou a embalagem de um, colocou-o na boca e ficou mascando por uns trinta segundos.

"Você e a sua sócia encontraram Jay Becker e não comunicaram a ninguém. Você resolveu roubar o dinheiro de Trevor Stone e fugir da cidade, mas os duzentos mil que ele lhe deu não bastavam."

"Ele falou que nos deu duzentos mil dólares?"

Ele confirmou. "Aí vocês encontram Jay Becker, mas ele fica desconfiado e tenta fugir de vocês. Vocês o perseguem ferozmente na Skyway, quando esses dois inocentes homens de negócios surgem em seu caminho. Chove, está escuro, o plano vai por água abaixo. Os três carros batem. O carro de Becker cai da ponte. Por esse lado, nenhum problema, mas aí vocês precisam dar um jeito nos outros dois. Então vocês os matam, colocam armas em suas mãos, estouram o vidro de trás do carro deles para parecer que eles atiraram de dentro do carro. E pronto. A armação está feita."

"Você não acredita nessa versão", eu disse.

"Por que não?"

"Porque é a história mais estúpida que já ouvi. E você não é estúpido."

"Oh, obrigado, senhor Kenzie. Por favor, elogie-me um pouco mais."

"Nós queríamos o dinheiro de Becker, certo?"

"Os duzentos mil que encontramos no porta-malas do Celica, onde havia inúmeras impressões digitais de vocês. É desse dinheiro que estamos falando."

"Mas usamos os duzentos mil para tirá-lo da cadeia", eu disse. "Por que faríamos isso? Para trocar um pacote de duzentos mil dólares por outro?"

Ele me fitou com seus olhos de predador e não disse nada.

"Se tivéssemos colocado armas nas mãos de Cushing e de Clifton, por que Clifton tinha resíduos de pólvora nas mãos? Porque ele tinha, não tinha?"

Nenhuma resposta. Ele ficou olhando para mim, esperando.

"Se atiramos o carro de Jay Becker para fora da ponte, por que os estragos causados pela batida foram todos provocados pelo Lexus?"

"Continue", disse ele.

"Sabe quanto cobro para procurar pessoas desaparecidas?"

Ele balançou a cabeça.

Eu lhe disse. "Você não acha que isso é muitíssimo menos do que os duzentos mil?"

"Acho."

"Por que Trevor Stone gastaria pelo menos quatrocentos mil dólares com dois detetives particulares diferentes para achar sua filha?"

"O homem está desesperado. Está pra morrer. Quer sua filha em casa."

"E gasta meio milhão de dólares. Isso é um bom dinheiro."

Jefferson levantou a mão direita em minha direção, palma para cima. "Por favor", disse ele. "Continue."

"Dane-se", eu disse.

As pernas dianteiras de sua cadeira voltaram ao chão.

"O quê?"

"Você me ouviu. Quero que se dane e que você se foda. Sua teoria é um monte de besteira. Nós dois sabemos disso. E ambos sabemos que ela não se sustenta num tribunal. Qualquer júri a acharia ridícula."

"É mesmo?"

"É." Olhei para ele, depois dirigi o olhar para um ponto acima de seus ombros, para que seus superiores, ou quem quer que estivesse por trás do espelho sem película, também vissem meus olhos. "Aí está você com três cadáveres, uma ponte avariada e manchetes e, pelo que suponho, manchetes de primeira página. E a única história que faz sentido é a que eu e minha sócia estamos contando a você nas últimas doze horas. Mas você não pode corroborá-la." Fixei o olhar nos olhos dele. "Pelo menos é o que você diz."

"É o que eu digo? Que quer dizer com isso, senhor Kenzie? Vamos, não se acanhe."

"Havia um cara do outro lado da ponte que parecia um surfista. Vi policiais interrogando-o depois que você chegou. Ele viu o que aconteceu. Ou pelo menos uma parte."

Ele abriu um sorriso. Um sorriso largo. Cheio de dentes.

"O cavalheiro em questão", disse ele consultando suas notas, tem sete condenações nas costas, entre outras coisas por dirigir alcoolizado, posse de maconha, de cocaína, de Ecstasy, de..."

"O que o senhor está me dizendo é que ele sofreu condenações, inspetor. Já entendi. O que isso tem a ver com o que ele presenciou na ponte?"

"Sua mãe nunca lhe falou que é falta de educação interromper a fala dos outros?" Ele apontou o dedo em minha direção. "O cavalheiro em questão estava dirigindo com carta de motorista vencida, não passou no exame de bafômetro e estava portando maconha. Sua 'testemunha', se é isso o que o senhor imagina que ele seja, senhor Kenzie, estava sob o efeito de pelo menos duas drogas alucinógenas. Ele foi preso pouco depois que saímos da ponte." Ele se inclinou para a frente. "Assim sendo, conte-me o que aconteceu na ponte."

Inclinei-me para a frente, desafiando o olhar ameaçador fixo em mim. E não foi nada fácil, podem acreditar. "A única coisa que você tem é minha sócia e eu com armas ainda fumegantes, e uma testemunha em que se recusa a acreditar. E por isso não vai nos liberar, não é, inspetor?"

"Entendeu perfeitamente a situação, senhor Kenzie", disse ele. "Portanto, conte-me a história novamente."

"Negativo."

Ele cruzou os braços sobre o peito e sorriu.

"'Negativo'? Você disse 'negativo'?"

"Isso mesmo."

Ele se levantou, pegou a cadeira, deu a volta à mesa com ela e colocou-a junto da minha. Sentou-se nela, e seus lábios roçaram meus ouvidos quando ele sussurrou: "A única coisa que tenho é você, Kenzie. Sacou? E você é um sacana dum irlandês convencido, branco, o que significa que já tive raiva de você de cara. Diga-me então o que você vai fazer".

"Quero meu advogado", eu disse.

"Não ouvi o que você disse", sussurrou ele.

Ignorei-o e dei um tapa na mesa. "Quero meu advogado", gritei para as pessoas que estavam atrás do espelho.

# 27

Meu advogado, Cheswick Hartman, pegou o avião em Boston uma hora depois de receber o meu telefonema às seis da manhã.

Quando ele chegou ao quartel da polícia de St. Petersburg, na First Avenue North, ao meio-dia, eles se fizeram de bobos. Como o incidente se dera numa terra de ninguém entre o município de Pinellas e o de Manatee, eles o mandaram para Manatee e para o Departamento de Polícia de Bradenton, fingindo ignorar onde estávamos.

Em Bradenton, eles deram uma olhada no terno de dois mil dólares de Cheswick e na mala Louis of Boston que ele trazia na mão, e resolveram sacanear com ele mais um pouco. Ele só chegou a St. Pete às três da tarde. O calor estava insuportável, e Cheswick estava furioso.

Conheço três sujeitos com quem ninguém nunca deve se meter. E quando falo nunca, é nunca mesmo. Um é Bubba, por motivos óbvios. O outro é Devin Amronklin, um policial da Delegacia de Homicídios de Boston. O terceiro é Cheswick Hartman, que pode ser muito mais perigoso que Bubba ou Devin, porque tem muito mais armas em seu arsenal.

É um dos maiores advogados criminalistas não apenas de Boston mas também do país. Ele cobra cerca de oitocentos dólares por hora por seus serviços, e nunca lhe falta trabalho. Tem imóveis em Beacon Hill e na Carolina do Norte e uma casa de veraneio na ilha de Maiorca. Tem também uma irmã, Elise, que eu livrei de uma situação perigosa alguns anos atrás. Desde então, Cheswick recusa-se a aceitar dinheiro de mim, e se dispõe a viajar dois mil quilômetros de avião, uma hora depois de receber meu pedido de socorro.

Mas para fazer isso deve bagunçar toda a sua agenda, e quando ele perde ainda mais tempo com policiais caipiras de maus modos, sua pasta e sua caneta Montblanc se transformam em arma nuclear e detonador.

Pelo vidro imundo da sala de interrogatório, através de venezianas ainda mais imundas, eu via a sala de reuniões da delegacia. Vinte minutos depois que Jefferson deixou a sala de interrogatório, a súbita irrupção de Cheswick, seguido de uma coorte de policiais de alta patente, provocou uma puta confusão na sala.

Os policiais gritavam com Cheswick, discutiam entre si, falavam repetidas vezes o nome de Jefferson e do tenente Grimes, e na hora em que Cheswick abriu a porta da sala de interrogatório, Jefferson também se juntara ao grupo.

Cheswick olhou para mim e disse: "Tragam água para meu cliente. Já".

Um dos policiais de alta patente voltou para a sala de reuniões, enquanto Cheswick e os demais entravam. Cheswick inclinou o corpo sobre mim e olhou para o meu rosto.

"Maravilha", disse ele voltando a cabeça e olhando para um homem suarento e de cabelos brancos, com divisas de capitão no uniforme. "Pelo menos três desses cortes faciais estão infectados. Pelo que sei ele está com uma omoplata quebrada, mas só estou vendo uma atadura."

O capitão disse: "Bem...".

"Há quanto tempo você está aqui?", perguntou Cheswick.

"Desde três e quarenta e seis da manhã", eu disse.

Ele consultou o relógio. "São quatro da tarde." Ele olhou para o capitão coberto de suor. "Seu departamento é culpado de violação dos direitos civis de meu cliente, e isso é crime de jurisdição federal."

"Bobagem", disse Jefferson.

Cheswick puxou um lenço do bolso, no momento em que colocaram uma jarra de água e um copo na mesa de interrogatório. Cheswick levantou a jarra e voltou-se para o grupo. Ele derramou um pouco de água no lenço, e ao fazer isso salpicou os sapatos de Jefferson.

"Já ouviu falar de Rodney King,* agente Jefferson?"

"É inspetor Jefferson", retificou o policial, fitando os sapatos molhados.

"Não será mais, quando eu tiver acabado com você." Cheswick voltou-se novamente para mim e aplicou o lenço molhado nos meus ferimentos. "Quero deixar clara uma coisa", disse ele ao grupo. "Os senhores estão fodidos. Não sei nem quero saber qual é o sistema de trabalho de vocês, mas os senhores mantiveram meu cliente num lugar sem ventilação por mais de doze horas. Portanto, nada do que ele disse pode ser usado contra ele no tribunal. Nada."

"Tem ventilação sim", disse um policial, os olhos injetados.

"Então ligue o ar-condicionado", disse Cheswick.

O policial já estava se virando para a porta, mas parou de repente, balançando a cabeça, recriminando-se pela própria estupidez. Quando ele se voltou, Cheswick estava rindo dele.

"Isso quer dizer que o ar-condicionado desta sala estava desligado de propósito. Numa sala de concreto, num calor de mais de trinta graus. Continuem assim, meus senhores. Isso já dá motivo para um processo de indenização na casa dos cinco zeros. Daí para cima." Ele tirou o lenço do meu rosto e me deu um copo de água. "Mais alguma queixa, Patrick?"

Não levei mais de três segundos para tomar toda a água. "Eles falaram comigo de forma agressiva."

Ele me deu um tapinha amigável e apertou meu om-

---

(*) Em 1991, quatro policiais maltrataram o cidadão Rodney King em Los Angeles, sofreram processo e foram punidos severamente. (N. T.)

bro com força bastante para me fazer gritar. "Bom, pode deixar que eu falo com eles", disse Cheswick.

Jefferson aproximou-se de Cheswick. "Seu cliente deu três tiros num cara. A sócia dele estourou a garganta de outro. Um terceiro foi atirado para fora da ponte dentro do carro e morreu com o impacto na baía de Tampa."

"Eu sei", disse Cheswick. "Eu vi a fita."

"A fita?", disse Jefferson.

"A fita?", perguntou o capitão suarento.

"A fita?", perguntei eu.

Cheswick abriu sua pasta e jogou uma fita de vídeo na mesa. "Isso é uma cópia", disse ele. "O original está no escritório da Meegan, Feibel and Ellenburg, em Clearwater. A fita lhes foi enviada às nove da manhã por um portador."

Jefferson pegou a fita, e uma gota de suor escorreu por sua testa.

"Podem ver", disse Cheswick. "A fita foi gravada por uma pessoa que estava na Skyway na hora da ocorrência, indo na direção sul."

"Quem?", perguntou Jefferson.

"Uma mulher chamada Elizabeth Waterman. Acho que vocês prenderam o namorado dela, Peter Moore, na ponte, por dirigir alcoolizado e vários outros delitos. Pelo que sei, ele prestou aos seus homens um depoimento que corrobora os acontecimentos mostrados no vídeo, mas vocês resolveram ignorá-lo porque Moore não passou no teste do bafômetro."

"Isso é balela", disse Jefferson, olhando em volta para ver se conseguia apoio dos colegas. Como não o obteve, pegou a fita da mesa com tal violência que por pouco não a quebrou.

"A fita está um pouco escura por causa da chuva e por causa do nervosismo da pessoa que filmou", disse Cheswick. "Mas quase tudo que aconteceu está aí."

"Você deve estar brincando", eu disse dando uma risada.

"Não é à toa que sou o melhor", disse Cheswick.

## 28

Às nove da noite, fomos libertados.

Nesse meio tempo, um médico me examinara no Bayshore Hospital, com dois agentes postados o tempo todo a três metros de distância. Ele limpou meus ferimentos e me deu um anti-séptico para evitar novas infecções. As radiografias mostravam que minha omoplata estava trincada, mas não quebrada. Ele aplicou novas ataduras, deu-me uma tipóia e me recomendou que não jogasse futebol por pelo menos três meses.

Quando lhe perguntei sobre o efeito combinado da omoplata trincada com os ferimentos que recebera na luta contra Gerry Glynn no ano anterior, ele olhou para a minha mão.

"Está entorpecida?"

"Totalmente", respondi.

"Houve uma lesão no nervo."

"Sim", eu disse.

Ele balançou a cabeça. "Bem, não vamos precisar amputar o braço."

"Bom saber."

Ele me olhou pelos pequenos óculos fundo de garrafa. "Você está reduzindo muito sua expectativa de vida, senhor Kenzie."

"Estou começando a me dar conta disso."

"O senhor pensa em ter filhos algum dia?"

"Sim", respondi.

"Comece agora", disse ele. "Quem sabe poderá viver para vê-los terminar o segundo grau."

* * *

Quando estávamos descendo a escada da delegacia de polícia, Cheswick disse: "Desta vez você se meteu com o cara errado".

"Sem brincadeira", disse Angie.

"Não apenas não há nenhum registro de Cushing ou Clifton trabalhando para ele, mas sabe o jato que vocês me disseram ter tomado? O único jato particular que partiu naquela data do Logan Airport entre as nove da manhã e o meio-dia foi um Cessna, não um Gulfstream, e com destino a Dayton, Ohio."

"Como se consegue comprar o silêncio de todo um aeroporto?", disse Angie.

"E não de um aeroporto qualquer", disse Cheswick. "O Logan orgulha-se de ter o mais eficiente e rigoroso sistema de segurança do país. E Trevor Stone tem poder bastante para neutralizá-lo."

"Merda", eu disse.

Paramos diante da limusine que Cheswick alugara. O chofer abriu a porta, mas Cheswick balançou a cabeça e voltou-se para nós.

"Vocês voltam comigo?"

Balancei a cabeça, e me arrependi imediatamente de ter feito isso. A bateria ainda devia estar tocando dentro dela.

"A gente tem umas coisas a acertar por aqui", disse Angie. "E ainda temos de pensar o que fazer em relação a Trevor antes de voltarmos."

"Querem um conselho?", disse Cheswick jogando sua pasta na parte de trás da limusine.

"Claro."

"Mantenham distância dele. Fiquem por aqui até ele morrer. Talvez ele os deixe em paz."

"Não podemos fazer isso", disse Angie.

"Era o que eu imaginava", disse Cheswick com um suspiro. "Ouvi uma história sobre Trevor Stone. É só um boato. Fofoca. Pelo que se diz, um líder sindical de El Salvador estava causando problemas no começo da década de 70, pondo em risco os negócios de Trevor Stone no beneficiamento de banana, abacaxi e café. Então Trevor, pelo que se diz, deu alguns telefonemas. E um dia os operários de uma de suas usinas de processamento de café estavam trabalhando numa cuba de grãos de café e acharam um pé. Depois um braço. Depois uma cabeça."

"Do líder sindical", disse Angie.

"Não", disse Cheswick. "Da filha do líder sindical, de seis anos de idade."

"Meu Deus", exclamei.

Cheswick bateu no teto da limusine distraidamente, olhou para a rua banhada numa luz amarela. "O líder sindical e sua mulher desapareceram. Foram para a lista de 'desaparecidos' de lá. E ninguém nunca mais pensou em fazer greve nas fábricas de Trevor Stone."

Trocamos apertos de mãos e ele entrou na limusine.

"Só mais uma coisa", disse ele antes de o chofer fechar a porta.

Inclinamo-nos para ouvi-lo.

"Invadiram os escritórios da Hamlyn and Kohl há duas noites. Roubaram todos os equipamentos. Dizem que eles perderam um bom dinheiro em máquinas de fax e copiadoras."

"Acredito", disse Angie.

"E é pra acreditar mesmo. Porque os ladrões tiveram que matar Everett Hamlyn a tiros para conseguir o que queriam."

Ficamos em silêncio enquanto ele entrava na limusine e esta subia a rua e virava à direita, em direção à auto-estrada.

A mão de Angie procurou a minha. "Sinto muito", sussurrou ela. "Por Everett e por Jay."

Pisquei para livrar-me de uma coisa que me incomodava em meus olhos.

Angie apertou minha mão um pouco mais.

Olhei para o céu e aquele esplêndido matiz de azul

me pareceu artificial. Havia outra coisa que eu vinha observando por ali: aquele estado — tão exuberante, tão opulento e colorido — parecia uma falsificação se comparado às regiões menos opulentas do norte.

Há algo de feio na perfeição.

"Eles eram homens bons", disse Angie brandamente.

Fiz que sim com a cabeça. "Eles eram belos."

## 29

Fomos para a Central Avenue e andamos até um ponto de táxi que nos fora indicado, com muita má vontade, por um policial de plantão.

"Cheswick disse que eles vão voltar à carga por porte ilegal de armas, por efetuar disparos na zona urbana, coisas do tipo."

"Mas nada disso vai pegar", disse Angie.

"Provavelmente não."

Chegamos ao ponto de táxi, mas estava vazio. A Central Avenue, ou pelo menos a parte onde estávamos, não nos parecia um lugar muito amistoso. Três bêbados disputavam uma garrafa ou um cachimbo no estacionamento cheio de lixo de um depósito de bebidas incendiado. Do outro lado da rua, vários adolescentes maltrapilhos, instalados num banco em frente a um Burger King, espreitavam uma presa eventual, passando um baseado de mão em mão, e chegaram a examinar Angie. Tenho certeza de que as ataduras em meu ombro e a tipóia me fizeram parecer um tanto indefeso, mas aí eles olharam mais de perto, e encarei um deles até ele voltar a cabeça, concentrando-se em outra coisa.

O ponto de táxi era uma espécie de meia-água de plexiglas, e, vencidos pelo calor, nos apoiamos por um instante na parede.

"Você está com uma aparência horrível", disse Angie.

Ergui uma sobrancelha e passei em revista os cortes em seu rosto, o olho direito meio arroxeado, o lanho em sua panturrilha. "Já você..."

Ela me deu um sorriso cansado e nos deixamos ficar encostados na parede, em completo silêncio, por um minuto inteiro.

"Patrick."

"Sim?", eu disse, de olhos fechados.

"Quando eu saí da ambulância na ponte, e eles me levaram para a radiopatrulha, eu..."

Abri os olhos e olhei para ela. "O quê?"

"Acho que vi uma coisa estranha. E não quero que você ria."

"Você viu Desiree Stone."

Ela se afastou da parede e bateu em minha barriga com as costas da mão. "Não é possível! Você também a viu?"

Passei a mão na barriga. "Eu também a vi."

"Você acha que era um fantasma?"

"Não, não era um fantasma", eu disse.


Nossos quartos no hotel tinham sido revirados enquanto estávamos fora. A princípio pensei que era obra dos homens de Trevor, talvez Nó-Cego e Cushing, antes de virem atrás de nós, mas aí encontrei um cartão de visita em meu travesseiro.

Nele se lia: INSPETOR CARNELL JEFFERSON.

Dobrei novamente as minhas roupas e as recoloquei na mala, empurrei a cama para junto da parede e fechei todas as gavetas.

"Estou começando a odiar esta cidade", disse Angie entrando no quarto com duas garrafas de Dos Equis. Nós as levamos para a sacada, deixando as portas de vidro abertas. Se no quarto houvesse aparelhos de escuta colocados por ordem de Trevor, isso não faria a menor diferença, porque de qualquer forma já estávamos em sua lista negra; nada do que disséssemos mudaria sua decisão de fazer conosco o que fizera com Jay e Everett Hamlyn e estava tentando fazer com sua filha, que não queria fazer o obséquio de morrer. Se houvesse escuta dos policiais, na-

da do que disséssemos seria diferente do que disséramos na delegacia, porque não tínhamos nada para esconder.
"Por que Trevor deseja tanto a morte da filha?", perguntou Angie.
"E por que ela se obstina em continuar viva?"
"Uma coisa de cada vez."
"Tudo bem." Apoiei meus tornozelos no parapeito e beberiquei minha cerveja. "Trevor quer matar a filha porque, sabe-se lá como, ela descobriu que ele matou Lisardo."
"E por que ele matou Lisardo?"
Olhei para ela. "Porque..."
"Sim?", disse ela acendendo um cigarro.
"Não tenho idéia." Dei um trago em seu cigarro para controlar o efeito da adrenalina que circulava em meu sangue desde que eu fora atirado para fora do carro, vinte horas antes.
Ela pegou o cigarro de volta e ficou olhando para ele. "Mesmo que ele tenha matado Lisardo e que ela tenha descoberto — ainda assim —, por que haveria ele de matá-la? Ele estaria morto antes de um julgamento, e seus advogados o manteriam fora das grades até lá. Então, por que toda essa sanha?"
"Pois é."
"E depois, toda essa história de agonia..."
"O quê?"
"A maioria das pessoas que estão à morte tenta se reconciliar com Deus, com a família, com o mundo em geral."
"Mas Trevor não."
"Exatamente. Se ele está mesmo para morrer, o seu ódio por Desiree deve ser tão profundo que foge à compreensão da maioria das pessoas."
"Se é que ele está morrendo", eu disse.
Ela concordou com um gesto de cabeça e apagou o cigarro. "Vamos considerar essa possibilidade por um instante. Como podemos ter certeza de que ele está para morrer?"
"Basta olhar bem para ele."

Ela abriu a boca como para responder, mas logo a fechou e abaixou a cabeça em direção aos joelhos por um instante. Quando levantou a cabeça, afastou os cabelos do rosto e recostou-se na cadeira. "Tem razão", disse ela. "Grande bobagem. O sujeito já está com um pé na cova."

"Então", eu disse, "estamos de volta ao princípio. O que faz um sujeito odiar alguém, mas especialmente o sangue de seu sangue, ao ponto de decidir gastar seus últimos dias entregando-se a uma verdadeira caçada?"

"Jay insinuou uma história de incesto", disse Angie.

"Certo. Papai ama demais sua filhinha. Eles têm uma relação marital, até que aparece alguém para atrapalhar."

"Anthony Lisardo. De volta a ele, mais uma vez."

Balancei a cabeça. "Aí o papai acaba com ele."

"E como isso aconteceu logo depois da morte da mãe, ela entra em depressão, conhece Price, que manipula seu sofrimento e a envolve no roubo de dois milhões."

Voltei a cabeça e olhei para ela. "Por quê?"

"Por que o quê?"

"Que motivos teria Price para fazê-la sua cúmplice? Não digo que ele não quisesse tê-la como companheira de viagem por algum tempo, mas por que envolvê-la na trama?"

Ela bateu a garrafa de cerveja na coxa. "Tem razão. Não havia necessidade." Ela ergueu a garrafa e bebeu. "Meu Deus, como estou confusa."

Deixamo-nos ficar em silêncio matutando naquilo enquanto a lua banhava a baía de Tampa de uma luz perolada, e as estrias cor-de-rosa do céu empalideciam pouco a pouco. Entrei no quarto, peguei mais duas cervejas e voltei para a sacada.

"Preto é branco", eu disse.

"Ahn?"

"Foi você quem disse. Preto é branco. Em cima é embaixo, neste caso."

"Tem razão. Tem toda a razão."

"Você viu *Rashomon*?"

"Parece um filme sobre um sujeito que tem pé-de-atleta."
Olhei-a com os olhos semicerrados.
"Desculpe", disse ela num tom leviano. "Não, Patrick, nunca vi *Rasho-*não sei o quê."
"Um filme japonês", eu disse. "O filme inteiro mostra o mesmo acontecimento contado de quatro maneiras diferentes."
"Por quê?"
"Bem, é o julgamento de um caso de estupro e assassinato. E as quatro pessoas que estavam na cena do crime dão versões completamente diferentes do que se passou. Então você acompanha cada versão e tenta descobrir quem está falando a verdade."
"Certa vez vi um episódio de *Jornada nas estrelas* que era assim."
"Você precisa ver menos *Jornada nas estrelas*", eu disse.
"Ei, pelo menos é fácil de pronunciar. Não é como o seu *Rashaweed.*"
"*Rashomon.*" Cocei a ponta do nariz com o polegar e o indicador e fechei os olhos. "O que quero dizer..."
"Sim?"
"É que a gente pode estar vendo tudo do ângulo errado", eu disse. "Com certeza, desde o princípio aceitamos mentiras como sendo a pura verdade."
"Como achar que Trevor era um cara legal, e não um maníaco homicida e incestuoso?"
"Isso mesmo", eu disse.
"Então, que outras coisas podemos estar interpretando errado?"
"Desiree", eu disse.
"O que tem ela?"
"Tudo que diz respeito a ela." Inclinei-me para a frente, cotovelos apoiados nos joelhos, olhando a baía lá embaixo através das grades do parapeito, as três pontes cruzando

as águas quietas, cada uma delas deformando e refratando o luar à sua maneira. "O que você sabe sobre Desiree?"

"Ela é bonita."

"Certo. Como você sabe?"

"Oh, meu Deus. Você está dando uma de jesuíta comigo outra vez, não é?"

"Me responda. Como sabemos que Desiree é bonita?"

"Pelas fotografias. Pelo que pudemos entrever na ponte, na noite passada."

"Certo. Nosso conhecimento, visto com os nossos próprio olhos, baseado em nossa experiência pessoal e no contato com Desiree e com esse aspecto particular de sua pessoa. CQD."

"Você pode repetir?"

"Ela é uma mulher bonita. É só o que sabemos sobre ela, porque é a única coisa que podemos testemunhar. Tudo o mais que sabemos sobre ela é de ouvir falar. Seu pai nos disse um monte de coisas sobre ela, mas com certeza pensa o contrário, não é?"

"Sim."

"E o que ele nos disse no princípio é verdade?"

"Você se refere àquela história de depressão?"

"Refiro-me a tudo. Zumbi diz que ela é uma criatura bonita, maravilhosa. Mas Zumbi trabalha para Trevor, por isso podemos concluir que ele mente o tempo todo."

Os olhos dela agora cintilavam. Ela endireitou o corpo. "E com certeza Jay estava totalmente enganado quando nos disse que ela morrera."

"Exatamente."

"E todas as suas impressões sobre ela podem ter sido totalmente equivocadas."

"Ou embotadas pelo amor ou pela paixão."

"Ei", disse ela.

"O quê?"

"Se Desiree não morreu, de quem era o corpo com o suéter de Jay e o rosto destruído pelo tiro de espingarda?"

Peguei o telefone do quarto, levei-o à sacada e liguei para Devin Amronklin.

"Você conhece algum policial de Clearwater?", perguntei.

"Devo conhecer alguém que conhece alguém."

"Você pode se informar se identificaram uma mulher assassinada a tiros no Ambassador Hotel, quatro dias atrás?"

"Passe o seu número."

Eu passei, e Angie e eu giramos nossas cadeiras até ficarem frente a frente.

"Suponhamos que Desiree não seja essa maravilha toda", eu disse.

"Vamos supor coisa ainda pior", disse ela. "Vamos considerar que ela é filha de quem é e que o fruto nunca cai longe da árvore. E se ela tiver induzido Price a planejar o roubo?"

"Como ela haveria de saber que o dinheiro estava lá?"

"Não sei. Depois a gente pensa nisso. Então ela leva Price a cometer o roubo..."

"Mas depois de algum tempo Price pensou: 'Ei, essa moça não é boa coisa. Ela vai me chutar na primeira oportunidade', e então ele se livra dela."

"E leva o dinheiro. Mas ela o quer de volta."

"Mas não sabe onde ele o escondeu."

"E aí aparece Jay."

"O instrumento ideal para pressionar Price", eu disse.

"Então Desiree tem um palpite de onde possa estar o dinheiro. Mas ela tem um problema. Se ela simplesmente o roubar, vai ter atrás dela não apenas o pai, mas também Price e Jay."

"Então o ideal é estar morta", eu disse.

"E ela sabe que Jay vai acertar as contas com Price."

"E com certeza vai parar na cadeia por causa disso."

"Será que ela pode ser tão vil?", disse Angie.

Dei de ombros. "Por que não?"

"Então ela está morta", disse Angie. "E Price também. E depois Jay. Nesse caso, por que aparecer ontem à noite?"

Eu não sabia responder a essa questão.
Angie também não.
Mas Desiree sim.
Ela irrompeu na sacada de arma em punho e disse: "Porque preciso da ajuda de vocês".

# 30

"Bela arma", eu disse. "Você a escolheu para combinar com a roupa, ou foi o contrário?"

Ela veio para a sacada, a arma tremendo levemente em sua mão, apontada para um ponto qualquer entre o nariz de Angie e minha boca.

"Escutem aqui", disse Desiree. "Caso vocês não tenham notado, estou nervosa, não sei em quem confiar e preciso de sua ajuda, mas não sei se posso confiar em vocês."

"Tal pai, tal filha", disse Angie.

Dei uma palmadinha em seu joelho. "Tirou as palavras de minha boca."

"O quê?", disse Desiree.

Angie tomou um gole de cerveja e olhou para Desiree. "Seu pai, senhorita Stone, nos raptou para poder conversar conosco. Agora você está apontando uma arma para nós, pelo visto pela mesma razão."

"Sinto muito, mas..."

"Não gostamos de armas", eu disse. "Com certeza Nó-Cego lhe diria isso se ainda estivesse vivo."

"Quem?", disse ela colocando-se prudentemente atrás de minha cadeira.

"Graham Clifton", disse Angie. "A gente o chamava de Nó-Cego."

"Por quê?"

"Por que não?", eu disse voltando a cabeça. Ela avançava lentamente ao longo do parapeito, parando em seguida a uns dois metros de nós, a arma sempre apontada para o espaço entre mim e Angie.

E, Deus meu, como era bonita. Eu namorei muitas mulheres bonitas em minha vida. Mulheres que julgavam os próprios méritos pela aparência física, porque o mundo as julgava por esse mesmo padrão. Esbeltas ou voluptuosas, altas ou baixas, mulheres lindas de doer que faziam os homens à sua volta perderem a fala.

Mas nenhuma chegava aos pés de Desiree. Sua perfeição física era palpável. Sua pele parecia recobrir ossos que eram ao mesmo tempo delicados e pronunciados. Seus seios, livres de sutiã, avultavam contra o fino tecido do vestido cada vez que ela inspirava. O próprio vestido, uma coisinha simples de algodão cor de pêssego, talhado para ser funcional e folgado, não podia fazer grande coisa para esconder as linhas vigorosas de seu abdome nem as linhas graciosas e firmes de suas coxas.

Seus olhos de jade cintilavam, e pareciam ainda mais brilhantes por causa do nervosismo e do cálido tom dourado do pôr-do-sol que sua pele refletia.

Ela não ignorava, porém, o efeito que produzia. Durante toda a nossa conversa, seu olhar mal se dirigia a Angie. Mas quando falava comigo, mergulhava seus olhos nos meus, inclinando-se em minha direção de forma quase imperceptível.

"Senhorita Stone", eu disse. "Largue essa arma."

"Não posso fazer isso. Eu não... quer dizer, não sei se..."

"Largue essa arma ou atire em nós", disse Angie. "Você tem cinco segundos."

"Eu..."

"Um", disse Angie.

Seus olhos se encheram de lágrimas.

"Dois."

Desiree olhou para mim, mas fiquei impassível.

"Três."

"Escutem..."

"Quatro", disse Angie virando a cadeira para a direita, e o metal raspou no concreto fazendo um pequeno ruído.

"Não se mexa", disse Desiree, voltando para Angie a arma trêmula.

"Cinco", disse Angie levantando-se.

Desiree apontou-lhe a arma com as mãos trêmulas, e eu dei um tapa com força em sua mão.

A arma bateu no parapeito, e eu a peguei antes que pudesse cair no jardim, seis andares abaixo. E foi uma sorte, porque quando olhei para baixo vi alguns meninos brincando no parquinho próximo ao jardim do hotel.

Olhe o que eu achei, mamãe. Bum.

Desiree mergulhou o rosto nas mãos por um instante, e Angie olhou para mim.

Dei de ombros. A arma de Desiree era uma pistola automática Ruger, calibre vinte e dois. Aço inoxidável. Ela me pareceu leve em minha mão, mas não se deve confiar nesse tipo de impressão quando se trata de arma de fogo. Armas nunca são leves.

Ela não mexera na trava de segurança. Eu tirei o carregador da arma, apoiando-o na minha tipóia, para em seguida colocá-lo no bolso direito, e a pistola no bolso esquerdo.

Desiree levantou a cabeça, os olhos vermelhos. "Não suporto mais."

"Não suporta o quê?", perguntou Angie trazendo mais uma cadeira. "Sente-se."

Desiree se sentou. "Isto. Armas, morte e... Por Deus, não suporto mais..."

"Você roubou a Igreja da Verdade e da Revelação?"

Ela fez que sim com a cabeça.

"A idéia foi sua, não de Price."

Ela fez um meio sinal com a cabeça. "A idéia foi dele. Mas eu o estimulei depois que ele me falou."

"Por quê?"

"Por quê?", disse ela, as lágrimas a escorrer-lhe pelas faces, caindo nos joelhos, logo abaixo da barra do vestido. "Por quê? A gente tem de..." Ela aspirou o ar pela boca, levantou os olhos para o céu, enxugou os olhos. "Meu pai matou minha mãe."

Por essa eu não esperava. Lancei um olhar a Angie. Ela também não.

"No acidente de carro que quase o matou?", disse Angie. "Está falando sério?"

Desiree balançou a cabeça várias vezes.

"Vamos tirar tudo a limpo", eu disse. "Seu pai forjou um acidente de carro. É isso o que quer dizer?"

"Sim."

"E pagou aqueles homens para lhe darem três tiros?"

"Isso não estava nos planos", disse ela.

"Bem, dá pra imaginar que não", disse Angie.

Desiree olhou para Angie e piscou os olhos. Em seguida olhou para mim, olhos bem abertos. "Ele já pagara os homens. Quando tudo deu errado e o carro capotou, eles entraram em pânico e atiraram nele depois de matar minha mãe."

"Mentira", disse Angie.

Os olhos de Desiree se arregalaram ainda mais. Ela voltou a cabeça para um ponto neutro entre nós dois, e por um instante ficou fitando o chão.

"Desiree", eu disse. "Essa história tem tantos furos que parece um queijo suíço."

"Por exemplo", disse Angie. "Por que os caras, que foram presos e julgados, não contaram tudo à polícia?"

"Porque eles não sabiam que meu pai os tinha contratado", disse ela. "Certo dia alguém entra em contato com uma pessoa e a contrata para matar uma mulher. O marido vai estar com ela — diz a tal pessoa — mas não deve ser morto. Só ela."

Pensamos naquela história por algum tempo.

Desiree ficou nos observando, depois acrescentou: "Havia uma série de intermediários. Quando a coisa chegou aos verdadeiros assassinos, eles não sabiam de onde partira a ordem".

"Mais uma vez: por que, então, atirar em seu pai?"

"Só posso lhes dizer o que já disse antes — eles entraram em pânico. Vocês leram sobre o caso?"

"Não", respondi.

"Se tivessem lido, iam ver que os três assassinos não são o que se pode chamar de brilhantes. Eram uns garotos estúpidos, e não foram contratados por causa de sua massa cinzenta. Foram contratados porque podiam matar uma pessoa sem perder o sono por causa disso."

Olhei para Angie novamente. Era um troço completamente abstruso, estranho, mas de certa forma fazia algum sentido.

"Por que seu pai queria matar sua mãe?"

"Ela estava querendo divorciar-se dele. E queria metade de sua fortuna. Se o caso fosse ao tribunal, ela iria revelar todas as coisas sórdidas de sua vida conjugal. Que ele a comprou, que me violou quando eu tinha catorze anos e continuou me molestando ao longo dos anos, mil outros podres que ela sabia dele." Ela fitou as próprias mãos, virou as palmas para cima, depois novamente para baixo. "A alternativa era matá-la. Ele já fizera isso com outras pessoas."

"E ele quer matá-la porque você sabe disso", disse Angie.

"Sim", disse ela, e a palavra lhe saiu quase como um silvo.

"Como você sabe?", perguntei.

"Quando ele voltou do hospital, depois da morte dela, ouvi-o conversando com Julian e Graham. Ele estava furioso porque os três assassinos tinham sido presos, em vez de ser eliminados, pura e simplesmente. Para sua sorte, os três rapazes foram pegos com as armas na mão e confessaram. Caso contrário, meu pai teria contratado um bom advogado e comprado um ou dois juízes para tirá-los da cadeia. E mal os dois pusessem os pés na rua, ele os mandaria torturar e matar." Por um instante ela ficou mordendo o lábio inferior. "Meu pai é o homem mais perigoso do mundo."

"Nós também estamos começando a achar isso", eu disse.

"Quem era a mulher que foi morta no Ambassador Hotel?", perguntou Angie.

"Não quero falar sobre isso." Ela balançou a cabeça, depois levantou os joelhos até a altura do queixo, pôs os pés na borda da cadeira e abraçou as próprias pernas.

"Você não tem escolha", disse Angie.

"Oh, meu Deus." Ela encostou a cabeça nos joelhos por um instante, os olhos fechados.

Alguns instantes depois eu disse: "Tente outro caminho. Por que você foi ao hotel? Por que de repente você achou que sabia onde estava o dinheiro?".

"Por uma coisa que Jay falou", disse ela ainda de olhos fechados, a voz quase um sussurro.

"O que Jay disse?"

"Ele disse que o quarto de Price estava cheio de baldes de água."

"Água."

Ela levantou a cabeça. "Na verdade baldes de gelo já meio derretido. E eu lembrei que vira a mesma coisa num dos motéis em que paramos durante a viagem. Price e eu. Ele ia muitas vezes à máquina de gelo. Ele pegava um pouco de gelo de cada vez, nunca enchia o balde. E ficava dizendo que gostava de seus drinks bem gelados. E usava para isso gelo recém-tirado da máquina. Segundo ele, o gelo que ficava em cima era melhor, porque os hotéis nunca substituíam o gelo sujo e a água que ficava no fundo. Lembro-me de ter percebido que ele estava contando um monte de mentiras, mas não sabia por quê, e na ocasião eu estava exausta demais para me preocupar com aquilo. Além disso eu começara a ter medo dele. Ele tirou o dinheiro de mim na nossa segunda noite de viagem e não quis me dizer onde ele estava. De qualquer modo, quando Jay mencionou os baldes, comecei a pensar no comportamento de Price na Carolina do Sul." Ela se voltou para

mim e me brindou com os seus luminosos olhos de jade.
"Estava embaixo do gelo."
"O dinheiro?", perguntou Angie.
Ela fez que sim. "Num saco de lixo, no fundo da máquina, no quarto andar, na frente de seu quarto."
"Bem ousado", eu disse.
"Mas não era fácil chegar até ele", disse Desiree. "Era preciso retirar todo o gelo; forçando os braços pela pequena abertura da máquina. Foi assim que Price me encontrou quando voltou da casa de seus comparsas."
"Ele estava sozinho?"
Ela balançou a cabeça. "Estava com uma moça. Parecia uma prostituta. Eu já o vira com ela antes."
"Mesma cor de cabelo, mesma estatura, mesmo peso que o seu?", perguntei.
Ela fez que sim. "Ela era uns poucos centímetros mais baixa, mas nada que se pudesse notar, a menos que estivéssemos de pé, lado a lado. Ela era cubana, acho, e seu rosto era bem diferente do meu. Mas..." Ela sacudiu os ombros.
"Continue", disse Angie.
"Eles me levaram para o quarto. Price se drogara, não sei com quê. O fato é que estava possesso, completamente paranóico. Eles..."
Ela se voltou para olhar a água lá embaixo, depois continuou num murmúrio.
"Eles fizeram coisas comigo."
"Os dois?"
Ela manteve os olhos fixos na água. "O que você acha?" Sua voz agora estava perturbada, rouca. "Depois, a mulher vestiu as minhas roupas. Acho que para zombar de mim. Eles me envolveram num roupão de banho e me levaram para o bairro de College Hill, em Tampa. Vocês conhecem?"
Negamos com um movimento de cabeça.
"É o South Bronx daqui. Eles arrancaram o roupão de mim, me empurraram para fora do carro e foram embora

rindo." Por um momento ela cobriu os lábios com a mão trêmula. "Eu... consegui voltar. Roubei algumas roupas de um varal, voltei como pude para o Ambassador, mas havia policiais em toda parte. E no quarto de Price jazia um cadáver com o suéter que Jay me dera."

"Por que Price a matou?", perguntei.

Ela sacudiu os ombros, os olhos novamente úmidos e vermelhos. "Acho que porque ela deve ter se perguntado o que eu estava fazendo na máquina de gelo. Talvez ela tivesse tirado suas conclusões, e Price não confiava nela. Não sei ao certo. Ele era um homem doente."

"Por que você não entrou em contato com Jay?", perguntei.

"Ele tinha ido embora. Atrás de Price. Deixei-me ficar em nossa cabana na praia esperando por ele, fiquei sabendo então que ele estava na cadeia, e aí o traí." Ela cerrou as mandíbulas, e as lágrimas jorraram.

"Você o traiu?", perguntei. "Como?"

"Não fui vê-lo na cadeia. Pensei, meu Deus, com certeza as pessoas me viram com Price, talvez também com a garota assassinada. De que adiantaria ir visitar Jay na prisão? Só iria me implicar. Eu pirei. Perdi a cabeça, fiquei assim por um ou dois dias. E então pensei: que se dane, vou tirar ele de lá, pedir que me fale onde está o dinheiro, para que eu possa pagar a fiança."

"Mas?"

"Mas àquela altura ele já tinha ido embora com vocês. E quando encontrei vocês todos..." Ela tirou um maço de Dunhill da bolsa, acendeu um com um fino isqueiro dourado, aspirou a fumaça e expirou com a cabeça levantada para o céu. "Quando eu dei com vocês, Jay, o senhor Cushing e Graham Clifton estavam mortos. E eu nada podia fazer, a não ser ficar por ali e olhar." Ela balançou a cabeça, amargurada. "Como uma idiota."

"Mesmo que tivesse nos alcançado a tempo", disse Angie, "você não podia ter feito nada para dar outro rumo ao que aconteceu."

"Bem, nunca saberemos, não é?", disse Desiree com um sorriso triste.

Angie respondeu com um sorriso triste. "Não, acho que não."

Ela estava sem dinheiro e sem ter para onde ir. O que Price fizera com os dois milhões depois de matar a outra mulher e fugir do Ambassador era um segredo que morrera junto com ele.

Nosso interrogatório parecia tê-la exaurido, e Angie ofereceu-lhe o quarto para que ela passasse a noite.

Desiree disse: "Basta um cochilo e eu estarei em forma". Mas quando passamos pelo quarto de Angie cinco minutos depois, Desiree estava caída de bruços, ainda vestida, em cima da colcha, mergulhada no mais profundo sono.

Voltamos para o meu quarto, fechamos a porta, e o telefone tocou. Era Devin.

"Você ainda quer saber o nome da moça assassinada?"

"Sim."

"Illiana Carmen Rios. Uma prostituta. Último endereço, pelo que se sabe: Seventeenth Street Northeast, 112, em St. Petersburg."

"Antecedentes?"

"Condenada uma dezena de vezes por prostituição. Pelo menos ela não vai ter mais de pegar cadeia."


"Eu não sei", disse Angie quando estávamos no banheiro, com o chuveiro ligado. Mais uma vez, tínhamos de levar em conta a possibilidade de o quarto estar sob escuta.

"Não sabe o quê?", eu disse observando as nuvens de vapor que se erguiam da banheira.

Ela se encostou na pia. "O que pensar dela. Quer dizer, todas essas histórias que ela contou parecem um tanto fantásticas, não acha?"

Fiz que sim. "Mas o mesmo se pode dizer de todas que temos ouvido desde o começo desse caso."

"É isso que me incomoda. Desde que esse caso começou só ouvimos mentiras ou meias mentiras o tempo todo. E por que ela precisa de nós?"

"Proteção?"

Ela soltou um suspiro. "Não sei. Você confia nela?"

"Não."

"Por que não?"

"Porque não confio em ninguém, exceto você."

"Ei, essa fala é minha."

"É mesmo", respondi com um sorriso. "Desculpe."

Ela fez um gesto com a mão. "Vá em frente. Pode usar. O que é meu é seu."

"É mesmo?"

"Sim", disse ela voltando o rosto para o meu. "Falo sério", disse ela ternamente.

"É recíproco", eu disse.

Sua mão desapareceu no vapor por um instante, então a senti em meu pescoço.

"Como está o seu ombro?", perguntou ela.

"Dolorido. Meu quadril também."

"Vou me lembrar disso", disse ela. Então se inclinou para tirar minha camisa de dentro da calça. Quando ela beijou a pele em volta da atadura acima do meu quadril, sua língua parecia elétrica.

Inclinei-me e enlacei sua cintura com meu braço são. Levantei-a do chão, fi-la sentar na pia e beijei-a enquanto ela me abraçava com as pernas e suas sandálias caíam no chão. Por pelo menos cinco minutos, mal conseguíamos respirar. Nos últimos meses, eu ansiava por sua língua, por seus lábios, mas não era só isso: o desejo me deixara de miolo mole.

"Mesmo estando exaustos", disse ela quando rocei o

seu pescoço com a língua, "desta vez só vamos parar quando nós dois desmaiarmos."

"Fechado", murmurei.

Aí pelas quatro da manhã, nós finalmente desmaiamos. Ela caiu no sono colada ao meu peito. As pálpebras pesadas, de repente me perguntei, pouco antes de perder a consciência, como pude pensar que Desiree — mesmo por uma fração de segundo —, que Desiree era a mulher mais bonita que eu vira na vida.

Contemplei Angie dormindo nua sobre meu peito, os arranhões em seu rosto, as áreas inchadas, e só naquele instante, e pela primeira vez em minha vida, comecei a entender alguma coisa sobre a verdadeira beleza.

# 31

"Olá."

Abri um olho e olhei para o rosto de Desiree Stone.

"Olá", repetiu ela, quase sussurrando.

"Olá", eu disse.

"Quer café?", perguntou.

"Claro."

"Psst." Ela pôs o dedo nos lábios.

Virei-me e vi Angie dormindo profundamente ao meu lado.

"Está no outro quarto", disse Desiree enquanto saía.

Sentei-me na cama e peguei meu relógio na mesa-de-cabeceira. Dez da manhã. Eu dormira durante seis horas, mas pareciam seis minutos. Antes dessas horas de sono, eu já estava sem dormir havia pelo menos quarenta e oito horas. Mas eu imaginava que não ia poder dormir durante o dia.

Mas pelo visto Angie estava decidida a aproveitar bem.

Ela estava encolhida naquela posição fetal que eu tantas vezes vira no curso daqueles meses em que ela vinha dormindo no chão de minha sala. O lençol escorregara, ela estava descoberta da cintura para baixo, eu me inclinei e o puxei para cobrir as suas pernas e o enfiei sob o canto do colchão.

Ela não se mexeu, nem ao menos soltou um suspiro, quando me levantei da cama. Vesti uma calça jeans e uma camiseta de manga comprida no maior silêncio, fui até a porta que ligava os dois quartos e então parei. Voltei, contornei a cama, ajoelhei-me ao seu lado, toquei o seu rosto quente com a palma da mão, beijei seus lábios levemente, senti o seu cheiro.

Nas últimas trinta e duas horas, eu levara um tiro, fora jogado de um carro em alta velocidade, quebrara a omoplata, fora crivado de inúmeros pedaços de vidro, matara um homem a tiros, perdera bem meio litro de sangue e fora submetido a doze horas de um interrogatório agressivo, num cubículo sufocante. Não obstante, não sei por quê, com o rosto de Angie aquecendo a minha mão, nunca me senti melhor em minha vida.

Achei minha tipóia no chão do banheiro, coloquei meu braço ferido nela e dirigi-me ao outro quarto.

As pesadas cortinas pretas impediam a entrada do sol, e somente uma luzinha na mesa-de-cabeceira iluminava o quarto fracamente. Desiree estava sentada numa poltrona ao lado da mesa-de-cabeceira, tomando café, dando a impressão de estar nua.

"Senhorita Stone?"

"Entre. Pode me chamar de Desiree."

Apertei os olhos para ver melhor enquanto ela se levantava. Vi então que ela usava um biquíni à moda francesa, de uma bela cor de mel, ligeiramente mais clara que o tom de sua pele. Cabelos presos na nuca, ela se aproximou de mim e pôs em minhas mãos uma xícara de café.

"Não sei como você costuma tomar", disse ela. "Tem creme e açúcar no balcão."

Acendi outra lâmpada, fui ao balcão da cozinha e vi o creme e o açúcar junto da cafeteira.

"Você foi nadar um pouco?", perguntei voltando para junto dela.

"Só para desanuviar um pouco a mente. É melhor do que café, pode acreditar."

Pode até ter desanuviado a sua mente, mas a minha estava entrando em parafuso.

Ela se sentou novamente na cadeira, a qual, eu acabava de notar, estava protegida da umidade de sua pele e de seu biquíni pelo roupão de banho que ela tirara em algum momento antes de levantar-se.

Ela disse: "Você prefere que eu ponha o roupão novamente?".

"Faça como achar melhor". Sentei-me à beira da cama. "Bom, o que está havendo?"

"Hum?" Ela olhou para o próprio roupão, mas não o vestiu. Dobrou os joelhos, apoiou os pés na beira da cama.

"O que está havendo? Você me acordou por alguma razão, imagino."

"Parto dentro de duas horas."

"Para onde?", perguntei.

"Boston."

"Acho que isso não faz muito sentido."

"Eu sei." Ela enxugou umas gotas de suor do lábio superior. "Mas amanhã à noite meu pai não vai estar em casa, e eu vou entrar lá."

"Por quê?"

Ela se inclinou para a frente, pressionando o seio contra os joelhos. "Tenho umas coisas naquela casa."

"Coisas pelas quais vale a pena morrer?" Tomei um gole de café, quando mais não fosse para ter para onde olhar.

"Coisas que minha mãe me deu. Que têm um valor afetivo."

"E quando ele morrer", eu disse, "com certeza continuarão lá. E aí você poderá pegá-las."

Ela balançou a cabeça. "Quando ele morrer, o que quero pegar pode não estar mais lá. Um pulinho na casa, na noite em que ele vai estar fora, e estarei livre."

"Como você sabe que ele não vai estar lá?"

"Amanhã à noite é a assembléia anual dos acionistas de sua maior empresa, a Consolidated Petroleum. Eles a realizam uma vez por ano no Harvard Club Room, na One Federal. Na mesma data, no mesmo horário, chova ou faça sol."

"E por que ele iria? Ele não vai poder ir no próximo ano."

Ela se recostou, colocou a xícara de café na mesa-de-cabeceira. "Você ainda não conseguiu entender meu pai, não é?"

"Não, senhorita Stone. Acho que não."

Ela balançou a cabeça e, distraidamente, limpou com um dedo uma gota de água que deslizava pela panturrilha direita. "Meu pai não acredita que esteja à beira da morte. E se acreditar vai usar até o último centavo que lhe restar para comprar a imortalidade. Ele é acionista majoritário de mais de vinte empresas. Sua carteira de ações nos Estados Unidos é mais volumosa que a lista telefônica da Cidade do México."

"É um baita volume", eu disse.

Pelos seus olhos de jade perpassou um brilho fugaz, um brilho de raiva.

"Sim", disse ela com um sorriso manso. "É sim. Ele vai passar seus últimos meses tomando providências para que cada uma das empresas aplique recursos para alguma coisa em seu nome — uma biblioteca, um laboratório de pesquisas, um parque público..."

"E se ele morrer como vai poder garantir que todo esse processo de imortalização vai se efetivar?"

"Danny", disse ela.

"Danny?", perguntei.

Seus lábios se entreabriram, e ela pegou a xícara de café. "Daniel Griffin, o advogado pessoal de meu pai."

"Ah", fiz eu. "Até eu já ouvi falar dele."

"Talvez o único advogado mais poderoso do que o seu, Patrick."

Foi a primeira vez que ouvi meu nome em seus lábios. Aquilo teve um efeito surpreendentemente agradável, como uma mão calorosa pousando em meu coração.

"Como você sabe quem é meu advogado?"

"Certa vez Jay me falou de você."

"É mesmo?"

"Por quase uma hora, certa noite. Ele considerava você como o irmão mais novo que ele nunca teve. Disse que você era a única pessoa em quem ele confiava de verdade. Ele disse que se alguma coisa acontecesse com ele, eu devia procurar você."

Vislumbrei por um instante Jay sentado à minha frente no Ambrosia, em Huntington, na última vez que saímos juntos. Ele estava rindo, um pesado copo de uísque na mão bem-cuidada, o cabelo impecavelmente penteado, irradiando a confiança de um homem que não se lembrava mais da última vez que se sentira inseguro em relação a alguma coisa. Depois o revi sendo carregado da baía de Tampa, a pele inchada e descorada, os olhos fechados, parecendo não ter mais de catorze anos.

"Eu gostava de Jay", eu disse, e no instante em que as palavras me saíram da boca eu não sabia por que as dissera. Talvez fosse verdade. Ou talvez eu quisesse ver qual seria a reação de Desiree.

"Eu também", disse ela fechando os olhos. Quando ela os abriu, eles estavam úmidos. "E ele gostava de você. Ele disse que você era digno de confiança. Que todo tipo de gente, de todos os meios sociais, confiava totalmente em você. Foi quando ele me disse que Cheswick Hartman trabalhava de graça para você."

"Mas o que quer de mim, senhorita Stone?"

"Desiree", disse ela. "Por favor."

"Desiree", eu disse.

"Eu quero que você me dê cobertura amanhã à noite. Julian deve ir com meu pai para a One Federal, mas caso alguma coisa dê errado..."

"Você sabe como evitar o sistema de alarme?"

"Sim, a menos que ele o tenha mudado, do que duvido. Ele não está esperando que eu tente algo suicida."

"E essas... heranças", eu disse por falta de uma palavra melhor, "valem o risco?"

Ela se inclinou para a frente novamente e segurou os tornozelos com as mãos. "Minha mãe escreveu suas memórias, pouco antes de morrer. Ela contou sua juventude na Guatemala, histórias de sua mãe e de seu pai, irmãos e irmãs, toda uma parte de minha família que nunca conheci e da qual nunca ouvi falar. O relato termina no dia em que meu pai chegou à cidade. Nele não há nada de muito importante, mas ela o deu a mim pouco antes de morrer. Eu o escondi, e me é insuportável a idéia de que ainda se encontra naquela casa e pode ser achado. Se meu pai o encontra, com certeza o destrói. E então a última lembrança que minha mãe me deixou também vai desaparecer." Seu olhar procurou o meu. "Você vai me ajudar, Patrick?"

Pensei em sua mãe. Inez. Comprada aos catorze anos de idade por um homem que achava que tudo está à venda. E, infelizmente, quase sempre os fatos lhe davam razão. Que tipo de vida levara ela naquela casa enorme com aquele megalomaníaco louco?

Suponho que uma vida cujo único consolo era pegar caneta e papel e escrever sobre a época anterior à chegada daquele homem que a levou embora. E com quem poderia partilhar seus pensamentos mais íntimos? Sua filha, naturalmente, tão aprisionada e conspurcada por Trevor quanto ela própria.

"Por favor", disse Desiree. "Você vai me ajudar?"
"Claro", eu disse.
Ela estendeu o braço e tomou a minha mão. "Obrigada."
"Não há de quê."
Seu polegar deslizou pela palma de minha mão. "Não", disse ela. "Estou falando sinceramente."
"Eu também", eu disse. "Não há de quê. Falo sério."
"Você e a senhorita Gennaro...?", disse ela. "Quer dizer, faz tempo que vocês estão...?"
Deixei que a pergunta ficasse pairando nos poucos centímetros que nos separavam.

Sua mão soltou a minha, e ela sorriu. "Todos os caras legais já têm dona", disse ela. "É claro."

Ela se recostou na cadeira; eu sustentei o seu olhar, e ela não desviou os olhos. Por um minuto inteiro, fitamonos em silêncio, e então sua sobrancelha esquerda se ergueu ligeiramente.

"A menos que..."

"Realmente têm mesmo", eu disse. "Na verdade um dos últimos caras legais, Desiree..."

"Sim?"

"Caiu de uma ponte na noite passada."

Eu me levantei.

Ela cruzou as pernas na altura dos tornozelos.

"Obrigado pelo café. Como você vai para o aeroporto?"

"Ainda estou com o carro que Jay alugou para mim. É preciso devolvê-lo à agência hoje à noite."

"Quer que eu leve você e depois o devolva?"

"Se você não se importar", disse ela, olhos fitos na xícara de café.

"Vista-se. Volto daqui a pouco."


Angie ainda estava dormindo tão profundamente que para despertá-la só mesmo uma granada de mão. Deixei um bilhete para ela. Eu e Desiree fomos até o seu Grand Am alugado, e ela foi dirigindo até o aeroporto.

Era mais um dia quente, ensolarado. Igual a todos os outros que tivéramos desde que chegamos. Eu já sabia por experiência própria que por volta das três da tarde choveria por cerca de meia hora, e esfriaria um pouco, depois a umidade iria evaporar, e faria um calor brutal até o pôr-do-sol.

"Sobre o que aconteceu lá no quarto...", disse Desiree.

"Esqueça", eu disse.

"Não. Eu amei Jay. Mesmo. E mal conheço você."

"É verdade", eu disse.

"Mas talvez, não sei... Você já ouviu falar da patologia que as vítimas de abuso sexual e incesto desenvolvem, Patrick?"

"Sim, Desiree. Já sim. Foi por isso que eu falei para você esquecer."

Entramos na pista que leva ao aeroporto e nos dirigimos ao terminal Delta, seguindo as placas de sinalização vermelhas.

"Como você comprou a passagem?", perguntei.

"Foi Jay. Ele comprou duas."

"Jay concordava com esse seu plano?"

Ela fez que sim. "Ele comprou duas", repetiu ela.

"Eu ouvi quando você falou a primeira vez, Desiree." Ela voltou a cabeça. "Você pode voltar dentro de dois dias. Nesse meio tempo, a senhorita Gennaro pode tomar sol, dar umas voltas, relaxar."

Ela parou no terminal Delta.

"Onde você quer nos encontrar em Boston?", perguntei. Ela ficou olhando pela janela por um instante, as mãos no volante, os dedos tamborilando de leve, a respiração curta. Então ela remexeu na bolsa, distraída, depois pegou no banco de trás uma mochila esportiva de couro preto. Ela estava com um boné de beisebol na cabeça, virado para trás, short cáqui, uma camisa masculina de brim com as mangas arregaçadas até os cotovelos. Nada de mais, e ainda assim ela iria provocar torcicolos em muitos homens com quem cruzasse no aeroporto. Enquanto estava ali, tive a impressão de que o carro se encolhia à nossa volta.

"Ahn... o que você perguntou?", disse ela.

"Onde e quando nos encontramos amanhã?"

"Quando você vai chegar?"

"Provavelmente amanhã à tarde", eu disse.

"Por que não nos encontramos na frente do edifício de Jay?" Ela saiu do carro.

Eu também saí, e ela tirou uma valise do porta-malas, fechou-a e me deu as chaves.

"No edifício de Jay?"

"É lá que vou ficar escondida. Ele me deu uma chave, a senha e o código do alarme."

"Tudo bem", eu disse. "A que horas?"

"Às seis."

"Às seis, então."

"Ótimo. Está marcado." Ela se voltou em direção ao portão. "Oh, quase ia me esquecendo, temos outro compromisso."

"Temos?"

Ela sorriu, colocando a mala no ombro. "Sim. Jay me fez prometer. Em 1º de abril. *Limite de segurança*."

"Limite de segurança", eu disse, a temperatura de meu corpo caindo vinte graus no calor sufocante.

Ela fez que sim, apertando os olhos por causa do sol. "Ele disse que se acontecesse alguma coisa a ele, eu devia fazer companhia a você este ano. Cachorros-quentes, Budweiser e Henry Fonda. Não é essa a tradição?"

"É a tradição", eu disse.

"Bem, então está combinado."

"Se Jay falou...", eu disse.

"Ele me fez prometer." Ela sorriu e me fez um leve aceno quando os portões eletrônicos se abriram atrás dela. "Combinado, então?"

"Combinado", eu disse, fazendo-lhe por minha vez um aceno e abrindo-lhe o melhor de meus sorrisos.

"Até amanhã." Ela entrou no aeroporto, e eu me aproximei do vidro e fiquei olhando o leve balanço de sua bunda enquanto ela avançava por entre um bando de estudantes, entrava num corredor e desaparecia.

Os estudantes ainda contemplavam o espaço que ela ocupara por três segundos, como se ele tivesse sido abençoado por Deus, e eu estava fazendo o mesmo.

Dêem uma boa olhada, rapazes, pensei. Nunca mais terão a oportunidade de ver tamanha beleza tão de perto. Certamente nunca uma criatura chegou tão perto da perfeição.

Desiree. Até o nome mexia com o coração.

Fiquei de pé ao lado do carro, sorrindo de orelha a orelha, provavelmente com cara de perfeito idiota, quando um carregador de malas parou na minha frente e disse: "Você está bem, cara?".

"Estou ótimo", eu disse.

"Perdeu alguma coisa?"

Balancei a cabeça. "Achei uma coisa."

"Bem, sorte sua", disse ele indo embora.

Sorte minha. Sim. Azar de Desiree.

Você estava tão, tão perto, *lady*. E aí pôs tudo por água abaixo. Em grande estilo.

# TERCEIRA PARTE
# LIMITE DE SEGURANÇA

## 32

Cerca de um ano depois de terminado meu aprendizado com Jay Becker, ele foi expulso de seu próprio apartamento por uma dançarina de flamenco cubana chamada Esmeralda Vásquez. Esmeralda estava viajando com a companhia itinerante da *Ópera dos três vinténs* quando, na sua segunda noite na cidade, conheceu Jay. Depois de três semanas de espetáculo, ela praticamente estava vivendo com ele, embora Jay não encarasse as coisas dessa forma. Infelizmente para ele, Esmeralda sim, e foi certamente por isso que ela ficou tão furiosa quando pegou Jay na cama com outra dançarina do mesmo espetáculo. Esmeralda agarrou uma faca, e Jay meteu a mão na maçaneta e, junto com sua nova conquista, picou a mula.

A dançarina voltou para o apartamento em que morava com o namorado, e Jay foi bater à minha porta.

"Você enfureceu uma dançarina de flamenco cubana?", perguntei.

"Parece que sim", disse ele, colocando uma caixa de Beck's na minha geladeira e uma garrafa de Chivas no balcão da cozinha.

"Você acha que fez uma coisa sensata?"

"Parece que não."

"Não teria sido, talvez, uma coisa estúpida?"

"Você vai passar a noite me dando bronca, ou vai ser legal e me mostrar onde guarda as batatas fritas?"

Então terminamos indo para o sofá da sala tomar as cervejas e o Chivas e falar sobre tentativas de castração por parte de mulheres desprezadas, rompimentos tempestuosos, namorados e maridos ciumentos e vários assuntos do gênero, que não seriam tão engraçados não fosse o clima de confraternização etílica em que nos encontrávamos.

E aí, no momento em que a conversa começava a se esgotar, voltamos os olhos para o aparelho de televisão e vimos os primeiros créditos de *Limite de segurança*.

"Merda", disse Jay. "Aumente o volume."

Aumentei.

"Quem dirigiu esse filme?", perguntou Jay.

"Lumet."

"Tem certeza?"

"Tenho."

"Pensei que tinha sido Frankenheimer."

"Frankenheimer fez *Sete dias em maio*", eu disse.

"Tem razão. Puxa, como gosto desse filme."

Então passamos as duas horas seguintes assistindo, fascinados, ao presidente dos Estados Unidos, Henry Fonda, crispando as mandíbulas diante de um mundo preto-e-branco enlouquecido até o ponto em que, por causa de uma pane informática, uma esquadrilha americana ultrapassa o limite de segurança e bombardeia Moscou, o que faz o pobre Hank Fonda crispar ainda mais as mandíbulas e mandar bombardear Nova York, para aplacar a fúria dos russos e evitar uma guerra nuclear em escala mundial.

Quando acabou, discutimos qual era melhor: *Limite de segurança* ou *Doutor Fantástico*. Eu disse que não tinha o que discutir: *Doutor Fantástico* era uma obra-prima, e Stanley Kubrick era um gênio. Jay disse que eu era metido a entender de arte. Eu disse que ele era muito primário. Ele disse que Henry Fonda era o maior ator da história do cinema. Respondi que ele com certeza estava bêbado.

"Se eles tivessem uma senha supersecreta para chamar os bombardeiros de volta." Ele se recostou no sofá, olhos semicerrados, cerveja numa mão, copo de Chivas na outra.

"'Senha supersecreta'?", eu disse rindo.

Ele voltou a cabeça. "Não, falo sério. Digamos que o velho presidente Fonda tivesse falado em particular com cada membro da esquadrilha, dizendo a cada um a senha secreta que só ele e os pilotos conheciam. Assim ele poderia tê-los chamado de volta depois de terem cruzado o limite de segurança."

"Mas Jay", eu disse. "Aí é que está o problema: ele não podia chamar ninguém de volta. Eles foram treinados para desconfiar que, além do limite de segurança, toda e qualquer comunicação podia ser um truque russo."

"Mesmo assim..."

Ficamos assistindo a *Fuga ao passado*, que entrou imediatamente depois de *Limite de segurança*. Outro estupendo filme em preto-e-branco do Channel 38, da época em que o 38 ainda era legal. A certa altura Jay foi ao banheiro e voltou da cozinha com mais duas cervejas.

"Se algum dia eu quiser mandar uma mensagem para você", disse ele, com a língua emperrada pelo álcool, "esse vai ser o nosso código."

"Qual?", perguntei.

"Limite de segurança", disse ele.

"Agora eu estou vendo *Fuga ao passado*, Jay. *Limite de segurança* foi meia hora atrás. Nova York já foi destruída. Pense nisso."

"Não, estou falando sério." Ele lutou contra a almofada do sofá e se levantou. "Se algum dia eu tiver de lhe mandar uma mensagem de além-túmulo, vai ser 'limite de segurança'."

"Uma mensagem de além-túmulo?", eu disse rindo. "Está falando sério?"

"Feito um médico-legista. Não, não, escute." Ele se inclinou para a frente, arregalou os olhos para desanuviar a mente. "Esse nosso trabalho é barra-pesada, cara. Quer dizer, não tanto como trabalhar no FBI, mas não é nenhum piquenique. Se algum dia acontecer alguma coisa comigo..." Ele esfregou os olhos e balançou a cabeça novamente. "Está vendo, eu tenho dois cérebros, Patrick."

"Você quer dizer duas cabeças. E Esmeralda diria que você usou a cabeça errada esta noite, e é por isso que ela quer que seja cortada."

Ele bufou. "Não. Está certo, eu tenho duas cabeças, claro. Mas estou falando de cérebros. Eu tenho dois cérebros. Tenho mesmo." Ele bateu o indicador na cabeça, apertou os olhos para me ver melhor. "Um deles, o normal, não tem problema. Mas o outro, meu cérebro de policial, nunca pára. Ele acorda meu outro cérebro de noite, me obriga a sair da cama e refletir sobre alguma coisa que estava me incomodando sem que ao menos eu soubesse de que se tratava. Quer dizer, eu resolvi metade de meus casos às três da manhã, tudo por causa desse segundo cérebro."

"Deve ser difícil se vestir a cada dia."

"Ahn?"

"Com esses dois cérebros", eu disse. "Quer dizer, e quando eles têm gostos diferentes em matéria de roupas e de que mais? Comida?"

Ele me apontou o dedo médio. "Estou falando sério."

Levantei a mão. "Eu entendo mais ou menos o que você quer dizer."

"Não", disse ele fazendo um gesto com a mão. "Você ainda está verde. Mas um dia você vai entender. Algum dia. Esse segundo cérebro, cara, é o maior saco. Por exemplo, você conhece uma pessoa — um potencial amigo, amante, o que for — e quer que a relação dê certo, mas seu segundo cérebro começa a funcionar. Ainda que você não queira. Aí ele toca o alarme do instinto, e você sente, no fundo do coração, que não pode confiar naquela pessoa. Seu segundo cérebro percebeu alguma coisa que o outro não conseguiu ou não quis ver. Podem se passar anos antes que você descubra que coisa era essa: talvez a forma como o amigo gaguejou ao pronunciar determinada palavra, talvez o brilho nos olhos da amada diante de diamantes, depois de ela ter dito não se incomodar nem um pouco com dinheiro. Ou talvez... quem sabe? Mas terá sido alguma coisa. E não será mera impressão."

"Você está bêbado."

"Estou, mas isso não significa que não estou falando a pura verdade. Sabe de uma coisa? Se eu for morto..."

"Sim?"

"Não vai ser por um mafioso frio nem um traficante qualquer ou por alguém que eu consiga farejar a quilômetros de distância. Vai ser por alguém em quem eu confie, alguém a quem eu ame. E talvez eu vá para o túmulo ainda confiando nele ou nela. Boa parte de mim", acrescentou ele com um piscar de olhos. "Mas lhe garanto que meu segundo cérebro é um puta detector de mentiras, e ele me dirá para ter cuidado com essa pessoa, quer o resto de mim queira, quer não. Então é isso." Ele balançou a cabeça pensando consigo mesmo e recostou-se no sofá.

"É isso o quê?"

"O plano é esse."

"Que plano? Já faz pelo menos vinte minutos que você não diz coisa com coisa."

"Se eu morrer, e alguém que me era próximo chegar pra você e disser uma bobagem sobre uma mensagem *Limite de segurança*, aí você já sabe que tem de tirar essa pessoa de circulação, acabar com ela, foder com ela." Ele levantou a cerveja. "Um brinde a isso."

"Isso não implica cortar nossos polegares com uma navalha e misturar nosso sangue, não é?"

Ele franziu o cenho. "Com você, não é preciso. Beba."

Nós bebemos.

"Mas e se o traidor fosse eu, Jay?"

Ele me olhou, fechando um olho. "Então fui enganado, acho." E caiu na risada.


Ao longo dos anos e das cervejas, ele foi aperfeiçoando a "mensagem de além-túmulo", como eu a chamava. Ele acrescentou o dia 1º de abril como uma segunda troça contra a pessoa ou pessoas que o traíssem e depois procurassem aproximar-se de mim.

É uma coisa absolutamente improvável, eu costumava lhe dizer. É como colocar uma única mina em todo o deserto do Saara e esperar que determinada pessoa pise nela. Um sujeito, uma mina terrestre, um deserto com alguns milhões de quilômetros quadrados.

"Vou apostar nisso", disse ele. "As chances podem ser quase nulas, mas se a mina terrestre explode, vai dar para ver a quilômetros de distância. Não se esqueça de meu segundo cérebro, meu velho. Quando todo o resto de minha pessoa estiver embaixo da terra, esse segundo cérebro vai lhe mandar uma mensagem. Cuide para que você esteja aqui para ouvi-la."

E eu estava.

"Tire essa pessoa de circulação, acabe com ela, foda com ela", pedira-me ele durante todos aqueles anos.

Ok, Jay. Sem problema. Vai ser um prazer.

## 33

"Levante-se. Vamos. Levante-se." Abri as cortinas, e a forte luz do sol entrou no quarto, banhando a cama.

Enquanto eu estava fora, Angie se mexera tanto que terminara atravessada na cama. Descobrira as pernas, e apenas um pequeno triângulo de lençol branco cobria seu traseiro quando ela me lançou um olhar de sono, os cabelos caindo-lhe nas faces como um emaranhado de musgo preto.

"Você não faz o gênero Romeu de manhã", disse ela.

"Vamos", eu disse. "Vamos embora." Peguei minha mochila esportiva, comecei a guardar minhas roupas.

"Deixe-me adivinhar", disse ela. "Tem dinheiro na cômoda, foi o máximo, mas não deixe a porta bater quando sair."

Eu me pus de joelhos e a beijei. "É por aí. Vamos, estamos atrasados."

O lençol deslizou quando ela ergueu o corpo e passou os braços em volta de meus ombros. Seu corpo, macio e ainda quente de sono, se apertou contra o meu.

"A gente dorme junto pela primeira vez em dezessete anos, e você me acorda desse jeito?"

"Infelizmente sim", respondi.

"Tomara que você tenha uma boa razão."

"Mais do que isso até. Vamos. Eu lhe conto no caminho do aeroporto."

"Aeroporto?"

"Aeroporto."

"Aeroporto", disse ela com um bocejo, saindo da cama cambaleante e dirigindo-se ao banheiro.

Os verdes floresta, os brancos coralinos, o azul-claro e os amarelos dourados foram se distanciando e transformando-se pouco a pouco numa bela colcha de retalhos enquanto subíamos até as nuvens, tomando a direção norte.

"Conte de novo", disse Angie, "a parte em que ela estava seminua."

"Ela estava de biquíni", eu disse.

"Num quarto escuro. E você lá", disse ela.

"Sim."

"E como você se sentiu?"

"Nervoso", eu disse.

"Oh", disse ela. "Resposta errada, muito errada."

"Espere", eu disse, sabendo, porém, que assinara minha sentença de morte.

"Fizemos amor durante seis horas, e você ainda se sentiu tentado por aquela perua de biquíni?" Ela se inclinou para a frente, voltou-se e me encarou.

"Eu não disse que me senti tentado", falei. "Eu disse 'nervoso'."

"É a mesma coisa." Ela sorriu e balançou a cabeça. "Homens... puxa vida."

"Certo", eu disse. "Homens. Você não entende?"

"Não", disse ela. Ela levou o punho ao queixo, semicerrou os olhos para que eu visse que ela estava atenta. "Por favor. Explique."

"Certo. Desiree é uma sereia. Ela atrai os homens. Ela tem uma aura que é em parte inocência, em parte pura sensualidade."

"Uma aura."

"Isso mesmo. Os homens adoram auras."

"Muito bem."

"Qualquer cara que chegar perto dela, ela põe sua aura pra funcionar. Ou talvez ela funcione o tempo todo,

*278*

não sei. Mas seja como for, ela é muito forte. Um sujeito se aproxima dela, olha seu rosto, seu corpo, ouve sua voz, aspira seu cheiro, e está perdido."
"Todos os caras?"
"A maioria, pode ter certeza."
"Você também?"
"Não", eu disse. "Eu não."
"Por quê?"
"Porque eu amo você."
Isso lhe pôs água na fervura. Angie parou de sorrir, ficou branca feito papel e escancarou a boca como se tivesse desaprendido a falar.
"O que você disse?", perguntou finalmente.
"Você me ouviu."
"Sim, mas..." Ela se voltou no assento e ficou olhando para a frente por um instante. Em seguida voltou-se para uma negra de meia-idade sentada ao seu lado, que estivera acompanhando nossa conversa desde que entráramos no avião, sem se dar ao trabalho de disfarçar.
"Eu ouvi o que ele disse, querida", disse a mulher, tricotando o que parecia ser um gorro, com agulhas que pareciam letais. "Muitíssimo bem. Não sei nada dessa história de aura, mas a última parte entendi muito bem."
"Uau", fez Angie. "Quem diria?!"
"Oh, ele não é lá tão bonito assim", disse a mulher. "Talvez ele mereça um 'puxa', mas acho que um 'uau' é demais."
Angie voltou-se para mim. "Puxa", disse ela.
"Vá em frente", me disse a mulher. "Conte mais sobre essa piranha que lhe preparou um café."
"Em suma...", eu disse a Angie.
Ela piscou os olhos, fechou a boca fingindo empurrar o queixo com as costas da mão. "Sim, sim, sim. Voltando à vaca-fria."
"Se eu não estivesse, sabe..."
"Apaixonado", disse a senhora.
Fuzilei-a com o olhar. "...com você, Angie, aí sim, eu

estaria frito naquela hora. Ela é uma víbora. Ela pega um sujeito, qualquer um, e o obriga a fazer todas as suas vontades, quaisquer que sejam."

"Queria conhecer essa garota", disse a mulher. "Queria ver se ela conseguia fazer o meu Leroy aparar a grama."

"Mas é isso que eu não entendo", disse Angie. "Os caras são tão estúpidos assim?"

"Sim."

"Foi ele quem disse", falou a mulher, concentrando-se em seu tricô.

"Homens e mulheres são diferentes", eu disse. "Ou pelo menos a maioria deles. Principalmente no que tange às suas reações ao sexo oposto." Peguei a sua mão. "Desiree cruza com centenas de caras na rua, e pelo menos metade deles vai ficar pensando nela por dias. E quando ela passa eles não dizem apenas 'Que belo rosto, que bela bunda, que belo sorriso', ou coisa assim. Não, eles se exaltam, querem possuí-la ali mesmo, fundir-se com ela, aspirá-la."

"Aspirá-la?", disse ela.

"Sim. Diante de uma mulher bonita, os homens têm uma reação muito diferente da que têm as mulheres em presença de um homem bonito."

"Quer dizer então que Desiree é...?" Ela deslizou as costas dos dedos pelo meu braço.

"Uma chama, e nós somos as mariposas."

"Até que você não está se saindo tão mal", disse a mulher, inclinando-se para a frente para me ver. "Se meu Leroy fosse capaz de falar essas doces mentiras que você fala, teria conseguido muito mais do que conseguiu nos últimos vinte anos."

Pobre Leroy, pensei.

A certa altura, quando sobrevoávamos a Pensilvânia, Angie disse: "Meu Deus".

Levantei a cabeça de seu ombro. "O quê?"

"Todas as possibilidades", disse ela.

"Que possibilidades?"

"Você não percebe? Se a gente inverte tudo que estávamos pensando, se olhamos as coisas considerando que Desiree não é apenas uma garota meio perdida ou um pouco corrupta, mas sim uma viúva-negra, uma máquina implacável que busca apenas o próprio interesse... meu Deus."

Endireitei o corpo. "Continue", eu disse.

Ela balançou a cabeça. "Certo. A gente sabe que ela levou Price a cometer o roubo. Certo? Certo. E aí ela leva Jay a pensar em tomar o dinheiro de Price. Ela finge desejar o contrário. Sabe, 'Oh, Jay, a gente não pode ser feliz sem o dinheiro?', mas claro que consigo mesma ela está pensando 'Morda a isca, morda a isca, seu imbecil'. E Jay cai nessa. Mas ele não consegue achar o dinheiro. E aí ela descobre onde ele está. E ela vai lá, e não é apanhada, como nos contou. Ela pega o dinheiro. Mas agora ela está com um problema."

"Jay."

"Exatamente. Ela sabe que, caso desapareça, ele nunca vai desistir de procurá-la. E ele é bom nisso. E ela precisa tirar Price da jogada também. Ela não pode simplesmente desaparecer. Ela tem de morrer. Aí..."

"Ela matou Illiana Rios", eu disse.

Entreolhamo-nos, e meus olhos, tenho certeza, estavam tão arregalados quanto os dela.

"Atirou à queima-roupa em seu rosto com uma espingarda", disse Angie.

"Será que ela faria isso?"

"Por que não?"

Fiquei matutando sobre aquilo, incorporando aqueles novos dados. De fato, por que não?

"Se aceitamos essa premissa", eu disse, "então estamos admitindo que ela é..."

"...totalmente destituída de consciência, de moralidade, de empatia e de qualquer coisa que nos distingue como seres humanos." Ela balançou a cabeça.

"E é mesmo", eu disse. "E isso quer dizer que ela não

ficou assim da noite pro dia. Há muito tempo que ela é assim."

"Tal pai, tal filha", disse Angie.

E então sofri o impacto de uma tremenda revelação. Como se um edifício desabasse sobre mim. O oxigênio em meu peito foi sugado num vórtice criado por um único instante de terrível lucidez.

"Qual é o melhor tipo de mentira que existe no mundo?", perguntei a Angie.

"O tipo que contém uma boa dose de verdade."

Fiz que sim. "Por que Trevor deseja tanto a morte de Desiree?"

"Pode me dizer."

"Porque não foi ele o responsável pelo atentado na Tobin Bridge."

"Foi ela", disse Angie quase num sussurro.

"Desiree matou a própria mãe", eu disse.

"E tentou matar o pai."

"Não é de estranhar que esteja tão furioso com ela", disse a mulher ao lado de Angie.

"Não é mesmo", concordei.

# 34

Estava tudo lá, preto no branco, para qualquer um que tivesse a informação certa e o ponto de vista certo. Em manchetes como TRÊS HOMENS ACUSADOS DO ASSASSINATO BRUTAL DE UMA SOCIALITE, ou TRÊS ASSALTANTES ACUSADOS DE HOMICÍDIO, a notícia logo saiu das primeiras páginas quando os três assassinos — Harold Madsen, de Lynn, Colum Devereaux, de South Boston, e Joseph Brodine, de Revere — se declararam culpados no dia seguinte à decisão do Grande Júri de julgar a acusação procedente.

Angie e eu fomos direto do aeroporto à Biblioteca Pública de Boston, na Copley Square. Fomos para a sala dos periódicos e vasculhamos microfilmes do *Trib* e do *News*, achamos as matérias que nos interessavam e as lemos até achar o que procurávamos.

Não demorou muito. Na verdade, levamos menos de meia hora.

Um dia antes da reunião do Grande Júri, o advogado de Harold Madsen entrara em contato com a promotoria para propor um acordo em nome de seu cliente. Madsen se confessaria culpado de homicídio culposo, não premeditado, passível de pena de catorze a vinte anos de prisão. Em troca, ele apontaria o homem que o contratara, e aos seus comparsas, para matar Trevor e Inez Stone.

A notícia caiu como uma bomba, porque até aquela altura não se falara senão numa morte acontecida durante roubo de carro.

ASSALTANTE CONFESSA: ELES FORAM CONTRATADOS!, bradava a manchete do *Trib*.

Mas quando se descobriu que o homem apontado como sendo o mandante morrera dois dias depois da prisão de Madsen, o promotor expulsou de seu escritório o advogado e seu constituinte.

"Anthony Lisardo?" disse Keith Simon, o assistente do promotor, ao repórter do *Trib*. "Você está brincando. Esse sujeito morreu de overdose e foi colega de colégio de dois dos acusados. É uma manobra patética da defesa para dar a esse crime sórdido uma dimensão que ele nunca teve. Anthony Lisardo não teve ligação com esse caso."

Tampouco a defesa conseguiu provar essa ligação. Se Madsen, Devereaux e Brodine foram procurados por Lisardo, esse fato fora sepultado com ele. E como essa história repousava apenas na ligação com Lisardo, eles tiveram que responder sozinhos pelo assassinato de Inez Stone.

Um acusado que se confessa culpado antes de um julgamento potencialmente dispendioso para o Estado, normalmente consegue reduzir sua pena. Madsen, Devereaux e Brodine, porém, foram todos condenados por homicídio com premeditação, pois tanto o juiz como o promotor público rejeitaram a classificação de crime não premeditado. Dadas as novas diretrizes jurídicas de Massachusetts, o homicídio premeditado implica uma única pena: prisão perpétua, sem possibilidade de liberdade condicional.

De minha parte, eu não perderia um minuto de sono por causa de três pilantras que mataram uma mulher a tiros e que, com certeza, em vez de coração, tinham um tumor. Prazer em conhecê-los, rapazes. Muito cuidado no chuveiro.

Mas o verdadeiro criminoso, a pessoa que os contratou, que planejou o crime, que pagou, deixando toda a culpa recair sobre os três — essa pessoa merecia sofrer, no mínimo, o mesmo que os três rapazes haveriam de sofrer pelo resto da vida.

"Me passe o dossiê", eu disse a Angie quando saímos da sala de microfilmes.

Ela me passou, e eu o vasculhei até achar as anotações sobre nossa conversa com o capitão Emmett T. Groning, do Departamento de Polícia de Stoneham. A pessoa que estava com Lisardo na noite em que ele se afogou era um rapaz de Stoneham chamado Donald Yeager.

"Me passa o catálogo telefônico", pediu Angie ao funcionário da seção de informações.

Havia dois Yeager em Stoneham.

Depois de alguns telefonemas, tínhamos reduzido as duas possibilidades a apenas uma. Helene Yeager era uma senhora de noventa e três anos e não conhecia nenhum Donald Yeager. Ela conhecera alguns Michael, um ou outro Ed, e até um Chuck, mas não aquele Chuck.

Donald Yeager, que morava na Montvale Avenue, 123, atendeu o telefone com um hesitante "Sim?"

"Donald Yeager?", disse Angie.

"Sim?"

"Aqui é Candy Swan, diretora de programação da WAAF, de Worchester."

"AAF", disse Donald. "Legal. Caras, vocês são de arrasar."

"Somos a única emissora que arrasa no rock", disse Angie mostrando-me a língua, porque eu levantara os polegares. "Donald, estou ligando porque estamos iniciando um novo segmento em nosso programa das sete à meianoite, chamado... hum... Metaleiros do Inferno."

"Irado."

"É, e a gente está entrevistando fãs como você para saber por que vocês gostam da AAF, quais suas bandas preferidas, esse tipo de coisa."

"Vão me pôr no ar?"

"A menos que você tenha outro programa para hoje à noite."

"Não. De jeito nenhum. Puta que pariu. Posso contar aos meus amigos?"

"Claro. Só precisamos de seu consentimento verbal, e..."

"Meu o quê?"

"Preciso que você me diga que tudo bem ir visitar você mais tarde. Aí pelas sete."

"Se tudo bem? Puxa vida, isso é o máximo, cara."

"Ótimo. Você vai estar aí quando a gente chegar?"

"Eu não vou sair de casa. Ei, será que vou ganhar um prêmio ou coisa assim?"

Ela fechou os olhos por um instante. "Que tal duas camisetas pretas do Metallica, um vídeo de Beavis and Butthead e quatro ingressos para Wrestlemania Dezessete no Worchester Centrum?"

"Um barato, cara! Um barato. Mas..."

"Sim?"

"Eu pensei que Wrestlemania só ia até o número dezesseis."

"Engano meu, Donald. Vamos dar um pulo aí às sete. Trate de ficar em casa."

"Fique tranqüila, gata."


"De onde você tirou isso?", perguntei enquanto tomávamos um táxi para Dorchester para deixar as nossas malas, tomar um banho, repor as armas perdidas na Flórida e pegar o carro.

"Não sei. Stoneham. AAF. Parece que combinam."

"A única emissora que arrasa no rock", eu disse. "Legal."


Tomei um banho rápido depois de Angie, voltei à sala e a encontrei remexendo pilhas de roupas. Ela estava de botas pretas, calça jeans preta, e sem camiseta sobre o sutiã preto, quando começou a mexer numa pilha de camisetas.

"Senhorita Gennaro", eu disse. "Chicoteie-me, espanque-me, obrigue-me a assinar cheques sem fundos."

Ela sorriu para mim. "Oh, você gosta deste visual?"

Pus a linguona pra fora e fiquei ofegando.

Ela se aproximou de mim com uma camiseta preta pendurada no indicador. "Quando a gente voltar para cá mais tarde, fique à vontade para tirar tudo isso."

Resfoleguei um pouco mais, e ela me deu um belo e largo sorriso e passou a mão em meus cabelos.

"Às vezes acho você uma gracinha, Kenzie."

Ela se virou para voltar ao sofá, mas eu estendi o braço, peguei-a pela cintura e puxei-a para mim. Trocamos um beijo longo e profundo como o do banheiro na noite anterior. Talvez mais longo. Talvez mais profundo.

Quando desgrudamos nossos lábios, suas mãos em meu rosto, as minhas em suas costas, eu disse: "Passei o dia inteiro pensando em fazer isso".

"Da próxima vez não se reprima."

"Você gostou de ontem à noite?"

"Se eu gostei? Foi o máximo."

"Sim", eu disse. "Você é o máximo."

Suas mãos deslizaram pelo meu rosto e foram parar em meu peito. "Quando tudo isso acabar, vamos sair."

"É mesmo?"

"Sim. Pouco importa se vamos para Mauí ou para o Suisse Chalet da esquina, mas vamos pôr na porta um cartão de NÃO PERTURBE, pedir serviço de quarto e passar uma semana na cama."

"Como quiser, senhorita Gennaro. Você é quem manda."

Donald Yeager lançou um olhar a Angie, que estava de jaqueta de couro, jeans, botas e a camiseta do show da banda Fury in the Slaughterhouse com uma abertura no lado direito da caixa torácica — e tenho certeza de que ele começou a redigir mentalmente um texto para a seção de cartas da *Penthouse*.

"Puta que pariu", disse ele.

"Senhor Yeager?", disse ela. "Sou Candy Swan, da WAAF."

"Sério?"

"Sério", disse ela.

Ele escancarou a porta do apartamento. "Entre. Entre."

"Esse é meu assistente, Willy Doido."

Willy Doido?

"Bom, bom", disse Donald, empurrando-a para dentro e mal tomando conhecimento de minha presença. "Prazer em conhecê-la e essa besteirada toda."

Ele me deu as costas, eu o segui e fechei a porta. Seu apartamento ficava num prédio de tijolos rosa-claros da Montvale Avenue, a principal artéria de Stoneham. Era um edifício quadrado e feio, de apenas dois andares, com uns dezesseis apartamentos. O apartamentinho de Donald dava uma idéia de como eram os demais. Sala de estar com um sofá-cama onde se viam lençóis sujos apontando sob as almofadas. Uma cozinha pequena demais até para cozinhar um ovo. Ouvi, vindo do banheiro, à esquerda, o ruído insistente de água pingando. Uma barata suja correu rente ao rodapé, junto do sofá, certamente não à procura de comida, mas antes estonteada pela nuvem de fumaça de maconha que pairava na sala.

Donald tirou alguns jornais do sofá para que Angie pudesse sentar sob um pôster de Keith Richards de um metro e meio por dois. Era uma foto que eu conhecia, tirada no início da década de 70. Keith parecia estar totalmente chapado — espantoso, não? —, encostado numa parede com uma garrafa de Jack Daniel's numa mão e o eterno cigarro na outra, com uma camiseta onde se lia JAGGER SUCKS.

Angie sentou-se, e Donald olhou para mim quando eu, depois de passar o ferrolho na porta, tirei a pistola do coldre.

"Ei!", exclamou ele.

"Donald", disse Angie, "não temos muito tempo, portanto vamos ser breves."

"Mas o que isso tem a ver com a AAF, caras?" Ele olhou para a minha pistola e, ainda que eu não a tivesse erguido, ele recuou como se eu o tivesse esbofeteado.

"A história da AAF era mentira", disse Angie. "Sente-se, Donald. Agora."

Ele se sentou. Era um sujeito pálido, magro, com cabelos amarelos, espessos, à escovinha, na cabeça em forma de maçã. Ele olhou para o cachimbinho de maconha em cima da mesinha de centro à sua frente e disse: "Vocês têm a ver com drogas?".

"Fico irritado com gente imbecil", eu disse a Angie.

"Donald, nada temos a ver com drogas. Somos pessoas armadas, sem tempo pra conversa mole. Então, o que aconteceu na noite em que Anthony Lisardo morreu?"

Ele bateu com tanta força no próprio rosto que eu tinha certeza de que iam ficar marcas das mãos. "Oh, cara! Essa história tem a ver com Tony? Oh, cara, cara!"

"Tem a ver com Tony sim", confirmei.

"Oh, velho!"

"Fale-nos sobre Tony", eu disse. "Agora."

"Mas aí vocês vão me matar."

"Não, não vamos", disse Angie dando um tapinha em sua perna. "Prometo."

"Quem pôs cocaína nos cigarros dele?", perguntei.

"Não sei. Eu. Não. Sei."

"Você está mentindo."

"Não estou."

Engatilhei a pistola.

"Tá, estou", disse ele. "Estou mentindo. Afaste esse troço, por favor."

"Diga o nome dela", eu disse.

Foi o "dela" que o pegou. Ele olhou para mim como se eu fosse a encarnação da própria morte e encolheu-se no sofá. Suas pernas ergueram-se do chão. Os cotovelos colaram-se ao peito de pardal.

"Fale."

"Desiree Stone, cara. Foi ela."

"Por quê?", perguntou Angie.

"Não sei", disse ele estendendo as mãos. "É verdade. Eu não sei. Tony tinha aprontado alguma com ela, um troço ilegal, mas ele não me disse o que foi. Ele só disse pra manter distância daquela piranha porque ela era sujeira, cara."

"Mas você não fez isso."

"Fiz", disse ele. "*Eu* fiz. Mas ela, cara, ela me procurou como se quisesse comprar uma erva, sabe como é? E aí, cara, ela, como vou dizer, ela, bem, puxa vida, é demais."

"Ela fodeu com você de um jeito que você revirou os olhos", disse Angie.

"Os *dedões do pé* reviraram, cara. O que quero dizer é que, bem, acho que se podia dar o nome dela a uma das atrações do Epcot, sabe?"

"Os cigarros", lembrei.

"Sim, certo", disse ele baixando os olhos para o próprio colo. "Eu não sabia", disse ele devagar, "o que tinha dentro deles. Juro por Deus. Sabe, Tony era meu melhor amigo." Ele olhou para mim. "Meu melhor amigo, cara."

"Ela mandou que você desse os cigarros a ele?", perguntou Angie.

Ele fez que sim. "Era a marca que ele fumava. Ela só queria que eu os deixasse no carro, sabe? Mas aí saímos com o carro e terminamos no reservatório; ele acendeu um e entrou na água, e aí ficou com uma expressão estranha. Como se tivesse pisado numa coisa nojenta, entendeu? De qualquer forma, foi isso. Só aquela cara esquisita; ele meio que tocou o peito com as pontas dos dedos e aí afundou na água."

"Você não o puxou para fora?"

"Eu tentei. Mas estava escuro. Não consegui achá-lo. Aí, depois de cinco minutos, entrei em pânico e dei no pé."

"Desiree sabia que ele tinha uma reação alérgica à cocaína, não é?", perguntei.

"Sim", disse ele balançando a cabeça. "Tony só queimava um baseado e bebia, ainda que, sendo Mensageiro e tudo o mais, não devesse..."

"Lisardo pertencia à Igreja da Verdade e da Revelação?"

Ele olhou para mim. "Sim. Pode-se dizer que desde criança."

Sentei-me no braço do sofá por um instante, respirei fundo, inalando um bocado de fumaça da maconha de Donald Yeager.

"Tudo", disse Angie.

Olhei para ela. "O quê?"

"Tudo que essa mulher fez desde o primeiro dia foi calculado. A 'depressão', a Libertação da Dor, tudo."

"Como Lisardo se tornou Mensageiro?", perguntei a Donald.

"A mãe dele, cara, ela é meio pirada porque o marido dela vive de agiotagem e outros trambiques; ela entrou para a Igreja, obrigou Tony a fazer o mesmo, há uns dez anos. Ele era um menino."

"E o que Tony achava da Igreja?", perguntou Angie.

Ele fez um gesto vago com a mão. "Achava aquilo tudo uma merda. Mas ele meio que também respeitava, porque ele dizia que eles eram um pouco como o pai dele — sempre trapaceando. Ele disse que eles tinham montes de dinheiro — carradas de dinheiro — que não declaravam no Imposto de Renda."

"Desiree sabia de tudo isso, não é?"

Ele deu de ombros. "Se ela sabia, não me disse nada."

"Ora, Donald."

Ele me fitou. "Eu não sei. Tony falava demais, certo? Sendo assim, com certeza contou a Desiree tudo sobre si mesmo, desde que estava no útero. Quer dizer, pouco antes de morrer, Tony me disse que conheceu o cara que estava planejando se mandar da Igreja com uma bela bolada, e eu falei mais ou menos assim: 'Tony, não me conte esse tipo de coisa'. Você entende? Mas Tony falava demais. Falava demais."

Angie e eu nos entreolhamos. Ela acertara na mosca no comentário que fizera um minuto antes. Cada gesto de Desiree fora calculado. Ela é que escolhera a Libertação da Dor e a Igreja da Revelação como alvo, e não o contrário. O mesmo em relação a Price. E Jay. E com certeza em relação a todas as pessoas que um dia imaginaram possuí-la.

Dei um leve assobio de admiração. A gente tinha de convir: em seu gênero, aquela mulher era imbatível.

"Quer dizer então, Donald, que você não sabia que os cigarros estavam adulterados?"

"Não", disse ele. "De jeito nenhum."

Balancei a cabeça. "Você pensou que ela estava fazendo a gentileza de dar um maço de cigarros ao ex-namorado."

"Não, escute, a verdade é que eu não queria saber. A Desiree, sabe... bem, ela consegue o que quer. Sempre."

"E ela queria ver seu melhor amigo morto", disse Angie.

"E você colaborou para que ela conseguisse", eu disse.

"Não, cara, não. Eu gostava de Tony. Mesmo. Mas Desiree..."

"Era uma bela foda", disse Angie.

Ele fechou a boca, olhou para os próprios pés descalços.

"Espero que ela tenha sido a maior foda de todos os tempos", eu disse. "Porque você a ajudou a matar seu melhor amigo. E você vai ter que conviver com isso pelo resto de sua vida. Coragem, meu rapaz."

Andamos até a porta e a abrimos.

"Ela vai matar vocês também", disse ele.

Voltamo-nos para fitá-lo. Ele se inclinou para a frente, pôs erva no cachimbinho com dedos trêmulos. "Se vocês se puserem em seu caminho — como *qualquer coisa* que se ponha em seu caminho —, ela varrerá vocês do mapa. Ela sabe que não vou dizer uma palavra para os policiais de verdade, porque eu sou um... nada, entenderam?" Ele levantou os olhos em nossa direção. "Acho que Desiree não liga a mínima para trepar. Mesmo bem-dotada como é, acho que pode passar muito bem sem isso. Mas quanto a destruir as pessoas... Cara, acho que isso a faz subir mais alto do que os foguetes do Dia da Independência."

# 35

"O que ela tem a ganhar voltando para cá?", perguntou Angie, ajustando o foco do binóculo e observando através deles as janelas iluminadas do apartamento de Jay no Whittier Place.

"Com certeza não as memórias de sua mãe", eu disse.

"Acho que podemos excluir essa hipótese."

Estávamos estacionados sob uma alça de acesso à auto-estrada, numa espécie de ilhota entre a nova Nashua Street Jail e o Whittier Place. Tínhamos afundado o mais que podíamos em nossos assentos, de forma a ter uma boa visão das janelas da sala e do quarto do apartamento de Jay, e durante o tempo em que ficamos ali vimos as silhuetas de duas pessoas — a de uma mulher e a de um homem — por trás das vidraças. Nem ao menos sabíamos ao certo se a mulher era Desiree, porque as cortinas estavam fechadas e só podíamos ver as silhuetas. Ainda assim, considerando-se o sistema de segurança de Jay, concluímos que a mulher só podia ser Desiree. Quanto ao homem, podia ser qualquer um.

"Qual é a jogada, então?", disse Angie. "Quero dizer, com certeza ela pegou os dois milhões, dispunha de um esconderijo seguro na Flórida com dinheiro bastante para sumir no mundo se quisesse. Por que voltar?"

"Eu não sei. Talvez para terminar o serviço que começou há um ano."

"Matar Trevor?"

Dei de ombros. "Por que não?"

"Mas com que objetivo?"

"Ahn?"

"Com que objetivo? Patrick, essa moça sempre tem alguma coisa em mente. Ela nunca faz nada por razões emocionais. Quando ela matou a mãe e tentou matar o pai, qual você acha que foi sua motivação básica?"

"Emancipação?", perguntei.

Ela balançou a cabeça. "Não é razão suficiente."

"Razão suficiente?" Abaixei o binóculo e olhei para ela.

"Não acho que ela precise tanto de uma razão. Lembre-se do que ela fez com Illiana Rios. Pombas, lembre-se do que ela fez com Lisardo."

"Certo, mas havia uma lógica nessa história. Havia uma lógica, por mais tortuosa que fosse. Desiree matou Lisardo porque ele era o único elo entre ela e os três rapazes que mataram sua mãe. Ela matou Illiana Rios para não deixar pistas, depois de pôr a mão nos dois milhões de Price. Em ambos os casos ela tirou uma grande vantagem do crime. E o que é que ela ganha matando Trevor? E o que ganharia quando tentou matá-lo, há oito meses?"

"Bem, pra começar, podemos imaginar que era dinheiro."

"Por quê?"

"Porque com certeza ela era sua maior herdeira. Se seus pais morrem, ela herda algumas centenas de milhões."

"Exatamente."

"Certo", eu disse. "Mas então isso não faz o menor sentido. Trevor deve tê-la excluído do testamento."

"Certo. Então, por que ela voltou?"

"É isso o que me pergunto."

Ela abaixou o binóculo, esfregou os olhos. "É um mistério, não?"

Recostei-me no banco do carro por um instante, procurei relaxar os músculos da nuca e das costas, mas logo me arrependi. Mais uma vez, eu me esquecera do ombro arrebentado, e a dor explodiu em minha clavícula, espalhou-se pelos músculos das costas e do lado esquerdo do pescoço e avançou em direção ao cérebro. Respirei ofegante e procurei controlar a ânsia de vômito.

"Illiana Rios", eu disse finalmente, "era fisicamente tão parecida com Desiree que Jay poderia confundir o seu cadáver com o dela."

"Sim, e daí?"

"Você acha que foi coincidência?", eu disse voltando-me no banco do carro. "Fosse lá qual fosse a relação entre eles, Desiree resolveu matar Illiana Rios no quarto de motel justamente por causa de suas semelhanças físicas. Ela sempre pensa lá na frente."

Angie deu de ombros. "Essa mulher é *decidida*."

"Sem dúvida! E é por isso que a morte de sua mãe não faz nenhum sentido."

"O quê?", disse ela voltando-se.

"O carro da mãe quebrou naquela noite, certo?"

"Certo." Ela balançou a cabeça. "E então a mãe ligou para Trevor, o que garantiu que ela estaria com ele no carro quando os comparsas de Lisardo..."

"Mas qual era a probabilidade de as coisas acontecerem dessa forma? Quero dizer: dada a agenda sempre carregada de Trevor, dado o tipo de relação que mantinha com a mulher — quais seriam as chances de Inez telefonar para ele para pedir carona? E que dizer do fato de ele ter concordado em ir pegá-la, em vez de sugerir que ela pegasse um táxi?"

"Seria contar demais com a sorte", disse ela.

"Isso mesmo. E Desiree não é de contar com a sorte, como você disse."

"Você quer dizer que a morte da mãe não estava nos planos?"

"Não sei." Olhei para a janela e balancei a cabeça. "Tratando-se de Desiree, não dá para saber. Ela quer que a gente a acompanhe até a casa do pai. Diz ela que é para protegê-la."

"Como se ela algum dia tivesse precisado de proteção."

"Certo. Então por que ela quer que a gente vá? Qual é a armação, agora?"

Deixamo-nos ficar ali por um bom tempo, binóculos apontados para as janelas de Jay, esperando por uma resposta a minha pergunta.

Às sete e meia da manhã seguinte, Desiree apareceu. E por pouco não me deixei ver.

Eu estava voltando de um café na Causeway Street, para onde fôramos porque Angie achava que, dada a nossa necessidade de cafeína, depois de uma noite no carro, valia a pena correr esse risco.

Eu estava na frente do edifício, a uns metros de nosso carro, quando a porta da frente se abriu. Parei imediatamente, escondendo-me detrás de um pilar da rampa de acesso.

Um homem bem-vestido, de cerca de cinqüenta anos, saiu do Whittier Place, com uma valise na mão. Ele colocou a valise no chão, pôs o sobretudo, depois aspirou o ar, levantou a cabeça para o sol brilhante, surpreendendo-se com o calor inusitado daquele dia de março. Então recolocou o sobretudo no braço, pegou a valise, olhou, por sobre o ombro, para um grupo de moradores que saía do edifício para mais um dia de trabalho. Ele sorriu para alguém que estava no grupo.

Ela não sorriu de volta, e num primeiro momento o coque do cabelo e os óculos escuros me enganaram. Usava um *tailleur* cinza de executiva, cuja saia ia até os joelhos, uma sóbria blusa branca por baixo do casaco, um cachecol cinza pérola. Ela parou para ajeitar a gola do casaco preto, enquanto os outros moradores dirigiam-se aos seus carros ou andavam em direção à North Station e ao Government Center; uns poucos dirigiam-se para a passarela do Museu de Ciências ou para a Lechmere Station.

Desiree acompanhava seus movimentos com um olhar de desprezo, e o súbito enrijecimento de suas pernas finas traía sua hostilidade. Ou talvez eu estivesse vendo coisas demais.

Então o homem bem-vestido se inclinou, beijou-lhe o rosto, ela roçou as costas dos dedos pelas virilhas dele e se afastou.

Ela lhe disse alguma coisa, sorrindo, e ele balançou a cabeça, com uma expressão de perplexidade no rosto grave. Ela entrou no estacionamento, e vi que se dirigia ao Ford Falcon azul-escuro conversível, modelo 67, pertencente a Jay, que estava no estacionamento desde que ele partira para a Flórida.

Senti um ódio profundo, implacável, quando a vi colocar a chave na porta do carro, porque eu sabia quanto tempo e quanto dinheiro Jay gastara para recuperar aquele carro, reconstruir o motor, procurando peças em todo o país. Era só um carro, e apropriar-se dele era o menor de seus crimes, mas era como se ele fosse uma parte de Jay ainda viva ali no estacionamento, da qual ela se aproximava para lhe dar o golpe de misericórdia.

Quando o homem veio para a calçada, ficando praticamente na minha frente, recuei ainda mais para trás do pilar. Sentindo o vento cortante que soprava da Causeway Street, ele mudou de idéia outra vez em relação ao sobretudo. No momento em que Desiree dava a partida no carro, ele vestiu o sobretudo e começou a subir a rua.

Saí de meu esconderijo e cruzei o olhar com o de Angie através do retrovisor.

Ela apontou para Desiree, depois para si mesma.

Fiz que sim e apontei para o homem.

Ela sorriu e me mandou um beijo.

Ela deu a partida no carro, e eu atravessei a rua para pegar a calçada do outro lado e seguir o homem, que ia em direção à Lomasney Way.

Um minuto depois, Desiree passou por mim no carro de Jay, seguido por um Mercedes branco, que era seguido por Angie. Observei os três carros entrarem na Stanford

Street, dobrando à direita, em direção à Cambridge Street e a um número infinito de possibilidades depois dali.

 Pela forma como o sujeito que eu seguia ajeitou a valise debaixo do braço e pôs as mãos nos bolsos na esquina seguinte, percebi que íamos dar uma boa andada. Deixei uma distância de uns cinqüenta metros entre nós e o segui pela Merrimac Street. Na altura da Haymarket Square, a Merrimac Street desemboca na Congress Street, e outro vento nos pegou quando cruzávamos New Sudbury. Seguimos na direção do centro financeiro, onde os estilos arquitetônicos se misturam de forma tão desenfreada como jamais vi em nenhuma das cidades que conheço. Vidros cintilantes e placas de granito dominavam súbitas explosões de pseudopalácios góticos ruskinianos e florentinos; o modernismo ladeava a Renascença alemã, que ladeava o pós-modernismo, que ladeava o pop, que ladeava colunas jônicas, cornijas francesas, pilastras coríntias e os bons e velhos edifícios de granito e de calcário da Nova Inglaterra. Eu passara dias inteiros no centro financeiro, sem fazer nada além de olhar os edifícios e sentindo, em uma época de mais otimismo, que aquilo poderia ser uma metáfora de como viver no mundo — todas aquelas perspectivas diferentes misturando-se, sem maiores problemas.

 Não obstante, pelo meu gosto, eu varreria do mapa o City Hall.

 Pouco antes de entrar no coração desse centro financeiro, o homem dobrou à esquerda, atravessou a State Street, a Congress Street e a Court Street, andando sobre as pedras que lembram o lugar do Massacre de Boston. Ele andou mais vinte metros e entrou no edifício da Bolsa.

 Desandei a correr porque o edifício da Bolsa é enorme, com pelo menos dezesseis elevadores no hall. Quando, por minha vez, pus os pés no mármore do térreo, cujo teto ficava a uma altura de uns quatro andares acima de minha cabeça, não o vi. Dobrei à direita, onde se encontrava o elevador expresso, no momento em que as portas se fechavam.

"Espere, por favor!", gritei, precipitando-me em direção ao elevador, e consegui enfiar o ombro entre as portas. Elas se abriram, mas não sem antes dar um bom apertão em meu ombro. Semana dura para ombros.

O homem encostou-se na parede, observando-me entrar, expressão aborrecida, como se eu estivesse atrapalhando sua vida pessoal.

"Obrigado por ter segurado a porta", eu disse.

Ele fixou o olhar num ponto à sua frente. "Há muitos outros elevadores a esta hora da manhã."

"Ah", eu disse. "Um cristão caridoso..."

Quando as portas se fecharam, notei que ele apertara o botão do trigésimo oitavo andar, balancei a cabeça e recuei um pouco.

Ele olhou para meu rosto escalavrado e inchado, o braço na tipóia, as roupas irreconhecíveis de tão amarrotadas depois de passar onze horas sentado no carro.

"Você tem negócios a resolver no trigésimo oitavo?", perguntou.

"Sim."

Fechei os olhos, encostei-me na parede do elevador.

"Que tipo de negócio?", perguntou ele.

"O que você imagina?"

"Bem, não sei."

"Então talvez você esteja indo para o andar errado", eu disse.

"Eu *trabalho* lá."

"E você não sabe que tipo de coisa funciona lá? Meu Deus. Primeiro dia?"

Ele suspirou enquanto o elevador subia do primeiro ao vigésimo andar numa tal velocidade que eu tinha a impressão de que minhas bochechas iam deslizar pelo queixo.

"Meu jovem", disse ele. "Acho que você se enganou."

"Meu jovem?", eu disse, mas quando o observei mais de perto percebi que eu errara em uns dez anos em minha primeira estimativa de sua idade. Sua pele firme e bronzeada, seus exuberantes cabelos negros me enganaram, da mesma forma que seu passo vigoroso; apesar de sua aparência jovem, ele tinha pelo menos sessenta anos.

"Sim, acho mesmo que você se enganou de lugar."

"Por quê?"

"Porque eu conheço todos os clientes da firma, e não o conheço."

"Eu sou novo", eu disse.

"Não acredito", disse ele.

"É sério", eu disse.

"Isso muito me espantaria", disse ele dando-me um sorriso paternal, de perfeitos dentes brancos postiços.

Ele dissera "firma", e imaginei que não podia ser um escritório de contabilidade.

"Eu me machuquei", eu disse, indicando meu braço. "Sou baterista do Guns N' Roses, a banda de rock. Ouviu falar deles?"

Ele fez que sim.

"Ontem à noite, no Fleet Center, soltaram fogos de artifício onde não deviam, e agora estou precisando de um advogado."

"É mesmo?"

"É."

"O baterista do Guns N' Roses se chama Matt Sorum, e você não se parece nem um pouco com ele."

Um fã dos Guns N' Roses de sessenta anos? Aquilo era possível? E por que aquela peça veio cruzar logo comigo?

"Era Matt Sorum", eu disse. "*Era*. Ele se desentendeu com Axl, e aí me chamaram."

"Para tocar no Fleet Center?", disse ele quando o elevador parou no trigésimo oitavo.

"Isso aí, cara."

As portas se abriram, e ele as manteve abertas com a mão. "Na noite passada, no Fleet Center, os Celtics estavam jogando contra os Bulls. Eu sei porque vendo ingressos para a temporada." Ele me deu novamente aquele seu sorriso escancarado. "Seja lá quem você for, reze para que este elevador chegue ao térreo antes da segurança."

Ele saiu e ficou olhando para mim enquanto as portas se fechavam. Atrás dele, vi as palavras GRIFFIN, MYLES, KENNEALLY AND BERGMAN em letras douradas.

Eu sorri. "Desiree", sussurrei.

Ele se inclinou para a frente, enfiou a mão entre as portas, e elas se abriram novamente.

"O que você disse?"

"O senhor me ouviu, senhor Griffin. Ou devo chamá-lo de Danny?"

## 36

O escritório dele tinha tudo aquilo de que um homem próspero precisa, exceto hangar para jatos. E havia espaço para ajeitar um, se ele quisesse.

As salas externas estavam vazias, exceto por um único secretário, ocupado em colocar pó de café nas cafeteiras que havia em cada um dos escritórios e a cada quatro cubículos. Em algum lugar, no outro extremo, alguém passava um aspirador de pó.

Daniel Griffin pendurou o sobretudo e o paletó no *closet* e foi se sentar a uma escrivaninha vastíssima. Ele se sentou e fez um gesto para que eu me sentasse à sua frente.

Continuei de pé.

"Quem é você?", perguntou ele.

"Patrick Kenzie. Sou detetive particular. Ligue para Cheswick Hartman se quiser saber de minha vida."

"Você conhece Cheswick?"

Fiz que sim.

"Não foi você quem livrou a irmã dele daquela... situação em Connecticut há alguns anos?"

Levantei uma pesada estatueta de bronze que havia a um canto de sua mesa e a examinei. Ela representava alguma divindade oriental ou alguma figura mitológica, uma mulher com uma coroa na cabeça, mas o rosto desfigurado por uma tromba de elefante no lugar do nariz. Sentada de pernas cruzadas diante de peixes que saltavam do mar para seus pés, segurando, com cada uma de suas quatro mãos, um machado, um diamante, um frasco de ungüentos e uma serpente enrodilhada.

"É do Sri Lanka?", perguntei.
Ele levantou as sobrancelhas e confirmou com um gesto de cabeça. "Da época em que se chamava Ceilão, naturalmente."
"Não diga", eu disse.
"O que você quer de mim?", perguntou ele.
Olhei para a foto de uma bela esposa sorridente, depois para outra onde se viam vários filhos adultos e uma multidão de netos maravilhosos.
"Você vota nos republicanos?", perguntei.
"O quê?"
"Os valores familiares, não?"
"Não estou entendendo."
"O que Desiree queria com você?"
"Parece-me que não é de sua conta."
Ele estava se recuperando do choque que sofrera no elevador, a voz ia ficando mais firme, o olhar novamente assumindo um brilho de honradez. Logo, logo estaria ameaçando chamar a segurança outra vez, portanto era preciso cortar o mal pela raiz.
Contornei a escrivaninha, afastei uma luminária, e sentei em cima da mesa, minha perna quase tocando na dele. "Danny", eu disse. "Se você estivesse tendo apenas um encontro amoroso com ela, não teria me deixado sair do elevador. Você tem alguma coisa muito mais importante para esconder. Alguma coisa antiética e ilegal, que pode pôr você na cadeia, pelo resto de sua vida. Eu ainda não sei o que é, mas você sabe como Desiree age, e ela não iria perder cinco minutos com sua genitália flácida se você não estivesse dando algo grande em troca." Inclinei-me para a frente e afrouxei o nó da gravata dele, desabotoei seu colarinho. "Bom, agora conte-me tudo." Gotas de suor brilhavam em seu lábio superior, e suas bochechas começaram a descair. Ele disse: "Você está sendo invasivo".
Ergui uma sobrancelha. "É tudo o que você consegue dizer? Tudo bem, Danny."
Levantei da mesa. Ele se recostou na cadeira de rodi-

nhas, afastando-a de mim, mas dei meia-volta e andei em direção à porta. Antes de chegar nela, voltei-me e olhei para ele. "Dentro de cinco minutos vou ligar para Trevor Stone e lhe dizer que seu advogado está trepando com sua filha. Quer mandar algum recado para ele?"

"Você não pode fazer isso."

"Não? Eu tenho fotos, Danny."

Nada melhor que um bom blefe, quando funciona.

Daniel Griffin levantou a mão e engoliu em seco várias vezes. Ele se levantou tão depressa que a cadeira ficou girando atrás dele, e então, ofegante, colocou as mãos em cima da escrivaninha, mantendo-as ali por um instante.

"Você trabalha para Trevor?", perguntou ele.

"Trabalhava", eu disse. "Não trabalho mais. Mas ainda tenho o número do telefone."

"Você é...", disse ele elevando a voz, "...leal a ele?"

"Você não é", eu disse com uma risadinha.

"Você é?"

Balancei a cabeça. "Não gosto dele e não gosto da filha dele, e pelo que sei os dois querem que eu esteja morto às seis da tarde de hoje."

Ele balançou a cabeça. "São pessoas perigosas."

"Grande novidade, Danny. Conte-me algo que não sei, para variar um pouco. O que Desiree pediu que você fizesse?"

"Eu..." Ele balançou a cabeça e andou em direção a uma geladeirinha a um canto. Vendo-o se inclinar, saquei minha pistola e a engatilhei.

Mas o que ele tirou foi apenas uma garrafa de Evian. Ele bebeu metade sofregamente, depois limpou a boca com as costas da mão. E arregalou os olhos quando viu minha arma. Dei de ombros.

"Ele é um sujeito egoísta, mau, e está para morrer", disse ele. "Tenho que pensar no futuro. Tenho que pensar em quem vai pôr a mão em seu dinheiro, quando ele morrer. Quem vai controlar sua bolsa, se você prefere."

"Uma bela bolsa", eu disse.

"Sim. Um bilhão e cento e setenta e cinco milhões de dólares, pela última estimativa."

Aquela cifra me abalou um pouco. Há certas somas que a gente imagina enchendo um caminhão ou os cofres de um grande banco. E há certas somas que não caberiam neles.

"Isso não é uma bolsa", eu disse. "É um Produto Nacional Bruto."

Ele fez que sim. "E esse dinheiro tem de ir para algum lugar quando ele morrer."

"Meu Deus", eu disse. "Você vai alterar o testamento dele."

Ele desviou os olhos dos meus e olhou pela janela.

"Ou então já o alterou", eu disse. "Ele mudou o testamento depois que tentaram matá-lo, não foi?"

Olhando para a State Street, depois para a parte de trás do City Hall Plaza, ele confirmou com um gesto de cabeça.

"Ele tirou Desiree do testamento?"

Outro gesto de cabeça.

"Para quem vai o dinheiro agora?"

Nada.

"Daniel", eu disse. "Para quem vai o dinheiro agora?"

Ele fez um gesto vago com a mão. "Instituições diversas: fundações universitárias, bibliotecas, pesquisa médica, esse tipo de coisa."

"Mentira. Ele não é tão bonzinho assim."

"Noventa e dois por cento de seus fundos irão para uma conta em seu nome. Na qualidade de fideicomissário, devo repassar certa porcentagem dos lucros obtidos anualmente às instituições de pesquisa médica de que falei."

"Que instituições de pesquisa?"

Ele desviou os olhos da janela. "Instituições especializadas em pesquisa criogênica."

Quase dei risada. "Esse louco filho da puta vai se congelar?"

Ele fez que sim. "Até quando descobrirem a cura do

câncer. E quando ele acordar, ainda será um dos homens mais ricos do mundo, porque só a renda gerada por seu dinheiro bastará para compensar as perdas da inflação pelo menos até o ano 3000."

"Espere um pouco", eu disse. "Se ele estiver morto, congelado ou seja lá o que for, como vai controlar o próprio dinheiro?"

"Você quer saber como ele vai impedir a mim e aos meus sucessores de roubá-lo?"

"Sim."

"Através de uma firma de contabilidade particular."

Encostei-me na parede por um instante, tentando entender a situação. "Mas essa firma de contabilidade só entra em ação quando ele morrer ou for congelado, certo?"

Ele fechou os olhos e confirmou com a cabeça.

"E quando ele pretende se deixar congelar?"

"Amanhã."

Comecei a rir. Aquilo não podia ser mais absurdo.

"Não ria. Ele está louco, mas não devemos subestimá-lo. Não acredito nessa história de criogenia. Mas e se eu estiver errado e ele certo, senhor Kenzie? Ele vai dançar sobre nossos túmulos."

"Não se você alterar o testamento", eu disse. "Aí é que está o furo dos planos dele, não é? Mesmo que ele examine o testamento pouco antes de entrar no refrigerador, ou seja lá como se chame, você ainda pode alterá-lo ou substituí-lo por outro, não é?"

Ele levou a garrafa de Evian aos lábios. "É um troço meio delicado, mas é possível."

"Brilhante. Onde Desiree está agora?"

"Não tenho a menor idéia."

"Tudo bem. Pegue seu casaco."

"O quê?"

"Você vai vir comigo, Daniel."

"Não vou fazer isso. Tenho reuniões, tenho..."

"E eu tenho várias balas nesta pistola, e elas estão convocando uma reunião. Entende o que quero dizer?"

# 37

Pegamos um táxi na State Street e avançamos no contrafluxo do pesado trânsito daquela hora da manhã em direção a Dorchester.

"Há quanto tempo você trabalha para Trevor?", perguntei.

"Desde 1970."

"Mais de um quarto de século", eu disse.

Ele fez que sim.

"Mas você jogou tudo isso fora em poucas horas, na noite passada, para pôr a mão na filha dele."

Ele se abaixou e ajeitou o vinco da calça de forma que a bainha ficasse exatamente na altura de seus sapatos lustrosos.

"Trevor Stone", disse ele temperando a garganta, "é um monstro. Ele trata as pessoas como se fossem mercadorias. Ele compra, vende, negocia com elas, joga-as no lixo quando não lhe servem mais. Confesso que por muito tempo achei que sua filha era o contrário disso. A primeira vez que fizemos amor..."

"Quando foi isso?"

Ele ajeitou a gravata. "Há sete anos."

"Quando ela tinha dezesseis anos."

Ele olhou para o trânsito engarrafado do outro lado da auto-estrada. "Achei que ela era um pedaço do céu. Uma mulher bonita, imaculada, amável, generosa, que se tornaria o contrário de seu pai. Mas com o passar do tempo vi que ela estava representando. É isso o que ela é: uma atriz que representa melhor do que o pai. Mas não é diferente. Assim sendo, como sou um velho e perdi a inocência há muito tempo, mudei minha maneira de encarar a situação e aproveitei o que pude. Ela me usa, eu a uso, e ambos rezamos pela morte de Trevor Stone." Ele sorriu para mim. "Ela pode não ser melhor do que o pai, mas é mais bonita que ele e muito mais divertida na cama."

Nelson Ferrare me olhou com olhos cansados e começou a se coçar por cima da camiseta Fruit Of The Looms. De trás dele vinha o cheiro de suor azedo e de comida podre que empesteava seu apartamento.
"Quer que eu vigie esse cara?"
Daniel Griffin pareceu apavorado, mas acho que ainda não era de Nelson que tinha medo, embora devesse ter. Era do apartamento.
"Sim. Até a meia-noite. Trezentos paus."
Ele estendeu a mão, e eu lhe passei as notas.
Ele se afastou da porta e disse: "Entre, velho".
Empurrei Daniel Griffin pela soleira, e ele entrou cambaleando na sala.
"Amarre-o em algum lugar, se precisar, Nelson. Mas não o machuque. Nem um pouco."
Ele bocejou. "Por trezentos paus, eu lhe serviria café da manhã. Pena que eu não saiba cozinhar."
"Isso é um abuso!", disse Griffin.
"À meia-noite, pode soltá-lo", eu disse a Nelson. "Até mais."
Nelson se voltou e fechou a porta.
Quando ia andando pelo corredor do edifício, ouvi a voz dele através das paredes finas: "Vou lhe explicar a primeira regra desta casa, velho: se puser a mão no controle remoto, corto sua mão com um serrote velho".

Tomei o metrô de volta para o centro da cidade, peguei meu carro no estacionamento da Cambridge Street, onde ele costuma ficar. É um Porsche 63 que eu restaurei mais ou menos da mesma forma que Jay restaurou seu Falcon — peça por peça, durante anos; o que me agradava não era tanto o resultado final, mas o trabalho de reconstrução. Como me disse meu pai certa vez, apontando um edifício em cuja construção ele trabalhara, antes de se tornar bombeiro: "Aquele edifício não significa nada para mim, mas está vendo aquele tijolo lá em cima, Patrick? E aqueles lá no segundo andar? Fui eu que os coloquei. Os primeiros dedos a tocá-los foram os meus. E eles vão sobreviver a mim".

E assim foi. O trabalho e os seus resultados quase sempre duram mais que os que os fizeram, como qualquer fantasma de escravo egípcio pode confirmar.

E talvez seja isso, pensava eu enquanto tirava a capa de meu carro, que Trevor não consiga aceitar. Porque, levando em conta o pouco que eu sabia de seus negócios (e eu podia estar totalmente errado; eles eram muito diversificados), suas chances de conseguir a imortalidade eram muito pequenas. Ele não parece ter se dedicado muito à construção. Ele comprava e vendia e explorava, mas do café salvadorenho e dos lucros que ele gerava não ficava nada tangível depois de se beber o café e gastar o dinheiro.

Que edifícios trazem a sua marca, Trevor?

Que amantes guardam a lembrança de seu rosto com alegria e ternura?

O que marca a sua passagem na terra?

E quem pranteia a sua morte?

Ninguém.

Eu tinha um celular no porta-luvas e liguei para o celular de Angie, no Crown Victoria. Mas ela não atendeu.

Parei o carro em frente ao meu edifício, liguei o alarme, subi a escada e fiquei esperando.

Liguei para o celular de Angie dez vezes nas duas horas seguintes, cheguei a verificar se meu telefone estava realmente ligado. Estava.

A bateria pode estar descarregada, disse comigo mesmo.

Mas aí ela teria usado um adaptador para ligá-lo ao isqueiro elétrico do carro.

Não se ela não estivesse no carro.

Mas aí ela podia ter ligado para cá.

Não se ela não tivesse tempo ou um telefone à mão.

Assisti alguns minutos de *Os quatro batutas*, para me distrair, mas nem Harpo assediando as mulheres num paquete nem os quatro irmãos Marx imitando Maurice Chevalier para sair do navio com o passaporte roubado do cantor conseguiram prender a minha atenção.

Desliguei a televisão e o videocassete e liguei novamente para o celular de Angie.

Nada.

Foi assim que passei o resto da tarde. Ninguém atendia. Apenas o telefone chamando do outro lado da linha e ecoando em minha cabeça.

E o silêncio que se seguia. Um silêncio ensurdecedor, zombeteiro.

## 38

O silêncio me acompanhou enquanto eu voltava para o Whittier Place para meu encontro às seis horas com Desiree.

Angie não era apenas minha sócia. Não era só minha melhor amiga. E não era apenas minha amante. Ela era tudo isso, com certeza, mas muito mais. Desde que fizéramos amor na noite anterior, eu começara a entender que o que havia entre nós — o que certamente sempre houve entre nós, desde que éramos crianças — não era uma coisa apenas especial; era uma coisa sagrada.

Lá onde eu começava, lá onde eu terminava, estava Angie.

Sem ela — sem saber onde ela estava ou *como* ela estava — eu não era simplesmente metade do meu ser normal; eu não era mais nada.

Desiree. Desiree estava por trás daquele silêncio. Eu tinha certeza. Logo que eu a visse, ia enfiar uma bala em sua rótula e fazer minhas perguntas.

Mas Desiree, sussurrava uma voz, é esperta. Lembre-se do que Angie disse — Desiree nunca age sem um objetivo claro. Se ela estava por trás do desaparecimento de Angie, se ela a estivesse mantendo seqüestrada em algum lugar, com certeza a usaria para fazer alguma barganha. Ela não podia simplesmente tê-la matado. Não havia nenhuma vantagem em fazer isso. Nenhum ganho.

Na auto-estrada, peguei a alça que vai dar na Storrow Drive e dobrei à direita de forma a chegar ao Whittier Place, passando por Leverett Circle. Antes de chegar a este, porém, parei o carro e, sem desligar o motor, liguei o pisca-alerta, obrigando-me a respirar fundo por alguns instantes para me acalmar, serenar o fluxo impetuoso do sangue em minhas veias, pensar.

Os celtas, murmurava a voz, lembre-se dos celtas, Patrick. Eles eram loucos. Eles tinham sangue quente. Eram seus ancestrais e semearam o terror na Europa, um século antes de Cristo. Ninguém ousava desafiá-los. Porque eles eram loucos e sanguinários e precipitavam-se para o combate cobertos de tinta azul, no maior tesão. Todo mundo temia os celtas.

Até César. Júlio César perguntou aos seus homens de onde tinham tirado as histórias absurdas sobre aqueles terríveis selvagens da Gália e da Germânia, da Espanha e da Irlanda. Roma não temia ninguém.

Os celtas também não, responderam seus soldados.

Uma coragem cega, disse César, nada pode contra a inteligência.

E ele mandou cinqüenta e cinco mil homens para enfrentar duzentos e cinqüenta mil celtas em Alésia.

E estes chegaram com os olhos injetados de sangue. Eles chegaram nus e gritando, enfurecidos, de pau duro, demonstrando um desprezo total pela própria vida.

E os batalhões de César os aniquilaram.

Valendo-se de manobras táticas precisas, despindo-se de toda e qualquer emoção, as guarnições de César conquistaram os celtas impetuosos, decididos e destemidos.

Quando César comemorava a vitória nas ruas de Roma, afirmou nunca ter encontrado um chefe mais corajoso que Vercingetórix, o comandante dos celtas da Gália. E talvez para demonstrar o que ele pensava da mera coragem, César reforçava suas palavras brandindo a cabeça cortada de Vercingetórix ao longo de todo o desfile militar.

Mais uma vez, o cérebro vencera. As mentes dominaram os corações.

Atirar-me como um celta, meter uma bala no joelho de Desiree e esperar ganhar alguma coisa com isso era uma estupidez. Desiree era uma estrategista, uma romana.

Pouco a pouco, sentado em meu carro parado junto às águas escuras do Charles River, que corriam à minha direita, senti meu sangue esfriar. Meu coração parou de bater descompassado. Minhas mãos pararam de tremer.

O que me esperava não era uma briga de socos, disse comigo mesmo. Se você ganha uma luta de socos, o que acontece é que você fica ensangüentado, e seu adversário só um pouco mais do que você, e normalmente disposto a partir para outra se lhe der na telha.

Mas o que me esperava era a guerra. Ganhe a guerra, corte a cabeça de seu adversário. E ponto final.

"Como vai você?", perguntou Desiree saindo do Whittier Place, dez minutos atrasada.

"Bem", respondi sorrindo.

Ela parou ao lado do carro e deu um assobio de aprovação.

"Deslumbrante. Queria que estivesse fazendo calor para poder abaixar a capota."

"Eu também."

Ela passou as mãos pela porta, abriu-a, entrou e me deu um beijo rápido no rosto. "Onde está a senhorita Gennaro?" Ela inclinou o corpo e passou a mão pelo volante revestido de madeira.

"Ela resolveu passar mais alguns dias tomando sol."

"Está vendo? Bem que eu lhe disse. Você perdeu uma passagem de avião gratuita."

Atravessamos a alça da auto-estrada, dei uma guinada brusca para pegar a pista em direção à rodovia 1, e as buzinas dispararam atrás de nós.

"Gosto da forma como você dirige, Patrick. Bem no estilo de Boston."

"Eu sou assim", eu disse. "Bostoniano até a medula."

"Meu Deus", disse ela. "Escute só esse motor! Parece o ronronar de um leopardo."

"Foi por isso que eu o comprei. Sou louco pelo ronronar de um leopardo."

Ela começou a rir um riso gutural. "Imagino." Ela cruzou as pernas, recostou-se no banco. Estava com uma blusa de caxemira azul-marinho de gola rulê, sobre uma calça jeans com motivos pintados à mão e mocassim marrom de couro macio. Seu perfume cheirava a jasmim. Os cabelos, a maçãs frescas.

"E então", eu disse. "Você se divertiu bastante desde que voltou?"

"Divertir?" Ela balançou a cabeça. "Fiquei enfiada naquele apartamento desde que cheguei. Até você chegar, eu estava com medo de pôr a cabeça para fora." Ela tirou um maço de Dunhill da bolsa. "Importa-se que eu fume?"

"Não. Eu gosto do cheiro."

"É ex-fumante?" Ela ligou o isqueiro do painel.

"Prefiro o termo dependente de nicotina em fase de recuperação."

Atravessamos o Charlestown Tunnel e avançamos em direção às luzes da Tobin Bridge.

"Acho que andam pintando com cores sombrias demais esses pequenos vícios", disse ela.

"É mesmo?"

Ela acendeu um cigarro e sugou-o ruidosamente. "Claro. Todo mundo morre, certo?"

"Pelo que sei, sim."

"Então por que evitar as coisas que vão matá-lo? Por que demonizar determinadas coisas — heroína, álcool, sexo, nicotina, *bungee-jump*, seja lá qual for a sua preferência —, quando nós, de forma hipócrita, aceitamos cidades com substâncias tóxicas e nuvens de poluição, comemos comida gordurosa, em suma, vivemos no final do século XX no país mais industrializado do planeta?"

"Ponto para você."

"Se eu morrer disso", disse ela levantando o cigarro, "pelo menos foi uma opção minha. Portanto, nada a lamentar. E eu terei tido a minha participação — o controle — em minha própria morte. É muito melhor do que ser atingido por um caminhão, a caminho de uma convenção de vegetarianos."

Não pude deixar de sorrir. "Nunca vi ninguém formular as coisas nesses termos, pode acreditar."

Entramos na ponte, cujo vão me lembrou a Flórida, pela forma como a água parecia afastar-se bruscamente à medida que subíamos. Mas não apenas a Flórida. Foi lá que Inez Stone morreu, gritando enquanto as balas perfuravam sua carne e seus órgãos vitais, e ela se viu face a face com a loucura e o matricídio, quer tivesse consciência deste último ou não.

Inez. Sua morte estaria ou não prevista no plano?

"Então", disse Desiree. "Você acha que minha filosofia é niilista?"

Balancei a cabeça. "Fatalista. Cozinhada no fogo brando do ceticismo."

Ela sorriu. "Gostei dessa."

"Fico contente por tê-la agradado."

"Quer dizer, todos vamos morrer", disse Desiree inclinando-se para a frente. "Queiramos ou não. É um simples fato da vida."

A essa altura ela colocou uma coisa macia em meu colo.

Tive que esperar passar sob um poste de iluminação para ver o que era, porque o tecido era muito escuro.

Era uma camiseta. Nela se liam as palavras FURY IN THE SLAUGHTERHOUSE em letras brancas. Estava rasgada mais ou menos na altura do tórax de quem a usasse, do lado direito.

Desiree enfiou uma pistola em meus testículos, inclinando o corpo em minha direção e começando a roçar a língua em minha orelha.

*315*

"Ela não está na Flórida", disse ela. "Está enfiada em algum lugar. Ainda não está morta, mas ela vai morrer se você não fizer exatamente o que eu mandar."

"Eu mato você", respondi num sussurro, quando chegávamos ao ponto mais alto da ponte, começando a descer para a outra margem do rio.

"É isso o que todos os caras costumam dizer."

Na estrada sinuosa que subia em direção a Marblehead Neck, enquanto o oceano fervilhava e se atirava contra os rochedos lá embaixo, afastei a lembrança de Angie de minha mente por um instante, dominei as negras nuvens de preocupação que ameaçavam me sufocar.

"Desiree."

"É o meu nome", disse ela com um sorriso.

"Você quer que seu pai morra", eu disse. "Tudo bem. Faz sentido."

"Obrigada."

"Para um sociopata."

"Que palavras doces, Patrick."

"Mas a sua mãe", eu disse. "Que motivo teria para matá-la?"

"Você sabe como são as coisas entre mães e filhas", disse ela numa voz aguda, em tom frívolo. "Todo aquele ciúme reprimido. Todos aqueles espetáculos na escola a que não se pôde assistir, todas aquelas discussões sobre cabides de metal."

"Falando sério", eu disse.

Ela tamborilou com os dedos no cano da arma por um instante.

"Minha mãe", disse ela, "era uma bela mulher."

"Eu sei. Eu vi as fotografias."

Ela soltou um riso desdenhoso. "Fotografias enganam. Fotografias são momentos isolados. Minha mãe não era apenas bonita fisicamente, seu imbecil. Minha mãe era a elegância personificada. Ela era a graça. Ela amava sem reservas", completou Desiree, sugando o ar ruidosamente entre os dentes.

"Mas então por que matá-la?"

"Quando eu era pequena minha mãe me levou ao centro da cidade. Um dia de diversão para as garotas, como ela disse. Fizemos um piquenique no Common, visitamos os museus, tomamos chá no Ritz e fomos passear de barco no Public Garden. Foi um dia perfeito." Ela olhou pela janela. "Lá pelas três horas, topamos com aquele menino. Ele tinha a minha idade — certamente uns dez ou onze, naquela época. Ele era chinês. Estava chorando porque alguém que passara num ônibus escolar jogara uma pedra nele, atingindo-lhe o olho. E minha mãe, nunca vou esquecer, tomou-o no colo e chorou com ele. Em silêncio. As lágrimas escorrendo pelas faces, e o sangue do menino manchando sua roupa. Assim era a minha mãe, Patrick." Ela desviou os olhos da janela. "Ela chorava por desconhecidos."

"E você a matou por causa disso?"

"Eu não a matei", disse ela com voz sibilante.

"Não?"

"O carro dela quebrou, seu panaca! Sacou? Isso não estava nos planos. Ela não devia estar com Trevor. A morte dela não estava nos planos."

Ela tossiu cobrindo a boca com o punho e inspirou bruscamente, com um ruído líquido.

"Foi um engano", eu disse.

"Sim."

"Você a amava."

"*Sim.*"

"Quer dizer então que sentiu a sua morte", eu disse.

"Mais do que você poderia imaginar."

"Ótimo", eu disse.

"Ótimo que ela morreu, ou bom que eu senti a sua morte?"

"As duas coisas", respondi.

*317*

* * *

Na entrada da propriedade de Trevor Stone, os grandes portões se abriram diante de nós, fechando-se depois que passamos. As luzes dos meus faróis primeiro iluminaram os arbustos impecavelmente podados, descrevendo em seguida um arco para a esquerda, quando eu peguei a estradinha de cascalho branco que contornava um gramado oval com um enorme chafariz ao centro, depois entrei devagar no acesso principal. A casa avultava uma centena de metros mais adiante, no fim de uma alameda ladeada de carvalhos cujas imensas silhuetas impassíveis e orgulhosas lembravam a de sentinelas postadas a cada cinco metros.

Quando chegamos ao *cul-de-sac* no final da estrada, Desiree disse: "Continue. Lá". E apontou. Contornei o chafariz, ele se acendeu no mesmo instante, e raios de luz amarela atravessavam os súbitos jatos de água espumante. Uma ninfa de bronze, sobranceando tudo aquilo, girava lentamente, fixando em mim os olhos mortos de seu rosto de querubim.

A estrada descrevia um cotovelo num ângulo da casa, depois se internava num pinheiral até um celeiro reformado.

"Estacione ali", disse Desiree apontando para uma clareira à esquerda do edifício.

Parei o carro e desliguei o motor.

Ela pegou as chaves e saiu do carro, apontando a arma para mim através do pára-brisa enquanto eu abria a porta e entrava na noite, naquele ar duas vezes mais gelado que o ar da cidade, devido ao vento cortante que soprava do mar.

Ouvindo o barulho inconfundível de um cartucho sendo colocado na câmara de uma espingarda, voltei a cabeça e dei de cara com o cano preto da arma nas mãos de Julian Archerson.

"Boa noite, senhor Kenzie."

"Zumbi", eu disse. "É sempre um prazer."

Tive a impressão de ver um cilindro cromado apontando do bolso esquerdo de seu casaco. Quando meus olhos se acostumaram à escuridão, percebi que se tratava de uma espécie de garrafa de oxigênio.

Desiree, que se aproximara de Julian, levantou uma mangueira ligada ao cilindro, desfez as suas dobras e pegou a máscara amarela translúcida que havia na extremidade.

Ela me passou a máscara e girou a chave do cilindro, que começou a emitir um ruído sibilante.

"Coloque isso", disse ela.

"Não seja ridícula."

Julian bateu a boca da espingarda em meu queixo. "Você não tem escolha, Kenzie."

"Pela senhorita Gennaro", disse Desiree em tom suave. "O amor de sua vida."

"Devagar", eu disse enquanto pegava a máscara.

"Como assim?", perguntou Desiree.

"É assim que você vai morrer, Desiree. Devagar."

Coloquei a máscara no rosto, inspirei e imediatamente senti o torpor espalhar-se pelas minhas faces e pela extremidade de meus dedos. Inspirei novamente, e uma coisa nebulosa invadiu meu peito. Inspirei pela terceira vez, e tudo ficou verde, depois preto.

## 39

A primeira coisa que pensei, quando recuperei os sentidos, foi que estava paralisado.
Não conseguia mexer os braços nem as pernas. E não apenas os membros, mas também os músculos.
Abri os olhos, pisquei várias vezes para livrar-me de uma crosta seca que parecia ter se formado sobre as córneas. O rosto de Desiree pairava à distância, sorrindo. Depois vi o peito de Julian. Depois, uma lâmpada. E novamente o peito de Julian. Depois, o rosto de Julian, ainda sorrindo.
"Olá", disse ela.
A sala atrás deles começou a tomar forma, como se tudo de repente começasse a emergir das trevas, vindo em minha direção, parando abruptamente às suas costas.
Eu estava no escritório de Trevor, numa cadeira próxima ao canto esquerdo da secretária. Eu ouvia o bramido do mar atrás de mim. Quando me recuperei do torpor, ouvi o tique-taque do relógio à minha direita. Voltei a cabeça e olhei para ele. Nove horas. Eu passara duas horas desacordado.
Abaixei os olhos para ver meu próprio corpo, e vi um branco só. Meus braços estavam presos no braço da cadeira, minhas pernas amarradas ao lado interno das pernas da cadeira. Eu fora amarrado com um lençol inteiro que me envolvia o peito e as coxas, e outro que prendia minhas pernas. Não dava para sentir os nós, e imaginei que ambos os lençóis estavam amarrados na parte de trás da cadeira. E estavam muito bem amarrados. Eu estava praticamente mumificado, do pescoço para baixo, e meu

corpo não apresentaria marcas de cordas nem de algemas, quando chegasse o momento da autópsia a que Desiree certamente pretendia me destinar.

"Nenhuma marca", eu disse. "Ótimo."

Olhando para mim, Julian levou a mão a um chapéu imaginário. "Foi uma coisa que aprendi na Argélia", disse ele. "Muitos anos atrás."

"Sujeito viajado", eu disse. "Gosto disso num Zumbi."

Desiree aproximou-se e sentou-se na secretária, as mãos sob as coxas, pernas balançando no ar como as de uma garotinha de escola.

"Olá", repetiu ela, toda doçura e leveza.

"Olá."

"Estamos só esperando por meu pai."

"Ah", eu disse olhando para Julian. "Com o Zumbi aqui e Nó-Cego morto, quem é que cuida de seu pai quando ele vai à cidade?"

"Coitado do Julian", disse ela. "Hoje acordou gripado."

"Sinto muito por isso, Zumbi."

Os lábios de Julian tremeram.

"Então, papai teve de contratar um serviço de limusines para levá-lo à cidade."

"Meu Deus", eu disse. "Que dirão os vizinhos? Meu Deus."

Ela tirou as mãos de sob as coxas, pegou um maço de Dunhill do bolso e acendeu um deles. "Você ainda não sacou, Patrick?"

Inclinei a cabeça para olhar para ela. "Você mata Trevor a tiros, me mata, e faz parecer que nós nos matamos."

"Mais ou menos isso." Ela pôs o pé esquerdo em cima da secretária, sentou-se em cima do outro e ficou me observando através dos anéis de fumaça que lançava em minha direção.

"A polícia da Flórida vai garantir tratar-se de uma espécie de vingança pessoal ou estranha obsessão contra seu pai, pintando-me como um paranóide ou coisa pior."

"Provavelmente", disse ela jogando a cinza do cigarro no chão.

"Puxa, Desiree, as coisas estão indo às mil maravilhas para você."

Ela fez uma pequena mesura. "Normalmente é assim, Patrick. Mais cedo ou mais tarde. Price é que devia estar sentado aí onde você está, mas então ele deu com os burros n'água, e tive de improvisar. Pensei depois que seria o Jay, mas aí houve mais complicações, e tive de improvisar novamente. Ela deu um suspiro e esmagou o cigarro na escrivaninha. "Mas tudo bem. A improvisação é uma de minhas especialidades."

Ela se recostou na escrivaninha e me deu um sorriso largo.

"Por mim eu batia palmas", eu disse. "Mas estou por assim dizer impossibilitado."

"O que vale é a intenção", disse ela.

"Já que estamos aqui sem muito o que fazer antes de você matar seu pai e a mim, deixe-me perguntar-lhe uma coisa."

"Desembucha, cara."

"Price pegou o dinheiro que vocês dois roubaram e o escondeu, certo?"

"Certo."

"Mas por que você o deixou fazer isso, Desiree? Por que você simplesmente não arrancou essa informação dele, para em seguida matá-lo?"

"Ele era um sujeito perigoso demais", disse ela arqueando as sobrancelhas.

"Sim, mas ora, Desiree. Acho que comparado a você, em matéria de periculosidade, ele não passava de um bunda-mole."

Ela se inclinou para a frente, lançando-me um olhar meio que de aprovação. Ela se mexeu novamente, cruzando as pernas em cima da escrivaninha, envolvendo os tornozelos com as mãos. "Sim, no final das contas eu poderia ter recuperado os dois milhões em duas horas, se quisesse. Mas aí teria sido uma coisa sangrenta. E depois a armação da droga ia render um bom dinheiro, Patrick. Se o navio não tivesse naufragado, ele ia receber dez milhões de dólares como pagamento."

"E você o teria matado para pegar o dinheiro logo que Price o pegasse."

Ela fez que sim. "Nada mau, hein?"

"Mas aí começou a aparecer heroína nas praias da Flórida..."

"E foi tudo por água abaixo." Ela acendeu outro cigarro. "Então papai mandou você, Clifton e Cushing para lá. Cushing e Clifton tiraram Jay da parada, e mais uma vez tive de improvisar."

"Mas você é tão boa nisso, Desiree..."

Ela sorriu, a boca aberta, passando a ponta da língua de leve sob os dentes superiores. Desceu da escrivaninha, deu várias voltas em torno de minha cadeira, fumando, olhando-me com um brilho estranho nos olhos.

Ela parou, encostou-se na escrivaninha novamente, os olhos de jade fitando os meus.

Não saberia dizer quanto tempo nos mantivemos assim, olhos nos olhos, esperando que o outro piscasse. Eu gostaria de dizer que, fitando os olhos verdes brilhantes de Desiree, eu a entendi. Gostaria de dizer que entendi a natureza de sua alma, que encontrei um laço comum que nos unia, e portanto também a todos os seres humanos, mas não foi o que aconteceu.

Quanto mais eu olhava, menos eu via. O brilho do jade deu lugar a vestígios do nada. E os vestígios do nada deram lugar à essência do nada. Exceto, talvez, a ganância nua e crua, a superfície polida de uma máquina que só conhecia a cobiça, e que pouco sabia sobre tudo o mais.

Desiree esmagou o cigarro na escrivaninha, ao lado do outro, e agachou-se ao meu lado. "Patrick, sabe o que me dói?"

"Além de ter um coração podre?", eu disse.

Ela sorriu. "Além disso. O que me dói é que de certa forma eu gostava de você. Nenhum outro homem resistiu aos meus encantos. Nunca. E isso me excita, pode crer. Se tivéssemos tempo, eu o faria ficar louco por mim."

Balancei a cabeça. "Não haveria nenhuma chance."

"Ah, não?" Ela avançou de joelhos e colocou a cabeça em meu colo. Ela repousou a cabeça sobre a face esquerda e olhou para mim com o olho direito. "Eu enlouqueço todo mundo. É só perguntar a Jay."

"Você conquistou Jay?", perguntei.

Ela aninhou o rosto em minhas coxas. "Eu diria que sim."

"Então por que você foi estúpida a ponto de me dizer *Limite de segurança* no aeroporto?"

Ela levantou a cabeça de meu colo. "Foi isso que lhe deu a pista?"

"Eu estava com um pé atrás com você desde que nos conhecemos, Desiree, mas foi isso que decidiu tudo."

Ela estalou a língua. "Bem, ponto para ele. Ponto para ele. Ele tentou me incriminar depois de morto, não foi?"

"Sim."

Ela se agachou novamente. "Oh, bem. Isso fez muito bem para ele. E para você." Ela esticou o tronco e passou as mãos pelos cabelos. "Estou sempre preparada para os imprevistos, Patrick. Sempre. Foi uma coisa que meu pai me ensinou. Deus sabe como eu odeio aquele canalha, mas devo isso a ele. Ele sempre tem um plano alternativo. Três, se necessário."

"Meu pai me ensinou a mesma coisa. Também no meu caso, por mais que eu o odiasse."

Ela inclinou a cabeça para a direita. "É mesmo?"

"Ah, sim, Desiree. É sim."

"Ele está blefando, Julian?", disse ela por sobre o ombro.

O rosto impassível de Julian tremeu. "Ele está blefando, minha cara."

"Você está blefando", ela me disse.

"Temo que não", respondi. "Você teve notícias do advogado de seu pai hoje?"

Faróis de carro iluminaram a casa, e o cascalho de fora rangeu sob os pneus.

"Deve ser seu pai", disse Julian. Ela estava olhando para mim, os músculos da mandíbula crispando-se quase imperceptivelmente.

Mergulhei no fundo de seus olhos como o faria com os olhos de uma amante. "Você vai matar Trevor e a mim, para pensarem que eu e ele nos matamos, mas isso não vai adiantar de nada sem um testamento fraudado, Desiree."

A porta da frente se abriu.

"Julian!", gritou Trevor Stone. "Julian! Onde você está?"

Lá fora, pneus fizeram ranger o cascalho novamente, depois afastaram-se em direção aos portões de entrada.

"Onde ele está?", disse Desiree.

"Quem?", eu disse.

"Julian!", gritou Trevor.

Julian dirigiu-se à porta.

"Pare", disse Desiree.

Julian estacou.

"Ele também rola no gramado, vai buscar ossos e tudo o mais?", perguntei.

"Julian! Por Deus, homem!" Os passos vacilantes de Trevor aproximaram-se soando no piso de mármore lá fora.

"Onde está Danny Griffin?", disse Desiree.

"Imagino que não está atendendo os seus telefonemas."

Ela sacou a pistola de sob o suéter.

"Julian! Pelo amor de Deus!" As pesadas portas se abriram, e Trevor Stone surgiu, apoiado em sua bengala, vestindo um *smoking*, um lenço de seda ao pescoço, tremendo dos pés à cabeça.

Ajoelhada no chão, Desiree apontou a arma para ele, o braço firme feito uma rocha.

"Oi, pai", disse ela. "Quanto tempo, hein?"

## *40*

Trevor Stone reagiu com espantoso sangue-frio para um homem sob a mira de uma arma.

Ele olhou para a filha como se a tivesse visto no dia anterior, olhou para a arma como se fosse um presente de que não gostasse muito mas que também não pretendesse recusar, entrou na sala e dirigiu-se à escrivaninha.

"Olá, Desiree. Você fica muito bem bronzeada."

Ela sacudiu os cabelos e inclinou a cabeça para vê-lo melhor. "Você acha?"

Os olhos verdes de Trevor relancearam pelo rosto de Julian, depois voltaram-se para mim. "Ora, o senhor Kenzie", disse ele. "Vejo que voltou da Flórida são e salvo."

"Apesar de estar amarrado a esta cadeira com lençóis, estou ótimo, Trevor."

Ele apoiou a mão na escrivaninha enquanto a contornava, depois inclinou-se para pegar a cadeira de rodas junto à janela e sentou-se. Desiree girou sobre os joelhos, seguindo-o com a arma.

"Quer dizer então, Julian", disse Trevor enchendo a sala com sua voz de barítono, "que, pelo que estou vendo, você passou para o lado da juventude."

Julian cruzou as mãos na cintura e abaixou a cabeça. "Foi a opção mais pragmática, meu caro. Você entende, não é?"

Trevor abriu a caixa de charutos que estava na escrivaninha, e Desiree engatilhou a pistola.

"Só um charuto, minha cara." Ele tirou um charuto

cubano comprido feito minha canela, cortou a ponta e o acendeu. Pequenos anéis de fumaça começaram a subir da ponta acesa, enquanto ele sugava o charuto repetidas vezes, encovando ainda mais as faces devastadas para acendê-lo bem, e então um rico aroma de folhas queimadas penetrou em minhas narinas.

"Não esconda as mãos, pai."

"Oh, longe de mim fazer uma coisa dessa", disse ele recostando-se na cadeira e soltando um anel de fumaça acima de sua cabeça. "Quer dizer então que você veio para terminar o serviço que aqueles três patifes não conseguiram fazer na ponte, no ano passado."

"Mais ou menos isso", disse ela.

Ele inclinou a cabeça e olhou para ela pelo canto do olho. "Não, é exatamente isso, Desiree. Lembre-se, se seu discurso é confuso, pode dar a impressão de que suas idéias também são confusas."

"As Regras de Combate de Trevor Stone", Desiree me explicou.

"Senhor Kenzie", disse ele, voltando a contemplar os anéis de fumaça que ia soprando. "Você transou com minha filha?"

"Ora essa, pai", disse Desiree. "Ora essa."

"Não", eu disse. "Não tive esse prazer. Por isso imagino ser uma exceção nesta sala."

Seus lábios estragados fizeram um arremedo de sorriso. "Ah, quer dizer então que Desiree continua com a fantasia de que tivemos um caso sexual."

"Você mesmo me disse, papai: quando um truque dá certo, continue a usá-lo."

Trevor piscou para mim. "Não sou nenhum anjinho, mas nunca cheguei ao incesto." Ele voltou a cabeça. "E você, Julian. O que achou da performance de minha filha na cama? Foi satisfatória?"

"Muito", disse ele com um leve tremor nas faces.

"Mais do que a da mãe dela?"

Desiree virou a cabeça bruscamente para olhar para Julian, voltando em seguida a olhar para o pai.

"Não saberia dizer sobre a mãe dela, senhor."

"Ora, vamos", disse Trevor com uma risadinha. "Não seja modesto, Julian. Pelo que sei, você é que é o pai dessa moça, não eu."

As mãos de Julian se crisparam, e seus pés se afastaram um pouco. "Está imaginando coisas, senhor."

"É mesmo?", disse Trevor voltando a cabeça e piscando para mim.

Senti-me como se estivesse preso numa peça de Noel Coward reescrita por Sam Shepard.

"Você acha que essa história vai funcionar?", falou Desiree. Ela se levantou. "Pai, você nem pode imaginar o quanto estou me lixando para esses padrões de comportamento sexual considerados normais." Ela passou por trás de mim, contornou a escrivaninha, postou-se atrás do pai e se inclinou por sobre seu ombro. Ela encostou o cano da pistola do lado esquerdo de sua fronte, fazendo-o deslizar com tanta força em sua pele que a mira deixou um rastro de sangue. "E o que aconteceria se Julian fosse meu pai biológico?"

Trevor seguiu com os olhos uma gota de suor que caiu de suas sobrancelhas sobre o charuto.

"Agora, pai", disse ela beliscando-lhe o lobo da orelha esquerda, "que tal levarmos você para o meio da sala, para que fiquemos todos juntos?"

Enquanto a filha o empurrava, Trevor aspirou um pouco mais a fumaça do charuto, tentando parecer tão indiferente quanto parecera ao entrar na sala, mas notei que a situação começava a incomodá-lo. O medo conseguira se insinuar no coração daquele homem arrogante, como pude perceber pela expressão de seus olhos e pela súbita crispação de sua mandíbula em petição de miséria.

Desiree contornou a escrivaninha empurrando o pai na sua frente, colocando-o diante de mim; cada um em sua cadeira, ficamos os dois nos perguntando se nos levantaríamos delas.

"Como está se sentindo, senhor Kenzie?", disse Trevor. "Amarrado aí, desamparado, sem saber se o próximo suspiro não será o último."

"Você também está em condições de me dizer como é isso."

Desiree afastou-se de nós e aproximou-se de Julian, os dois cochicharam por um instante, a arma apontada para a nuca do pai.

"Você é um sujeito esperto", disse Trevor inclinando-se para a frente, abaixando a voz. "Tem alguma idéia?"

"Pelo que estou vendo, você está fodido, Trevor."

Ele fez um gesto largo com o charuto. "Você também, garoto."

"Sim, mas um pouco menos."

Ele fitou meu corpo mumificado e ergueu as sobrancelhas. "É mesmo? Acho que você está enganado. Mas se nós dois puséssemos a cabeça pra funcionar, quem sabe poderíamos..."

"Certa vez conheci um sujeito", eu disse, "que violentou o filho, matou a mulher, provocou uma guerra de quadrilhas em Roxbury e Dorchester que resultou na morte de pelo menos dezesseis garotos."

"E daí?", disse Trevor.

"E eu tinha mais simpatia por ele do que por você", eu disse. "Não muita, bem entendido. Quer dizer, ele era um canalha, você também é; é como ter de escolher entre dois tipos de podridão. Mas ele pelo menos era pobre, não tinha nenhuma instrução, a sociedade lhe dera mil e uma demonstrações de quão pouco se importava com ele. Mas você, Trevor, você tinha tudo o que um homem pode desejar. E não lhe bastou. E você ainda comprou sua mulher como se ela fosse uma leitoa numa feira do interior. E ainda por cima pegou a criança que você pôs no mundo e a transformou num monstro. O cara de quem eu estava falando foi responsável pela morte de pelo menos vinte pessoas. Provavelmente muito mais. E eu o matei como quem mata um cachorro. Porque era isso que ele merecia. Mas você? Nem com uma calculadora você poderia computar o número de mortes que tem nas costas, o número de vidas que destruiu ou infernizou ao longo dos anos."

"Quer dizer que você me mataria como se mata um cachorro, senhor Kenzie?", disse ele sorrindo.

Balancei a cabeça. "Não. Mas como se mata um tubarão feroz quando se está pescando em alto-mar. Eu o içaria para dentro do barco, daria umas boas pauladas até deixar você zonzo, abriria sua barriga e o jogaria de volta no mar. E ficaria assistindo de camarote os tubarões o devorarem vivo."

"Ora, ora", disse ele. "Não é que seria um belo espetáculo?"

A essa altura Desiree veio em nossa direção. "Estão se divertindo, cavalheiros?"

"O senhor Kenzie estava me explicando as sutilezas do 'Segundo Concerto de Brandemburgo' em fá maior, de Bach. Ele revolucionou a minha percepção dessa peça musical, querida."

Ela lhe deu um tapa na têmpora. "Que bom, papai."

"Bem, e o que você está pretendendo fazer conosco?", perguntou ele.

"Quer dizer, depois de matá-los?"

"Bem, era sobre isso que eu estava me perguntando. Eu me pergunto por que você precisaria confabular com meu querido criado, o senhor Archerson, se tudo estivesse saindo de acordo com o planejado. Você é muito cuidadosa, Desiree, porque eu treinei você para ser assim. Se você precisou confabular com o senhor Archerson, deve ter caído a famosa mosca na sopa." Ele olhou para mim. "Será que isso teria a ver com o esperto senhor Kenzie?"

"Esperto", eu disse. "É a segunda vez que diz isso."

"Você se acostuma", disse ele.

"Patrick", disse Desiree. "Nós dois temos umas coisi-

nhas para discutir, não é?" Ela voltou a cabeça. "Julian, você pode levar o senhor Stone para a despensa e trancá-lo lá?"
"A despensa!", exclamou Trevor. "Adoro a despensa. Todos aqueles enlatados."
Julian pôs as mãos nos ombros de Trevor. "O senhor sabe como sou forte, senhor Trevor. Não me obrigue a usar a minha força."
"Nem em sonho", disse Trevor. "Vamos aos enlatados, Julian, o mais rápido possível."
Julian foi empurrando a cadeira de Trevor para fora da sala, e ouvi o barulho das rodas no mármore quando eles passaram pela grande escadaria em direção à cozinha.
"Todos aqueles presuntos!", exclamava Trevor. "E a quantidade de alho-poró!"
Desiree se sentou em minhas coxas e encostou a pistola em meu ouvido esquerdo. "Cá estamos nós."
"Que romântico, não?"
"E o Danny", disse ela.
"Sim?"
"Onde ele está?"
"Onde está a minha sócia?"
Ela sorriu. "No jardim."
"No jardim?", perguntei.
Ela fez que sim. "Enterrada até o pescoço." Ela olhou pela janela. "Meu Deus, tomara que não caia neve esta noite."
"Desenterre-a", eu disse.
"Não."
"Então diga adeus a Danny."
Tive a impressão de ver lâminas brilhando em seus olhos. "Deixe-me tentar imaginar — a menos que você dê um telefonema a certa altura, ele está morto, e blá blá blá."
Olhei para o relógio por sobre seu ombro, quando ela mudou de posição sobre minhas coxas. "Na verdade não. Mas aconteça o que acontecer, ele vai levar um tiro na cabeça dentro de uns trinta minutos."
Seu maxilar abaixou um pouco quando ela sentiu o

golpe, mas só por um instante, depois sua mão se crispou em meus cabelos, e a pistola pressionou com tanta força o meu ouvido que por pouco não saía do outro lado. "A menos que você dê um telefonema", disse ela.

"Não. Um telefonema não ia resolver o problema, porque o sujeito que está com ele não tem telefone. Se eu não aparecer em sua casa dentro de trinta — não, vinte e nove — minutos, vamos ter um advogado a menos no mundo. Em tudo e por tudo, quem vai sentir falta de um advogado?"

"E se ele morrer, o que você ganha com isso?"

"Nada", eu disse. "Mas de qualquer modo já vou morrer mesmo."

"Você se esqueceu de sua sócia?", disse ela inclinando a cabeça em direção à janela.

"Ora, Desiree. Você já a matou."

Observei bem os olhos dela quando ela respondeu.

"Não, não matei."

"Prove."

Ela caiu na risada e, ainda apoiada em minhas coxas, inclinou o corpo para trás. "Foda-se, cara." Ela sacudiu um dedo diante do meu rosto. "Dá pra notar que você está começando a se desesperar, Patrick."

"Você também, Desiree. Se você perder o advogado, perde tudo. Mesmo que você me mate e mate seu pai, só terá dois milhões. E ambos sabemos que isso não é o bastante para você." Inclinei a cabeça para deslocar a pistola de meu ouvido, depois rocei o cursor com a maçã do rosto. "Vinte e oito minutos", eu disse. "Depois disso, você vai passar a vida pensando em como esteve perto de um bilhão de dólares. E vendo outras pessoas gastando-o."

A coronha bateu com tanta força em minha cabeça que o ar da sala ficou vermelho por um instante e tudo começou a girar.

Desiree levantou-se de minhas coxas e me deu uma bofetada. "Pensa que não conheço você?", gritou ela. "Hein? Você pensa que eu não..."

"Eu acho que você está precisando de um advogado, Desiree. É isso o que eu acho."

Mais um tapa, desta vez com as unhas dilacerando-me a face esquerda. Ela engatilhou a pistola novamente, pôs o cano da arma entre minhas sobrancelhas e começou a berrar em minha cara; agora eu via apenas o buraco de sua boca, de onde jorrava uma torrente de impropérios. A saliva espumava nos cantos dos lábios, e ela continuava a gritar, o indicador enroscando-se no gatilho e tingindo-se de rosa. A violência de seus berros, combinada com a onda de choque criada por eles, martelava meu crânio e me queimava os ouvidos.

"Você vai morrer", disse ela numa voz descontrolada.

"Vinte e sete minutos", eu disse.

Julian precipitou-se porta adentro, e ela apontou a arma para ele.

Ele levantou as mãos. "Algum problema, senhorita?"

"Em quanto tempo você consegue chegar a Dorchester?", disse ela.

"Trinta minutos", disse ele.

"Você tem vinte minutos. Vamos mostrar ao senhor Kenzie a sócia dele no jardim." Ela abaixou os olhos em minha direção. "E aí, Patrick, você vai nos dar o endereço de seu amigo."

"Julian não vai conseguir passar pela porta dele vivo."

Ela brandiu novamente a arma acima de minha cabeça, mas evitou dar o golpe. "Deixe que Julian cuida disso", disse ela. "O endereço em troca de poder ver sua sócia. Feito?"

Fiz que sim.

"Desamarre-o."

"Mas querida..."

"Não me chame de 'querida', Julian." Ela se agachou atrás de minha cadeira. "Desamarre-o."

Julian disse: "Isso é uma loucura".

"Julian, de uma vez por todas, diga-me que alternativa eu tenho."

Julian não soube responder.

Senti a pressão diminuir primeiro em meu peito, depois nas pernas. Os lençóis caíram e se espalharam no chão à minha frente.

Desiree me tirou da cadeira batendo em minha cabeça com a pistola, que ela em seguida encostou em meu pescoço. "Vamos."

Julian pegou uma lanterna de cima de uma estante e abriu as portas de vidro que davam para o gramado. Fomos andando atrás dele; ele dobrou à esquerda, o foco de luz dançando na grama à sua frente, formando um halo.

Como Desiree me segurou pelos cabelos e enfiou a arma em minha garganta, tive de me abaixar para ficar na sua altura, e seguimos por um caminho curto que contornava um depósito e um carrinho de mão emborcado, passava por uma touceira de árvores e ia dar no jardim.

Bem de acordo com tudo o mais naquele lugar, ele era enorme — pelo menos do tamanho de um campo de beisebol, com três lados limitados por sebes de pouco mais de um metro de altura, cobertas de geada. Passamos por cima do encerado enrolado na entrada, e a luz da lanterna iluminou sulcos de terra congelada e brotos de ervas endurecidos, resistentes o bastante, ao que parecia, para sobreviver ao inverno. Um movimento brusco, a baixa altura e à nossa direita, chamou a nossa atenção, e Desiree me fez parar com um puxão nos cabelos. O foco de luz saltou para a direita, depois novamente para a esquerda, e uma lebre magra, com o pêlo eriçado pelo frio, pulou para fora do foco luminoso e desapareceu numa sebe.

"Mate-a", eu disse a Desiree. "Quem sabe ela tem algum dinheiro."

"Cale a boca", disse ela. "Julian, vamos com isso."

"Querida."

"Não me chame de querida."

"Temos um problema, querida."

Ele recuou um passo. Mais adiante, sob a luz da lanterna, vimos um buraco vazio, de cerca de um metro e meio de profundidade e uns quarenta centímetros de diâmetro.

Quando foi cavado, certamente tinha limites bem precisos, mas alguém revolvera toda a terra em volta, no esforço de sair dele. Sulcos mais profundos que os deixados pelo ancinho rasgavam o chão, e havia terra espalhada em toda a sua volta. Aquilo revelava não apenas o esforço desesperado para sair do buraco, mas também a raiva.

Desiree olhou para a direita, depois para a esquerda. "Julian."

"Sim?", disse ele examinando o fundo do buraco.

"Quando você veio vê-la pela última vez?"

Julian consultou o relógio. "Há pelo menos uma hora."

"Uma hora."

Julian disse: "A essa altura ela já pode ter chegado a um telefone".

Desiree fez uma careta. "Onde? A casa mais perto daqui fica a uns quatrocentos metros, e os donos foram veranear em Nice. Ela está coberta de terra e..."

"Nesta casa", disse Julian entre dentes, olhando por sobre o ombro para a mansão. "Ela pode estar dentro desta casa."

Desiree balançou a cabeça. "Ela ainda está aqui fora. Sei que ela está. Ela está esperando o namorado. Não está?" Ela gritou para a escuridão: "Não está?".

Ouvimos um rumor à nossa esquerda. O ruído poderia ter vindo das sebes, mas era difícil saber ao certo por causa do fragor das ondas do mar, a uns vinte metros de distância, do outro lado do jardim.

Julian se inclinou em direção a uma sebe. "Não sei", disse ele devagar.

Desiree apontou a pistola para a sua esquerda e soltou meu cabelo. "Os refletores. Podemos acender os refletores, Julian."

"Não sei...", disse Julian.

O vento — ou quem sabe as ondas do mar — sussurrou em meus ouvidos.

"Merda", disse Desiree. "Como será que ela...?"

De repente ouviu-se o barulho de água, semelhante ao de um sapato entrando numa poça de neve derretida.

"Droga", disse Julian, apontando a lanterna para o próprio peito, iluminando as duas lâminas brilhantes da tesoura de jardim apontando de seu esterno.

"Droga", repetiu ele olhando para os cabos de madeira da tesoura, como se esperasse que eles explicassem a própria presença.

Então a lanterna caiu, e ele tombou para a frente. As pontas das lâminas letais saíram de suas costas, ele piscou os olhos uma vez, o queixo enfiado na sujeira, depois suspirou. Depois nada.

Desiree voltou a pistola para mim, mas ela saltou de sua mão quando o cabo de uma enxada bateu contra seu punho.

Ela disse: "O quê?", voltando a cabeça para a esquerda, enquanto Angie saía da escuridão, coberta de terra da cabeça aos pés. Angie deu um soco tão forte na cara de Desiree Stone que com certeza ela já estava no país dos sonhos antes que o corpo chegasse ao chão.

## *41*

Fiquei ao lado do chuveiro no banheiro de hóspedes do térreo, enquanto a água escorria pelo corpo de Angie e o último resto de sujeira descia pelos tornozelos dela e desaparecia no ralo, num torvelinho. Ela passou uma esponja de banho no braço esquerdo, a espuma escorreu até o cotovelo, ficou ali por um instante, formando longas gotas que terminaram por cair no chão de mármore. Então ela começou a fazer o mesmo no outro braço.

Ela devia ter lavado cada parte do corpo quatro vezes desde que chegáramos ali, mas ainda assim eu continuava extasiado.

"Você quebrou o nariz dela", eu disse.

"É mesmo? Você está vendo algum xampu por aí?"

Usei uma toalhinha de mão para abrir o pequeno armário do banheiro. Enrolei a toalhinha no frasquinho de xampu, pus um pouco em minha mão e voltei para perto do chuveiro.

"Fique de costas para mim."

Ela ficou, eu me inclinei para a frente e passei o xampu em seus cabelos, sentindo as mechas úmidas envolvendo meus dedos, a espuma se formando enquanto eu lhe massageava o couro cabeludo.

"Assim é muito gostoso", disse ela.

"Sem brincadeiras", eu disse.

"Está um horror, não?" Ela se inclinou para a frente, e eu tirei as mãos de seus cabelos no momento em que ela levantou os braços e começou a esfregar os cabelos com muito mais força do que eu poderia usar nos meus, caso eu pretenda chegar aos quarenta anos com eles ainda na cabeça.

Lavei o xampu de minhas mãos na pia. "O quê?"

"O nariz dela."

"Muito feio", respondi. "É como se de repente ela tivesse três narizes."

Voltei para junto do chuveiro quando ela inclinou a cabeça, deixando que a mistura de água e espuma escorresse entre as omoplatas, descendo em cascata pelas costas.

"Eu amo você", disse ela, de olhos fechados, cabeça ainda inclinada para trás, as mãos tirando a água das têmporas.

"É mesmo?"

"Sim." Ela levantou a cabeça, estendeu a mão para pegar a toalha, e eu a pus em sua mão.

Inclinei-me para a frente, fechei a torneira; ela enxugou o rosto, piscou os olhos, que deram com os meus. Ela fungou por causa da água no nariz e enxugou o pescoço com a toalha.

"Zumbi cavou um buraco muito fundo. Então, quando ele me pôs dentro, consegui apoiar o pé numa pedra que apontava da lateral do buraco, a uns dez centímetros do fundo. E tive que retesar cada músculo do corpo para manter o pé naquela pequena saliência. E não foi fácil. Porque eu estava vendo aquele sacana jogando pás de terra em mim, absolutamente impassível." Ela desceu a toalha dos seios para a cintura. "Vire de costas."

Fiquei virado para a parede enquanto ela se enxugava mais um pouco.

"Vinte minutos. Foi isso o que ele levou para encher o buraco. E ele cuidou para que eu ficasse bem presa na terra. Pelo menos na altura dos ombros. Ele nem piscou quando cuspi em sua cara. Você enxuga as minhas costas?"

"Claro."

Voltei-me, e ela me passou a toalha, saindo do chuveiro. Passei a grossa toalha pelos seus ombros, descendo depois pelos músculos de suas costas, enquanto ela enrodilhava os cabelos com as duas mãos, colocando-os em seguida no alto da cabeça.

"Assim, embora eu estivesse naquela pequena saliência, ainda havia um bocado de terra sob meu corpo. A princípio eu não podia me mexer, aí fiquei apavorada, mas então eu me lembrei do que me permitiu ficar apoiada naquela pedra com um pé só, durante vinte minutos, enquanto o senhor Morto-Vivo me enterrava viva."

"E o que foi?"

Ela caiu nos meus braços. "Você." Sua língua afagou a minha por um instante. "Nós. Você sabe. Isto." Ela bateu de leve em meu peito, estendeu o braço e pegou a toalha que estava atrás de mim. "Comecei então a me contorcer, sentindo mais terra caindo sob os meus pés. Continuei me mexendo e, ufa, três horas depois comecei a fazer algum progresso."

Ela sorriu, eu quis beijá-la, meus lábios esbarraram em seus dentes, mas não me importei.

"Eu estava tão apavorada", disse ela abraçando os meus ombros.

"Desculpe-me."

Ela deu de ombros. "Não foi culpa sua. A culpa foi minha por não ter percebido que Zumbi estava me seguindo enquanto eu seguia Desiree."

Nós nos beijamos, minha mão deslizou em algumas gotas de água que tinham ficado em suas costas, e tive vontade de estreitá-la em meus braços com tal força que seu corpo haveria de desaparecer no meu ou eu desapareceria no dela.

"Onde está a mochila?", perguntou ela quando finalmente nos separamos.

Peguei-a do chão do banheiro. Dentro dela estavam suas roupas sujas e o lenço que usáramos para limpar suas impressões digitais da tesoura de jardim e da enxada. Ela pôs a toalha na mochila e eu pus a toalhinha de mão, então ela pegou um blusão da pequena pilha de roupas de Desiree que eu colocara em cima do vaso sanitário e o vestiu. Em seguida vestiu calça, meias e tênis.

"Os tênis estão um pouco grandes, mas todas as outras coisas servem direitinho", disse ela. "Agora vamos enfrentar aqueles mutantes."

Ela saiu do banheiro, e eu a segui, com a mochila na mão.

Empurrei Trevor Stone para dentro do escritório, e Angie subiu para ver como Desiree estava.

Paramos na frente da escrivaninha, e ele ficou me observando enquanto eu usava outro lenço para limpar os lados da cadeira onde eu fora amarrado.

"Apagando todos os vestígios de sua presença nesta casa esta noite", disse ele. "Muito interessante. Mas para que fazer isso? E o criado morto — ele está morto, não está?"

"Está."

"Como se vai explicar essa morte?"

"Estou pouco ligando. Mas de qualquer modo, ninguém vai nos relacionar com esse crime."

"Muito esperto", disse ele. "É o que você é, meu rapaz."

"E implacável", eu disse. "Não se esqueça de que foi por isso que você nos contratou."

"Sim, claro. Mas 'esperto' soa tão melhor, não acha?"

Encostei-me na escrivaninha, mãos cruzadas no colo, e olhei para ele. "Você sabe imitar muito bem um velho imbecil quando isso lhe convém, Trevor."

Ele fez um gesto no ar com a terça parte do charuto que sobrara. "Todos nós precisamos recorrer a esse tipo de muleta de vez em quando."

Balancei a cabeça. "Quase chega a ser tocante."

Ele sorriu.

"Mas na verdade não é."

"Não?"
Balancei a cabeça. "Você tem muito sangue nas mãos para isso."
"Todos temos sangue nas mãos", disse ele. "Você se lembra de quando virou moda jogar fora Krugerrands e boicotar todos os produtos da África do Sul?"
"Claro."
"As pessoas queriam se sentir boas. Mas afinal de contas o que é um Krugerrand diante de uma injustiça como o *apartheid*, não é?"
Afoguei um bocejo com o punho.
"Não obstante, ao mesmo tempo que o público bonito e honrado dos Estados Unidos boicota a África do Sul, roupas de peles ou seja lá o que eles condenem e reprovem amanhã, fecha os olhos para o processo que lhes garante o café da América Central ou do Sul, roupas da Indonésia ou Manila, frutas do Extremo Oriente e quase todos os produtos importados da China." Ele soltou uma baforada do charuto e me olhou através da fumaça. "Nós sabemos como esses governos funcionam, como eles tratam a dissidência, como muitos usam trabalho escravo, o que eles fazem com qualquer um que ameace seus vantajosos negócios com as empresas americanas. E nós não apenas fechamos os olhos a isso. Na verdade, nós colaboramos ativamente com isso. Porque você quer suas camisetas macias, você quer o seu café, os seus tênis da última moda, suas frutas em conserva e seu açúcar. E são pessoas como eu que fornecem essas coisas a vocês. Nós subornamos esses governos, mantemos nossos custos de mão-de-obra baixos o bastante para que vocês possam tirar proveito disso." Ele sorriu. "E isso não é admirável de nossa parte?"
Levantei minha mão sã e bati várias vezes em minha coxa, à guisa de aplauso.
Sem deixar de sorrir, Trevor soltou mais uma baforada de fumaça.
Mas continuei aplaudindo. Aplaudi até minha coxa começar a arder e a palma da minha mão ficar dormente.

Continuei batendo na coxa sem parar, enchendo a sala com o barulho de carne contra carne, até que os olhos de Trevor perderam o brilho, o charuto pendeu de sua mão, e ele disse: "Tudo bem. Agora você pode parar".

Mas continuei batendo na coxa, fixando um olhar vazio em seu rosto vazio.

"Eu disse que basta, rapaz."

Clap, clap, clap, clap, clap, clap.

"Quer parar com esse barulho irritante?"

Clap, clap, clap, clap, clap, clap.

Ele se levantou da cadeira, e eu o empurrei de volta com o pé. Então acelerei o ritmo das batidas e a força com que batia em minha própria carne. Ele fechou bem os olhos. Fechei o punho e martelei no braço de sua cadeira de rodas, subindo e descendo, subindo e descendo, cinco golpes por segundo, incessantemente. E Trevor apertou mais as pálpebras.

"Bravo", eu disse finalmente. "Você é o Cícero dos magnatas da indústria, Trevor. Parabéns."

Ele abriu os olhos.

Encostei-me na escrivaninha. "Não estou preocupado agora com a filha do líder sindical que você cortou em pedacinhos. Não estou querendo saber agora quantos missionários e freiras jazem em covas rasas com balas na nuca, executados sob suas ordens ou de políticos que você entronizou em suas repúblicas de bananas. Tampouco estou preocupado com o fato de você ter comprado sua mulher, tendo provavelmente infernizado cada momento de sua vida."

"Então o que é que o preocupa agora, senhor Kenzie?"

Ele levou o charuto aos lábios, e eu o arranquei de sua boca, deixando-o queimando no tapete sob meus pés.

"Estou pensando agora em Jay Becker e Everett Hamlyn, seu rebotalho humano."

Ele piscou para tirar as gotas de suor que se formaram em seus cílios. "O senhor Becker me traiu."

"Porque não fazer isso teria sido um pecado mortal."

"O senhor Hamlyn resolvera ligar para várias autoridades e contar meus negócios com o senhor Kohl."

"Porque você destruiu um negócio que ele levou a vida inteira para construir."

Ele tirou um lenço do bolso interno do *smoking* para abafar um longo acesso de tosse.

"Eu vou morrer", disse ele.

"Não, não vai", eu disse. "Se você de fato pensasse que ia morrer, não teria matado Jay. Você não teria matado Everett. Mas caso algum deles o levasse à justiça, você não poderia entrar em sua câmara criogênica, não é? E quando você pudesse fazer isso, seu cérebro já estaria destruído, seus órgãos completamente deteriorados, e congelar você seria uma perda de tempo."

"Eu vou morrer", repetiu ele.

"Sim, agora você vai. E daí, senhor Stone?"

"Eu tenho dinheiro. Diga quanto quer."

Endireitei o corpo e esmaguei o charuto.

"Meu preço é dois bilhões de dólares."

"Eu só tenho um."

"Tanto pior", eu disse empurrando-o para fora do escritório, em direção à escada.

"O que você vai fazer?", disse ele.

"Menos do que você merece", respondi. "Mas mais do que você está preparado para agüentar."

## *42*

Subimos a grande escadaria devagar, Trevor apoiando-se no corrimão e multiplicando as pausas, respirando com dificuldade.

"Eu ouvi você chegando esta noite e observei você atravessar seu escritório", eu disse. "Seu andar estava muito mais seguro."

Ele fez uma cara de mártir. "Ela vem de repente", disse ele. "A dor."

"Você e sua filha", eu disse. "Vocês nunca desistem, não é?" Sorri e balancei a cabeça.

"Desistir é morrer, senhor Kenzie. Dobrar-se é quebrar."

"Errar é humano, perdoar é divino. A gente podia continuar com essa ladainha durante horas. Vamos, agora é a sua vez."

Ele chegou com dificuldade ao patamar da escada.

"Esquerda", eu disse, devolvendo-lhe a bengala.

"Em nome de Deus", disse ele. "O que você vai fazer comigo?"

"No fim do corredor, dobre à direita."


A mansão fora construída de forma que os fundos dessem para o leste. O escritório de Trevor e seu salão de jogos, no térreo, davam para o mar, da mesma forma que o quarto dele e o de Desiree, no primeiro andar.

No segundo andar, porém, apenas uma peça dava para o mar. Suas janelas e paredes eram removíveis, e no verão colocava-se um parapeito em toda a volta do soalho, removia-se o telhado, protegia-se o soalho com placas de madeira de lei. Tenho certeza de que não era nada fácil desmontar aquela peça todos os dias ensolarados de verão, nem remontá-la e protegê-la do tempo inclemente a qualquer hora da noite que Trevor o desejasse, mas ele não precisava preocupar-se com isso. Isso certamente cabia a Zumbi e Nó-Cego, ou àqueles que lhe serviam.

No inverno, a sala dava a impressão de um salão francês, com suas cadeiras douradas estilo Luís XV, seus delicados sofás e canapés ornamentados, suas finas mesas de chá com incrustações em ouro e suas pinturas de nobres de peruca conversando sobre ópera, sobre guilhotina ou sobre o que quer que os franceses discutissem naquele período em que a aristocracia tinha os dias contados.

"A vaidade", eu disse, olhando para o nariz inchado e quebrado de Desiree e para o rosto devastado de Trevor, "destruiu a aristocracia francesa. Ela está na raiz da revolução e levou Napoleão à Rússia. Ou pelo menos foi isso o que os jesuítas me ensinaram." Olhei para Trevor. "Estou errado?"

Ele deu de ombros. "Um pouco simplista, mas é mais ou menos isso."

Ele e Desiree estavam amarrados a suas respectivas cadeiras, cada um numa extremidade da sala, a mais de vinte metros um do outro. Angie estava na ala oeste do térreo, pegando alguns instrumentos.

Desiree disse: "Vou precisar de um médico para meu nariz".

"No momento estamos com falta de cirurgiões plásticos."
"Aquilo foi um blefe?", disse ela.
"O quê?"
"A história de Danny Griffin."
"Sim. Um blefe completo."

Ela soprou uma mecha de cabelo que caíra em seu rosto e balançou a cabeça.

Angie voltou para a sala, e juntos afastamos os móveis para os lados, deixamos um corredor bem livre entre Desiree e seu pai.

"Você mediu o salão?", perguntou Angie.

"Claro. Tem exatamente vinte e oito metros de comprimento."

"Não tenho bem certeza de poder jogar uma bola de futebol a uma distância de vinte e oito metros. A cadeira de Desiree está a que distância da parede?"

"Um metro e oitenta."

"E a de Trevor?"

"A mesma."

Olhei para as mãos dela. "Belas luvas."

Ela as mostrou. "Gosta delas? São de Desiree."

Foi a minha vez de levantar minha mão sã, também enluvada. "São de Trevor. Couro de bezerro, acho. Muito delicadas e macias."

Ela enfiou a mão na bolsa e tirou duas pistolas. Uma era uma Glock 17 austríaca nove milímetros. A outra, uma Sig Sauer P226 alemã nove milímetros. A Glock era leve e preta. A Sig Sauer era de uma liga de alumínio cor de prata e um pouco mais pesada.

"Havia muitas a escolher na sala de armas", disse Angie, "mas estas me parecem mais adequadas ao nosso objetivo."

"Pentes?"

"A Sig contém quinze cartuchos. A Glock contém dezessete."

"E mais uma bala na câmara, claro."

"Claro. Mas as câmaras estão vazias."

"Que diabo vocês estão fazendo?", perguntou Trevor. Nós o ignoramos.

"Quem você acha que é mais forte?", perguntei.

Ela olhou para os dois. "É páreo duro. Desiree é jovem, mas Trevor tem muita força nas mãos."

"Você fica com a Glock."

"Com prazer", disse ela passando-me a Sig Sauer.

"Está pronta?", eu disse, ajeitando a coronha da Sig

Sauer entre meu braço machucado e meu peito, e pondo um cartucho na câmara.

Ela apontou a Glock para o chão e fez o mesmo. "Estou pronta."

"Espere!", gritou Trevor quando comecei a cruzar a sala, com a pistola apontada diretamente para sua cabeça.

Lá fora, as ondas bramiam e as estrelas cintilavam.

"Não!", gritou Desiree quando Angie foi andando devagar em direção a ela, pistola em punho.

Trevor arremeteu contra as cordas que o prendiam à cadeira. Ele jogou a cabeça para a esquerda, para a direita, depois para a esquerda.

E eu continuei andando em sua direção.

Eu ouvia o martelar da cadeira de Desiree no soalho, pois ela também se debatia, e a sala parecia fechar-se sobre Trevor à medida que eu me aproximava. Seu rosto erguia-se e dilatava-se por cima da mira; seus olhos giravam de um lado para outro. O suor escorria-lhe pelos cabelos, e seu rosto arruinado contraía-se violentamente. Os lábios, brancos feito cal, crisparam-se contra os dentes, e ele berrou.

Andei até sua cadeira e encostei a pistola na ponta de seu nariz.

"Como está se sentindo?"

"Não", disse ele. "Por favor."

"Eu disse 'Como está se sentindo?'", gritou Angie para Desiree, do outro lado da sala.

"Não faça isso!", gritou Desiree. "Não faça isso."

Eu disse a Trevor: "Eu lhe fiz uma pergunta, Trevor".

"Eu..."

"Como está se sentindo?"

Seus olhos agitavam-se de ambos os lados do cano da pistola, e pequenos vasos sangüíneos dilatavam-se em suas córneas.

"Responda."

Seus lábios tremiam. Ele os crispou de repente, e as veias do pescoço incharam.

"Estou me sentindo", gritou ele, "fodido!"

"Sim, é isso", eu disse. "Foi assim que Everett Hamlyn se sentiu quando morreu. Fodido. Foi assim que Jay se sentiu. Foi assim que se sentiu sua mulher e uma menina de seis anos que você retalhou e jogou numa cuba de grãos de café. Fodidos, Trevor. Como se nada fossem."

"Não atire em mim", disse ele. "Por favor. Por favor." E lágrimas rolavam de seus olhos vazios.

Abaixei a pistola. "Não vou matar você, Trevor."

Então, cada vez mais perplexo, Trevor ficou observando enquanto eu tirava a carga da pistola, deixando-a cair em minha tipóia. Por fim, tirei a bala da própria câmara, colocando-a junto com as outras.

"Cinco peças no total", eu disse a Trevor. "O pente, a culatra, a mola, o cano e a armação. Imagino que você tem o hábito de desmontar suas armas."

Ele fez que sim.

Virei a cabeça e gritei para Angie: "E como está Desiree nessa coisa de desmontar armas?"

"Acho que ela aprendeu direitinho as lições do papai."

"Ótimo", eu disse voltando-me para Trevor. "Como você deve saber, a Glock e a Sig Sauer são semelhantes em termos de montagem."

Ele balançou a cabeça. "Sim, sei disso."

"Maravilha." Com um sorriso, dei meia-volta, contei quinze passos, parei e tirei as peças da pistola da tipóia. Arrumei-as com o maior cuidado no soalho, formando uma linha reta.

Então atravessei a sala, aproximando-me de Angie e de Desiree. Fiquei de pé junto à cadeira de Desiree, dei-lhe as costas e contei mais quinze passos. Angie me acompanhou e dispôs, em linha reta, as cinco peças da Glock desmontada.

Voltamos para junto de Desiree, e Angie desamarrou-lhe as mãos de detrás da cadeira, depois se agachou e apertou os nós de seus tornozelos.

Desiree levantou os olhos para mim, respirando pesadamente pela boca, e não pelo nariz arrebentado.

"Vocês são loucos", disse ela.

Fiz que sim. "Você quer que seu pai morra, certo?"

Ela desviou o olhar de mim, fixando-o no chão.

"Ei, Trevor", gritei eu. "Você ainda quer que sua filha morra?"

"E vou continuar querendo até o fim", exclamou ele.

Cabeça baixa, Desiree agora me olhava com olhos semicerrados, o rosto coberto pela cabeleira cor de mel.

"A situação é a seguinte, Desiree", eu disse enquanto Angie desamarrava os braços de Trevor e verificava os nós dos tornozelos. "Vocês dois estão amarrados pelos tornozelos. As cordas de Trevor estão um pouco mais frouxas, não muito. Acho que ele é um pouco mais lento que você, por isso eu lhe dei uma pequena vantagem." Apontei para o soalho vasto e brilhante. "As armas estão ali. Peguem-nas, montem e façam o que quiserem com elas."

"Vocês não podem fazer isso", disse ela.

"Desiree, 'não podem' implica uma concepção moral. Você devia saber disso. Nós *podemos* fazer o que nos der na telha. Você é uma prova disso."

Andei até o meio da sala e, junto com Angie, fiquei observando os dois flexionando as mãos para o duelo.

"Se vocês tiverem a brilhante idéia de juntar forças contra nós, disse Angie, "saibam que vamos sair daqui diretamente para a redação do *Boston Tribune*. Por isso, não percam tempo. Quem de vocês dois escapar dessa, a melhor coisa que tem a fazer é pegar logo um avião." Ela me cutucou. "Tem alguma coisa a acrescentar?"

Olhei os dois esfregando as mãos nas coxas, flexionando os dedos um pouco mais e depois agachando-se para desamarrar as cordas dos tornozelos. A semelhança genética era evidente no movimento de seus corpos, mas era mais profunda e mais flagrante em seus olhos de jade. Neles se dissimulavam a mesma cobiça implacável, feroz, sem o menor escrúpulo. Uma força primeva, que tinha mais a ver com a podridão das covas do que com a leveza daquela sala.

Balancei a cabeça.

"Divirtam-se no inferno", disse Angie saindo da sala e fechando as portas atrás de nós.

Descemos pela escada de serviço, passamos por uma portinha que dava para a cozinha. Acima de nossas cabeças, alguma coisa raspava o soalho insistentemente. Ouvimos depois um baque surdo, logo seguido de um outro, do outro lado.

Saímos e seguimos a estradinha ao longo do gramado do fundo da mansão. Dei-me conta de que o mar se acalmara.

Enquanto atravessávamos o jardim, tirei dos bolsos minhas chaves que recuperara de Desiree, contornamos o celeiro reformado e paramos junto ao meu Porsche.

Estava tudo escuro à nossa volta, mas havia a luz difusa das estrelas brilhando lá no alto. Ficamos parados ao lado do carro e erguemos os olhos para o céu. O vulto imponente da casa de Trevor Stone luzia fracamente, e procurei distinguir onde a longa extensão de água escura encontrava o céu no horizonte.

"Olhe", disse Angie apontando um asterisco luminoso que riscava o céu, deixando um rastro incandescente, em direção a um ponto qualquer, fora de nosso campo de visão. Mas ele não conseguiu chegar até lá. Depois de percorrer dois terços do caminho, implodiu sob o olhar indiferente das estrelas à sua volta.

O vento impetuoso que soprava do mar quando cheguei já se aquietara. A noite estava absolutamente tranqüila.

O primeiro tiro soou como uma bombinha.

O segundo, como uma comunhão.

Esperamos, mas nada se seguiu àquele ruído, exceto o silêncio e o longínquo marulhar de ondas cansadas.

Abri a porta do passageiro, Angie entrou no carro, esticou o corpo e abriu a outra porta para mim.

Dei ré, tomei a estradinha, contornei novamente a fonte luminosa e os carvalhos dispostos como sentinelas, depois o pequeno gramado com o chafariz congelado.

Enquanto o cascalho branco ia desaparecendo sob a grade do radiador, Angie pegou um aparelho de controle remoto que encontrara na casa, apertou um botão, e os imensos portões de ferro fundido com a insígnia da família, com as letras TS no centro, abriram-se como braços num gesto de boas-vindas ou de despedida — gestos que, dependendo das circunstâncias, podem ser muito semelhantes.

# *EPÍLOGO*

Só ficamos sabendo do que aconteceu quando voltamos do Maine.

Naquela noite, quando saímos da propriedade de Trevor, pegamos a estrada para Cape Elizabeth, onde alugamos um pequeno bangalô com vista para o mar, causando surpresa aos seus proprietários, que não esperavam ter clientes antes do grande degelo da primavera.

Não lemos jornais, não ligamos a televisão e pouco fizemos além de pendurar na porta a tabuleta com os dizeres NÃO PERTURBE, pedir que servissem as refeições no quarto e passar manhãs inteiras na cama, observando o preguiçoso movimento das vagas hibernais do Atlântico.

Desiree acertara um tiro na barriga do pai, ele lhe metera uma bala no peito. Os dois caíram no soalho, um diante do outro, e lá ficaram esvaindo-se em sangue, enquanto a maré montante investia contra os alicerces da casa onde eles tinham vivido durante vinte e três anos.

Dizia-se que a polícia ficou perplexa com o cadáver do mordomo no jardim e os indícios de que pai e filha tinham sido amarrados em cadeiras, e de que depois se mataram. O motorista da limusine que levara Trevor para casa naquela noite foi interrogado e liberado, e a polícia não encontrou vestígios da presença de ninguém mais naquela casa, além das próprias vítimas.

E durante a semana em que estivemos fora, começaram a ser publicadas no *Tribune* as primeiras reportagens de Richie Colgan sobre a Libertação da Dor e a Igreja da

Verdade e da Revelação. A Igreja entrou imediatamente com uma ação contra Richie, mas nenhum juiz se dispôs a proibir a publicação, e no final da semana a Libertação da Dor fechou temporariamente as portas de seus centros na Nova Inglaterra e no Meio-Oeste.

Por mais que tentasse, porém, Richie não conseguiu descobrir as forças que estavam por trás de P. F. Nicholson Kett, e o próprio Kett também não foi encontrado.

Mas em Cape Elizabeth não estávamos sabendo de nada disso.

Importavam-nos apenas o som de nossas vozes, o gosto do champanhe e o calor de nossa carne.

Falávamos apenas trivialidades, e fazia muito tempo que eu não tinha conversas tão agradáveis. Nós nos olhávamos longamente, num silêncio pleno de erotismo, que podia ser seguido de gargalhadas.

Certo dia encontrei no porta-malas do carro um livro de sonetos de Shakespeare. O livro me fora dado de presente por um agente do FBI com quem eu trabalhara, no ano anterior, no caso Gerry Glynn. O agente especial Bolton me dera o livro quando eu me encontrava na mais funda depressão. Ele me disse que me traria algum consolo. Na ocasião não acreditei nele, e joguei o livro no porta-malas. No Maine, porém, enquanto Angie estava tomando banho ou dormindo, li boa parte dos poemas. Embora nunca tenha sido um grande amante da poesia, surpreendi-me apreciando as palavras de Shakespeare, o voluptuoso fluir de sua linguagem. Ele parecia saber muitíssimo mais do que eu sabia — sobre o amor, sobre a perda, a natureza humana... enfim, sobre tudo.

Às vezes, à noite, bem agasalhados com as roupas que compráramos em Portland no dia seguinte ao da nossa chegada, saíamos pela porta de trás do nosso bangalô e íamos dar no gramado. Agarrados um ao outro por causa do frio, andávamos até a praia, sentávamos num rochedo que dominava o mar escuro e tentávamos distinguir o mais possível a beleza que se estendia à nossa frente, sob um céu escuro feito breu.

O ornamento da beleza, escreveu Shakespeare, é suspeito.

E ele tinha razão.

Mas a própria beleza, sem adornos e sem afetação, é sagrada, digna de respeito, de toda a nossa reverência e lealdade.

Naquelas noites à beira-mar, eu tomava a mão de Angie na minha e a levava aos lábios. Eu a beijava. E às vezes, enquanto o mar bramia enfurecido e o céu ficava ainda mais escuro, sentia crescer em mim a reverência. E me sentia humilde.

Eu me sentia pleno.

## *AGRADECIMENTOS*

Minha mais profunda gratidão a Claire Wachtel e a Ann Rittenberg, que souberam ver o livro nas páginas do manuscrito e que não me deram sossego enquanto eu também não o vi.

O pouco que sei sobre como se desmonta uma pistola semi-automática eu devo a Jack e Gary Schmock, da Jack's Guns and Ammo, em Quincy, Massachusetts.

Mal e Dawn Ellenburg preencheram as lacunas de minhas lembranças da região de St. Pete/Tampa e da Sunshine Skyway Bridge, e me esclareceram sobre pontos bem específicos da legislação da Flórida. Os eventuais erros são de minha responsabilidade.

E, como sempre, agradeço aos que leram as primeiras versões e me deram sua opinião sincera: Chris, Gerry, Sheila, Reva Mae e Sterling.

## Série Policial

*Réquiem caribenho*
  Brigitte Aubert

*Bellini e a esfinge*
*Bellini e o demônio*
  Tony Bellotto

*Bilhete para o cemitério*
*O ladrão que achava que era Bogart*
*O ladrão que estudava Espinosa*
*O ladrão que pintava como Mondrian*
*Uma longa fila de homens mortos*
*Os pecados dos pais*
*Punhalada no escuro*
  Lawrence Block

*O destino bate à sua porta*
  James Cain

*Causa mortis*
*Cemitério de indigentes*
*Contágio criminoso*
*Corpo de delito*
*Desumano e degradante*
*Foco incial*
*Lavoura de corpos*
*Post-mortem*
*Restos mortais*
  Patricia Cornwell

*Nó de ratos*
*Vendetta*
  Michael Dibdin

*Edições perigosas*
*Impressões e provas*
  John Dunning

*Máscaras*
  Leonardo Padura Fuentes

*Correntezas*
*Jogo de sombras*
*Tão pura, tão boa*
  Frances Fyfield

*Achados e perdidos*
*Uma janela em Copacabana*
*Perseguido*

*O silêncio da chuva*
*Vento sudoeste*
  Luiz Alfredo Garcia-Roza

*Um lugar entre os vivos*
*Neutralidade suspeita*
*A noite do professor*
*Transferência mortal*
  Jean-Pierre Gattégno

*Continental Op*
  Dashiell Hammett

*O jogo de Ripley*
*Ripley debaixo d'água*
*O talentoso Ripley*
  Patricia Highsmith

*Uma certa justiça*
*Morte de um perito*
*Morte no seminário*
*Pecado original*
*A torre negra*
  P. D. James

*Música fúnebre*
  Morag Joss

*O dia em que o rabino foi embora*
*Domingo o rabino ficou em casa*
*Sábado o rabino passou fome*
*Sexta-feira o rabino acordou tarde*
  Harry Kemelman

*Apelo às trevas*
*Um drink antes da guerra*
*Sagrado*
*Sobre meninos e lobos (Mystic River)*
  Dennis Lehane

*Morte no teatro La Fenice*
  Donna Leon

*Dinheiro sujo*
*Também se morre assim*
  Ross Macdonald

*É sempre noite*
  Léo Malet

*Assassinos sem rosto*
*A leoa branca*
*Os cães de Riga*
   Henning Mankell

*O homem da minha vida*
*O labirinto grego*
*Os mares do Sul*
*O quinteto de Buenos Aires*
   Manuel Vázquez Montalbán

*O diabo vestia azul*
   Walter Mosley

*Informações sobre a vítima*
*Vida pregressa*
   Joaquim Nogueira

*Aranhas de ouro*
*Clientes demais*
*A confraria do medo*
*Cozinheiros demais*
*Milionários demais*
*Mulheres demais*
*Ser canalha*
*Serpente*
   Rex Stout

*Fuja logo e demore para voltar*
   Fred Vargas

*Casei-me com um morto*
*A noiva estava de preto*
   Cornell Woolrich

1ª EDIÇÃO [2004] 1 reimpressão

ESTA OBRA FOI COMPOSTA PELO GRUPO DE CRIAÇÃO EM GARAMOND
E IMPRESSA PELA GEOGRÁFICA EM OFSETE SOBRE PAPEL ALTA ALVURA DA
COMPANHIA SUZANO PARA A EDITORA SCHWARCZ EM MAIO DE 2004